黄华清

/ 著

爱过

中国言实出版社

图书在版编目(CIP)数据

爱过 / 黄华清著 . -- 北京：中国言实出版社，
2023.3

ISBN 978-7-5171-4402-1

Ⅰ.①爱… Ⅱ.①黄… Ⅲ.①长篇小说 – 中国 – 当代
Ⅳ.①I247.5

中国国家版本馆 CIP 数据核字（2023）第 040394 号

爱过

责任编辑：王蕙子
责任校对：邱　耿

出版发行：中国言实出版社
　　　　　地　址：北京市朝阳区北苑路180号加利大厦5号楼105室
　　　　　邮　编：100101
　　　　　编辑部：北京市海淀区花园路6号院B座6层
　　　　　邮　编：100088
　　　　　电　话：010-64924853（总编室）010-64924716（发行部）
　　　　　网　址：www.zgyscbs.cn 电子邮箱：zgyscbs@263.net

经　销：新华书店
印　刷：北京中科印刷有限公司
版　次：2023年4月第1版　　2023年4月第1次印刷
规　格：880毫米×1230毫米　1/32　9.875印张
字　数：246千字

定　价：48.00元
书　号：ISBN 978-7-5171-4402-1

风儿拖着长长的尾巴，悄无声息地吹干回忆的潮水，留下一地的盐味。那些尘世往事，像一片片绿叶灵动地挥舞着长袖，绰约多姿，又像一朵朵白云舒展飘荡在蓝天，浪漫奔放，而这一切最终都会遗留在时光的尘埃里。

　　风情万种的企业女副总夏云，温柔美艳的出版社女会计晓茵，千娇百媚的幼儿园女教师贾梅，都与一位叫柯剑的刑警有过密切交往。柯剑的三段婚恋一地鸡毛……

　　他们演绎了一场怎样的风花雪月？又是如何走过红尘的爱恨情仇？

　　人生，往往要留存足够的时间去反思，也要有足够的阅历去成长。只有经历人生的荒凉，才能抵达内心的繁华。如果你不曾爱过，你永远也体会不到失去的心碎；如果你不曾失去，你也永远无法明白爱过的滋味！

——题　记

目 录

第一章

　　走出办案中心的大门，清冽的夏风迎面扑来，柯剑长长地舒了一口气。道路两旁整齐的冬青上，有露珠点缀在淡绿的枝叶上，清澈透明，冬青与它相伴的小树和谐地沉睡在晨曦里，恬静安然。

　　此刻，天已放亮。

　　柯剑拖着沉重的步子爬上楼，拧开门锁，准备踏进家门，手握拖把的夏云好像知道这个点柯剑会到家似的，就在门口那张上有"欢迎光临"字样的红色垫子边缘站着。

　　"你还知道回来？你走错了地方吧？"夏云一脸的不屑，讥讽似的嘟哝着，被小走廊灯光映照的脸蛋儿阴沉得像抹了一层灰。

　　柯剑本以为夏云看到他这胡子拉碴的邋遢样，至少会安慰一下，或者会问一下，这些天忙得不回家，是不是加夜班破了大案？是不是累着？但转而一想，都多年的夫妻，自己从来把家里当旅馆，来去匆匆，夏云还有什么客套话对他说呢？说实话，夏云这样的态度，柯剑早就习惯了，习惯了就自然了。所以当夏云这样讥笑、诘问柯剑时，柯剑并不生气，也没有理由生气，只能笑呵呵地像傻子那样，那些言语哪怕像一根针一样刺痛他，也只能默默忍受。

　　柯剑的想法其实也很简单，只要夏云照顾好自己的同时，把在读五年级的女儿柯娇管好就 OK 了。夏云生下女儿柯娇后，夫妻原本一条主线就像树木长出枝条分了叉，夏云、女儿、柯剑，各自成了独立的"枝干"。

"走凉台上去！走凉台上去！"夏云低沉的尖叫声比开始"你还知道回来"那一句提高了许多，近乎命令似的，或者说，就是命令。

柯剑笑嘻嘻地说："知道啦！又不是第一次到家里。"柯剑边说边往凉台走。

"你把身上的衣服全给我扒下来！放到凉台洗衣池边，然后好好地给我洗个干净！"夏云停下手中的拖地活，边说边盯着柯剑，并用手指着往凉台的方向，接着说："快！快！给我快点，我一见到你这个脏样就讨厌！"

柯剑无奈地摇了摇头，虽然早已习惯了夏云言语中那种"讽刺"与"冷漠"，也习惯了夏云的"命令"与"批判"，但心里还是不舒服。

柯剑趿拉着拖鞋走到凉台上，脱得只剩下一条短裤，准备到房间拿换洗衣服，夏云像一条跟屁虫似的，拿着拖把站在柯剑身边，压着声对柯剑吼道："你女儿还在熟睡，害什么羞？把短裤也脱在这，脏衣服要放在一起！你直接去洗澡，换洗衣服我会拿给你。"

柯剑冲完澡，打开卫生间的门，探出头来问："夏云，衣服呢？"

柯剑"请示"夏云的意思有两个：一个是不是裸体直奔房间和夏云来个"滚床单"，解决一下"久别胜初婚"的问题；另一个是夏云如果拿衣服让他穿好，柯剑则会乖乖地按惯例做点拖地或者洗洗菜之类的家务活，来讨好一下总是说自己干家务活干得腰酸背痛喜欢唠叨表功的夏云。

在家里，夏云和柯娇时而为坐上"第一把交椅"而发生争吵，柯剑永远在夏云和柯娇的"领导"之下。柯剑甘心情愿。他偶尔有点小满足，譬如她俩为看电视哪个频道吵得难解难分的时候，柯剑这个"三把手"发挥着重要的决定作用，哪个更优先？哪个应听哪个的？柯剑总把理儿偏向女儿，因为女儿小嘛。私下里柯剑作为父亲会教育女儿要"三观端正"，好好学习中国传统文化，懂得尊重他人感恩他人，并叮嘱她空闲时看一看睿智慧人的书籍。而柯娇似乎在体育方面更擅长，骑自行车、玩滑板在小区的男女幼童中，无论速度还是技巧都是遥遥领先。见到她的人，都说柯娇只不过生了个女儿身，更像一个假小子。

夏云在柯剑教育女儿的问题上并不满意，特别是柯剑总站到女儿一边说话，更让夏云恼火。于是夏云一有空闲就"骨头里挑刺"埋怨柯剑这错那错，还说："你又没管过女儿的吃喝拉撒睡，就没资格说我这样那样！"

夏云从客厅的沙发上，抱起从橱柜里取出的衣服一件一件地递给卫生间里的柯剑，边递边嚷："你抱了那个年轻女子，心里美滋滋的吧？你的感觉一定不错！现在泉旺市的人都知道了，你这个警察也是一根色棍，一条披着羊皮的狼！你都把我的脸丢尽了，我的闺蜜们这两天都一直在聊这个事。"

"什么色棍？什么披着羊皮的狼？你瞎说什么？"

柯剑知道夏云说他抱的女人是指婉香，但柯剑也想装一装糊涂，以调节一下夫妻之间的紧张气氛。

"你挺能装啊？本地在线网站的那帖子都火了，点击量超万。"

"你没看到后来我局发的声明吗？"

"那也是过了三四个小时之后才有的通告，你知道我们做家属的，在没弄明白的三四个小时里，心情是咋样的吗？你为什么要抢着抱那女子，不是还有严波哥吗？"

"你说的严波哥呀，你又不是不了解他，他胖啊，很胖呀！他跑不动，我怕耽误抢救时间，所以就……"

"你不要说了！你明明就是色嘛，看到那女子年轻漂亮，就抢着抱！"夏云打断柯剑的话，自以为是地吼道。

"你真的不要这样侮辱我！那女子叫婉香，是我们传来的涉嫌投毒的犯罪嫌疑人，她为了毒死丈夫，自己也吃了有毒的饭菜，生命危在旦夕，谁看到都会这样去做的，何况我们都还是警察！不救人就失职了，再者良心上也过不去……"

"侮辱？谁侮辱你？你制造的桃色新闻还少吗？你给我注意点！再让我发现什么，咱们就别在一起过了，离婚！也好眼不见为净！"夏云像一头发怒的母狮，张开大口又重复着五年来一直放在嘴边的那句"离婚"。

夏云发怒了，柯剑不敢吭声。柯剑暗暗在心里告诫自己，坚决不在她发怒的时候去辩解。因为柯剑知道，如果不保持冷静都不让步，两人势必会吵得天翻地覆，既不会吵出什么正确的结果，还会把夫妻的感情引入毁灭的地步。

柯剑不做声，夏云就认为柯剑认了输、服了软，会以为自己的判断是正确的。这样一来，夏云所累积的判断就完全正确，柯剑的所有做法哪怕是正确的，但在她的眼里就是错误的。

柯剑也知道夏云挂在嘴边的"桃色新闻"指的是什么，柯剑不想过多解释，或许在柯剑看来，越解释越抹黑，只能让夏云慢慢去悟，慢慢去了解。

可是，柯剑不回应夏云的疑问，并不代表两人相处会平安无事。生活在这纷繁复杂的尘世上，每个人都会和很多人打交道，特别是异性之间的交往，难免会发生被人误会的事。哪怕是再正常不过的事，譬如为了工作，男警察女警察着便装一起走在大街上，或者到哪个商场哪个宾馆，警察可是有很多地方要去调查或走访的，也会引来一些认识他们的人无端的猜疑。

有一次柯剑中午下班，在小区的超市门口看到一名平时都叫不上名字的女子，她买了一袋米、一瓶油，还有几样商品，愣在那不知如何把物品带回家。女子看到身着警服一脸帅气的柯剑，微笑了一下，并没有叫柯剑帮忙，可柯剑认为她的微笑里夹杂着请求帮忙的意思。

柯剑走上前说："我帮你一下吧？"

女子微笑着点点头，说："那真好，谢谢你啊！警察同志。"

柯剑扛起那袋米，帮她送到了楼上的住房门口。女子很礼貌又说了一句："谢谢！"柯剑下楼时，竟然没注意女子住的是几楼，或许是六楼，也或许是五楼。

柯剑折回超市买了一瓶酱油，是下班路上夏云打电话叫他买的。回家把酱油瓶口割开后，递给夏云，兴冲冲地说："刚刚做了一件好事。"

夏云一边炒菜一边侧过身子对着柯剑，问："什么好事？"

这时，柯剑才反应过来，自己说漏了嘴，帮的是一名女子，怎么能说给夏云听呢？她肯定又会起疑心，又会唠叨不停的。此时，如果要让柯剑做个演员肯定是不合格的，因为柯剑面部的尴尬已被夏云看得清清楚楚。

见柯剑迟疑着没回答，夏云紧紧盯着柯剑，手中的活儿也停了下来，并把身子全部转向柯剑。柯剑越不想讲，夏云就越认为这里面一定有什么隐密，或者说一定与某个女人有什么瓜葛。

"你说嘛！干嘛说一半留一半的，有意思吗？"

"刚刚我帮一个女人扛了一袋米上楼，在超市出门看到她买的东西多，一个人拿不过来，就帮了一下。"

"呵呵，你这人！那你怎么不跟她进屋？怎么就不跟她一起吃饭呢？"

"帮一下也没啥关系吧？都是同一个小区的人嘛，低头不见抬头见。"

"你去帮！你去帮！你天天去帮，我都没啥意见。但你要想想，这后果可能会很严重的！别人看到，要是整出个你跟她有关系的新闻来，你，我，脸面往哪放？"夏云用手指头点了一下柯剑的脑壳子，柯剑后仰了一下，接着夏云又狠狠地用弯曲的食指敲了柯剑两下脑壳儿，愤愤地说："你这榆木脑壳，总是不开窍，总是惹我生气！"

夏云的嗓子尖锐而响亮，像山谷中的小鸟儿，叽叽喳喳地叫个不停。

柯剑根本插不上话来，只能任由她的想象力以及刺耳的尖叫声在室内如尘土一般飞扬，如狂风一般啸叫。柯剑不做声，就代表柯剑知错了，夏云是这么想的。

后来，柯剑扛米上楼的小事在小区果真被"长嘴舌"加工了，人们都笑谈柯剑明目张胆在大白天都到那女子家，男女关系一定不正常。

夏云也许是最后一个听到别人谈论，她哈哈大笑，对着柯剑一顿数落："柯剑，我预测得不错吧？你这颗'花心菜'，就背个'睡人家老婆'的好名声吧！"

第二章

　　当年，夏云在泉旺市工业园区内的一个大型服装有限公司上班，系该公司的副总。这个公司在当地是个品牌企业，是夏云的哥哥夏东一手创办的，夏云占40％的股份。夏云以婀娜多姿的步伐出现在公司时，员工都喊她"夏总"，这让她很得意，甚至飘飘然。她早已习惯了别人这样的称呼，如果有人见她不喊"夏总"，心里会产生不舒服的感觉。

　　一九九七年春天，丰硕服装有限公司出现了被撬锁入室盗窃13万现金之事，而那段时期是柯剑刚从城郊派出所调进刑警队那会儿。柯剑跟随中队长严波到现场处置，接待他们的正是该公司董事长夏东，还有衣着华丽而美貌的夏云。

　　夏东见到柯剑和严波，如同见到熟人一般，格外热情。夏东懊丧地说，这现金还是公司员工的夜班奖金呢！柯剑在现场工作时，与勘查人员一样异常细致认真，特别希望早日把案子破了，也好对得起这夏东的热情。

　　有一次柯剑和严波在公司调查，临近中午了，想赶回单位食堂吃饭。夏云见此，以命令式的口吻，说："就在公司吃个饭嘛，都已经准备了。"

　　严波忙说："不行，不行，我们得赶回去。"

"我们的饭菜没毒哈！"夏云有点嗔怪，好像被严波拒绝了，脸子有点挂不住。

"那倒不是怀疑你们的饭菜有问题，是说我们有纪律的，谢谢哈！"严波笑了笑，感激似的说。

"什么纪律不纪律的，吃顿便饭算个啥事！你们总不能带个锅带袋米到我们公司来吧？今天吃也得吃，不吃也得吃，触犯了纪律我来背。"夏云快言爽语。

严波把目光投向柯剑，像是征求柯剑的意见。

柯剑笑着对夏云说："夏总，吃饭就不要客气了，你的好意我们就领了。"

"你们就是看不起我这人吧？这顿饭就算是我个人请，不是公司请，这总可以吧？"夏云脸上泛起一丝不快的神情。

"真犟啊，像头牛，是条母牛。"严波开心地笑了，夏云也笑了，笑靥像一朵花，很灿烂。

柯剑愣住了，夏云笑起来真的很好看。柯剑这才开始打量她起来，窈窕的身材，皮肤白白的，五官也挺标准，一头乌黑的秀发披在肩上。

夏云见柯剑正眼瞧她，脸倏地红了。一旁的波哥似乎察觉到了什么，很知趣地往门外走。柯剑这才发现自己有点失态，忙收起注视夏云那火热的目光。

从这以后，夏云总是以公司那起失窃案为借口往刑警队赶，声称发现了新线索，而到开始做笔录的时候，她又重复着前几次已经反映过的问题，这让柯剑有些恼火。在一旁的严波却若无其事般地傻笑着，好像他已经发现了藏在夏云心里的秘密，夏云此时却变得尴尬起来。

要是柯剑不在刑警队时，严波都会编造各种理由让柯剑归队。严波编造理由，其实柯剑内心也明白，但柯剑并没有戳穿，甚至有些感激，知道严波是为自己好。

日子一久，柯剑和夏云就成了热恋中的情侣。

夏东每次见到柯剑和夏云，总是很开心的样子，好像柯剑这个未来的警察妹夫给他脸上增了光。而当柯剑到他办公室时，夏东也像待客一样热情，并叫手下的员工把各种新鲜时令水果摆上。此时柯剑觉得身子有点大了，甚至有点不自在。

有一次夏东喝了点酒，脸庞像蒙了一层红纸，对柯剑说："如果你们结婚，我送一辆小车作为嫁妆，表达一下我这个做大舅子的意思。"

柯剑虽没喝酒，但脸蛋倏地变红了，忙说："哥，不要，不要，我只要夏云这人就足够了。"

夏云在旁边，听到她哥一说，忙迎上前："哥哥，你说话可要算数呀！"

夏东把眼珠子一瞪，对夏云说："妹哟，哥哥哪时说话没算过数？"

夏云笑得更欢了，说："那我先谢谢哥哥了。"

柯剑和夏云结婚证一打，没几日夏东就送来一辆上海大众帕萨特。柯剑虽不把物质看得那么重，但真正见到这个贵重礼物时，内心还是很震撼。想想夏东、夏云兄妹两人很早就失去了父母，靠努力打拼闯荡江湖，开公司做服装生意，赚钱也很不容易，柯剑暗暗下定决心，此生一定要对夏云好。

当然柯剑与夏云领结婚证之前，也很愧疚，公司的盗窃案没有破，好像欠了他们似的，却意外地娶了一位貌美如花又有经济实力的老婆，总觉得有点天方夜谭。不过，柯剑跟夏云好，并不是因为她有钱，而是他们的感情相投，柯剑真的爱上了夏云。情感这东西嘛！拿句当地的土话说，洪水来了挡也挡不住。虽然夏云说话从来都是直来直去，不懂得赞美和怜爱对方，但觉得她有副特别善良、正直的心肠，柯剑认为这是一般女人所没有的优秀品格。换句话说，他们也是相互爱着，几乎发现不了对方的大缺点。尽管有时夏云的个性有点霸道，但柯剑总觉得夏云没有半点恶意，只是如男人般豪爽直接，没有城府那般。

严波似乎早就预测到了柯剑和夏云会结婚，嚷嚷着在未举办结婚仪式之前要请他喝酒。夏云二话没说，定在周六，约了波哥夫妇，在一个家乡口味很浓的酒店里好好地嗨了一回。

夏云喝着红酒，席上敬了严波一杯又一杯，敬老哥哥的，接着又是敬什么警察英雄的，名目繁多，把喝白酒的严波弄糊涂了。波嫂在旁边，几次想劝严波少喝点，但看到夏云的热情劲，欲言又止。

柯剑开着那辆帕萨特，送严波夫妇回家，夏云坐在副驾驶位，嘴里一会儿喊柯剑哥，一会儿又喊老公，把柯剑和严波夫妇都逗乐了。

严波醉眼朦胧，似醉非醉，对柯剑说："小子，今天你媳妇儿把我弄醉了，你要记住啊！夏云俺……俺这弟媳妇儿今儿个高兴嘛，我总不能扫她的兴吧？你可要知足啊！夏云可是很多男孩心中的女神，追逐的不少啊！没料到你这小子，用了什么鬼手段就追到了手。真的……你真是幸运呀！"

柯剑一边开车，一边点点头。

婚后的头几年，夏云在公司还是没有改掉那种居高临下的姿态，而柯剑的潜意识里自己也是夏云的下属。夏云哪怕放个屁，对柯剑来说，都是香的。特别是夏云怀孕期间，只要一声呼唤，柯剑准会快马加鞭赶到。当然偶尔也有失灵的时候，那就是柯剑办案去了，根本走不脱身或者已经出差。

时光在日历上沙沙地划去岁月，总是不知疲倦地前行，一眨眼，他们的女儿柯娇也长大了。柯剑在刑警队没日没夜地工作，夏云却多了一项负责女儿的责任。柯娇三岁上了幼儿园，早上送到，傍晚接回，比较省事；而上了一年级后，要管吃管接送，还要管作业和学习，就要当作一项任务来完成。

对女儿管理方面，柯剑绝对只能算个助手，大多数情况下都是夏云开车接送。

婚姻的开头往往都是甜蜜的，到后来却变得不可理喻了。就像吃了一根甘蔗，开始是甜的，到后来都变成了一堆堆碎渣。柯娇读五年级那时起，夏云的一些脾气和习性在柯剑看来发生了一些质的改变。

第三章

柯剑再次见到婉香，是在看守所提审室内。婉香目光呆滞，脸庞憔悴，问一句答一句。看得出，婉香的内心很爱老公，只是老公一而再、再而三在外面交女人，才使得她爱恨交加，痛彻心扉。

投毒那天，二〇〇八年五月五日，婉香觉得这个世界全是灰色。在听到老公刘焕坚决要离婚的话之后，婉香心里瞬间崩溃，觉得活在这个世上再也没意思了，于是一个大胆而绝望的决定在心中发芽了。

婉香悄悄地把4岁的女儿、2岁的儿子带到娘家，说是老公的服装加工厂要加班，请父母代管一下，父母也没看出异样。婉香的父母如果知道女儿会做出这绝命的一笔，一定会极力阻止的。但是，婉香根本没有把自己的心事——那个与老公一起赴黄泉的决定告诉父母。婉香不想说出来，是怕父母担心，也怕父母阻止，而让心中的怒火无法平息。婉香放手一搏，就是要让老公知道，我如此地爱你，三番五次地原谅你，求你珍惜家庭，求你看在两个小孩的面上，你刘焕不仅不珍惜，不仅不收敛，反而变本加厉说要离婚。婉香在多少个漆黑的夜晚，孤枕难眠，想着心事。婉香一遍又一遍地念叨着，由他去吧！就由他去吧！玩够了就会回头的！

后来，婉香坚持不住了，对彻夜不归的老公失去了信心，无奈地放任老公的自由。就本身来说，婉香要在家里管两个小孩，再也拿不出多余的精力去管老公。但是婉香的老公越发变得肆无忌惮了，竟然回家多次闹离婚，婉香这才开始绝望。

不过，婉香做过这件事之后，就开始后悔。婉香最初的想法是跟老公都去死，一了百了。但现在她明白了，要是她和老公都死了，两个年幼的孩子就交给自己的父母去管，这合适吗？婉香又在为自己冲动幼稚的想法，万分难受。

婉香离开讯问室的时候，像忘记了一件事又突然记起来一样，猛地提高了说话的嗓音，几乎哭叫着喊道："太谢谢你两位警察同志，真的，救了我这条狗命！"接着又说："能不能帮我传个话，叫我老公好好带着两个儿女，是我一时冲动，差点让我的一双儿女没爹没妈。不过，我还是恨那个花心鬼……"

刘焕在医院观察了两三天之后就出院了。

一天，刘焕正在他的厂子里忙活，突然见到柯剑和严波，迟凝了一下。严波道明来意，刘焕连声说，先坐先坐，接着递茶敬烟。

"你老婆为什么要在饭里放药？你们夫妻咋就闹成你死我活的地步？"严波开门见山，并没有什么客套话。

"警察同志，我之前也说过，都是我不好，我确实对俺厂里的一位女工有好感，还想着跟婉香离婚后，跟这相好结婚，哪想到，这一下激怒了婉香。其实，我也想清了，玩归玩，但不能散家，何况我还有一双儿女。唉！都怪我，本来俺老婆受了委屈，现在还要坐班房受罪。我悔死了，悔死了……"刘焕耷拉着脑袋，懊丧的样子，字字句句却说得透彻明了。

严波说："刘焕，你现在醒悟也不晚，毕竟你是局中人，不会料到有这样的恶果产生。你既然对婉香选择了原谅，又对自己的行为痛心悔改，不如以你的名义写一份谅解书吧！到时，法院在审判的时候，量刑方面法官可以综合考虑的。"

"我这就去写，真的请求政府早点放婉香出来啊！"刘焕感激似的对严波说。

"你写好后，就交给柯剑吧！"严波指了指柯剑，对刘焕说。

刘焕转而跑过来，拉着柯剑的手，说："警官，那就麻烦你帮忙了。"

柯剑说："刘焕，这是我们分内的事，不必客气啥。你带好两个小孩，不再有什么三心二意，也是对婉香最好的忏悔呀！"

刘焕说："是的，是的，我会的，会的。"

严波一边问，柯剑一边记。柯剑把笔录做好了，递给严波看。严波从头到尾认真细看了一遍，之后让刘焕在笔录上签了字按了手印。

严波拉开警车的后门，柯剑打开驾驶室的门，刘焕还在原地招手道别，看得出，刘焕是真心悔改。严波叹了一口气说："这世上，就没有后悔药可以吃，如果刘焕没有婚外恋，家庭也不至于闹成这样。如果刘焕不闹离婚，婉香也没有到投毒的地步。"

柯剑专心开着警车，严波却有心思似的，闭目养神。车内显得有点沉寂，只听到外面的风儿在呼呼作响。

到了刑警队院内，严波挺了挺身子，柯剑感觉严波并没有睡去，仿佛刚刚在车上考虑了一件事现在有话跟自己说似的。严波咳了两声，对柯剑说："马上国庆节来临，有大量外地打工人员返乡，而打工人员到达我们泉旺市后，会转车下乡，坐公交车的比较多，租车的相对要少点。"

"人多返乡很正常，跟我们有啥关系？"柯剑不等严波把话说完，插上一句话。

"有关系，当然有关系！按以往的惯例，公交车上会出现'三只手'，局里前几天已部署，要求我们刑警队派5名刑警穿便衣协助一下城镇派出所的同事，我作为中队长，本来要带头参加，但我这个胖身材，加上我这张老脸，似乎走到哪里都能被人认出，如果贸然参加，反而会打草惊蛇的，所以我想让你参加，你看如何？"严波这样的口吻，让柯剑感觉不到是命令，而是兄弟之间的磋商。

柯剑本想结了这个投毒案后，趁着这空闲把年假休了，陪伴一下夏云，到景德镇市逛逛街，买一些家里急需的瓷器；还有大舅子夏东多次提到过的办公室的茶具要更换，指望着他们到景德镇大型商场购买一套高档茶具，但始终没腾出时间来。柯剑心里其实早就想去景德镇，既了却夏东的嘱托，同时也表达一下做妹夫的感恩。但见波哥这样说，又觉得不应该推辞。因为无论从哪方面来说，柯剑在队里是比较合适的人选。再说，严波似乎有意在培养柯剑，有一次他当着彭大的面夸奖柯剑工作能力强，做事有耐心，并说柯剑是他的最佳接班人。

严波的话儿让柯剑心里暖暖的。不过，他内心也并不太想当什么中队长，只想跟着严波干，不需要动什么脑筋，安排了就做，没安排就闲着。

当柯剑把这些想法诚实地告诉严波时，严波很生气，说柯剑不思上进，长期下去会让人瞧不起。严波还说，如果柯剑混不出什么名堂，他脸上也没什么光彩。严波的意思显而易见，俩人一荣俱荣，一损俱损。

柯剑暗地笑了笑，自言自语道，这明明是在逼我吧？或者说，就是对我无形的捆绑吧！不过，为了不让严波失望，柯剑还是装作很听话似的。柯剑觉得，人嘛，该识好时也要识好。

第四章

　　柯剑戴了一顶鸭舌帽，穿一身牛仔，背上一个双肩背包，上了公交车。柯剑这张陌生的脸，果然很容易迷惑那些扒手，严波事先教过的几招也真的发挥了作用。

　　短短的一周时间，柯剑就亲手抓过 5 名作案人员。每次把人送到城镇派出所时，严波总爱笑嘻嘻地迎接，偶尔还伸出食指和中指往柯剑面前晃一晃。

　　看到严波的欢喜样，柯剑乐滋滋的。

　　慢慢地，柯剑悟出了一些经验。穿着方面不能太正统，随意的服饰不能起眼，站着的位置也要适当，特别是面部的表情，也要随意，让人一看，你就是一个坐公交车的旅客。

　　可是接下来，两个行动组几乎天天空手而归。

　　柯剑很扫兴，问严波："是不是暴露了警察身份？"严波淡然一笑，说："这很正常，扒手已警觉了，会减少'出场'的次数，或者干脆暂时隐藏起来，等风平浪静了一段日子，会再接着干。"

　　行动组把上车的时间改为上下班高峰以及公交车的末班，并更换不同的地点上车。柯剑戴了一副无镜片眼镜，穿了一件休闲西服外套，虽然有点粗糙，但很宽松。严波说，这又换了个人似的，倒像一个书生，文质彬彬呐。

柯剑缓缓地扫了扫整个车厢，并未发现异样，但当目光落下一米之隔的前方时，陡然看到一个孩童脸庞的小子，正把小手伸向一中年人的裤袋。等这小子把钱包拿出后放到胸前的书包里时，柯剑上前扭住了他。

这张稚气未脱的脸，顿时变得惊慌失措。小子用哀求的口吻说："叔叔，我给还，我给还。"他的小手似乎在挣扎，显然只是徒劳，无法挣脱。

柯剑放开这只小手，小子非常识趣，马上从书包内取出那只钱夹，交到那中年人手里。

柯剑决定把这小子带到派出所。可是，柯剑带他下车的时候，车上的旅客竟有人说："就原谅他一次吧！这小孩还小。"还对小子说："你在这叔叔面前说个保证下次不干，不就行了吗？"

小子挺机灵，带着哭腔连忙对柯剑说："叔叔，我以后不干了，你让我回家吧！"

下了车，小子还想挣脱柯剑，一副可怜兮兮的模样。

柯剑问他："叫什么，为何要偷人家的钱？"

"叔叔，我叫刘强，13岁，干这也是没办法的事，每天要上交，不管多少，没弄到就要挨打的。"小子好像事先编好了一个故事，让柯剑一时难辨真假。

"那你爸爸妈妈为何不管你呢？为什么不上学？"

"叔叔，我爸爸妈妈早就不在世上了，不过我还有一个姐姐在家里。"

派出所里，民警通过进一步了解情况，发现这是一个有组织有分工的扒窃团伙，控制着四个未成年人，关键时候、非常时期都是这几个未成年人帮衬"打底儿"。严波表扬柯剑说："这次你又无形中破了一个大案。"

当晚的行动，几乎是"一窝端"，警方打掉了这个隐藏在城郊边缘的犯罪团伙。但是这几个未成年人，不够刑事处理就得有监护人领回，这着实让柯剑费了很多脑筋。

严波和柯剑找到了刘强的家，一进门，两人几乎异口同声地说，这哪是一个家呀？家具没有，电器也没有，一幢用土砖砌成的房屋，人字顶上黑溜溜的瓦片有点儿漏光，好像是解放前的房子。破灶倒有一个，看不出有生火的迹象。一张简易木架床上，有个女孩子坐在床头边，她无神的眼睛和单薄的衣服，让人看出她的无助和贫困。

就在严波不知所措的时候，夏云打来了电话，告诉柯剑，夏东开着他的车在回城的路上被追了尾，叫柯剑抓紧赶到现场帮助处理。柯剑告诉夏云，现在正办事，一时赶不去，就让交警先行处理吧！

夏云却在电话里几乎咆哮着说：“你有那么忙吗？自己家的事都不管？”话没说完，就把电话挂了。

严波知道后，问柯剑：“夏东不是有自己的车吗？怎么开了你的车呢？”

柯剑说：“夏东是有车，但他的车经常被公司办公室借用到银行办转账之事，就时常用我的车了。”

“那么大的服装公司，办公室怎么没有配车呢？”

严波这一提，柯剑倒也感到纳闷儿。他其实知道夏东的公司有几部小轿车，还有两部带斗的货车，办公室理所当然也会配车。

女孩见到来人，赶忙从床头起身，捋了捋带皱褶的衣服。

严波问：“小姑娘，咋这大白天的，还睡懒觉呢？”

“叔叔，我这几天肚子不舒服，没去超市干活，昨天好了点，去了超市，老板却说我总是耽误工作，就辞了我。”女孩一脸的无奈。

“姑娘，你还愿意继续在超市上班吗？我可以帮你说说。”严波起了恻隐之心。

“叔叔，那就好感谢您哟！”女孩脸上泛起一丝笑意。

“姑娘你叫啥？多大啦？弟弟在外面干的事你清楚吗？”

"叔叔,我叫刘兰,今年已经 19 岁啦!我跟弟弟这两三年各逃各的命。我也管不住强儿,我有个堂叔叔倒是经常过来看看俺俩。"

十八九岁的年龄本是阳光灿烂,在刘兰身上,却看不到半点。她的穿着打扮十分土气,不过脸蛋儿还漂亮,不像个农村姑娘,倒像个城里姑娘来到了乡村。

"必须找到刘强的堂叔,让他严加管教,刘强才不再流入社会干坏事。"严波对柯剑说。

"找他堂叔倒容易,关键是能解决刘强的根本问题就好!"柯剑疑虑着说。

刚一出门,就撞见一中年男子迎面走过来,问柯剑和严波干嘛?严波掏出警官证,介绍自己。

中年男子说他是刘强的堂叔,之后疑惑地问:"警察同志,有事么?"

严波把情况介绍完后,唉声叹气地说:"这样下去,刘强迟早要变得更坏呀!应该有亲人好好承担起管理的责任,可是……"严波忧虑的眼神跟中年男子一对接,中年男子便明白了严波的意思。他觉得严波的话语就像寒冬的一把火,瞬间点燃了他与刘强的亲情,也让他起了愧疚之心。他叹了一口气,说:"前几年,俺弟弟、弟媳在广东打工期间出了车祸,丢下这对儿女没人管,我也只是偶尔过来,但还是没有管好孩子呀!这都怪我没用心,现在强儿都变这样了,警察同志,我下决心要把强儿当亲生的一样对待,请放心吧!"

听完刘强堂叔诚恳的承诺,严波觉得差不多了,就对刘兰说:"姑娘,我们马上到超市帮你说说情,你就安心继续到超市做事吧!"

刘兰连声感谢,跟在严波身后,目送着警车远去。柯剑从反光镜里看到,刘兰仍站在那儿,左手拉着强儿,右手掌举过头顶不停地挥动着。

第五章

柯剑掏出手机，给夏东打电话，问："大哥，你还在现场吗？"

夏东说："剑弟，你就不要来了，交警已处理过。"

柯剑准备跟夏东解释一下晚来的原因，但感觉夏东那边有些人在嚷嚷着，话还没说完，夏东就挂了。

柯剑到了小区楼下，恰巧碰到夏云迎面走来，步履有些匆匆。不等柯剑开口，夏云就劈头盖脸地斥责："你个混蛋！哥哥开了你的车被人追尾了，你也不赶过来！你就记得忙工作，忙自己，好吧，你只管忙，我现在也忙，你吃饭自己看着办！"

柯剑正想解释几句，夏云头也不回地走了。

柯剑到家后，发现厨房里米饭已煮好在保温，肉、菜都切好放进瓷盘里，只是没有下锅。柯剑暗地笑了起来，这夏云，刀子嘴，豆腐心，说起话来从不考虑别人的感受，牢骚想咋发就咋发。

柯剑烧好了菜，打电话给夏云，问什么时候回家吃饭，夏云好像怒气未消，叫柯剑先吃，不要管她。

下午上班，严波问柯剑："你大舅子没咋受伤吧？"

柯剑愕然，本以为只是小小的追尾事件，没有人员受伤，可严波一问，还真让他担心。柯剑说："我一点情况都不知道。"

严波接着说："夏东在蔡岭镇往市里的路上正常行驶，疑似突然超车后又立即减速让后来的一辆面包车追了尾。"

晚上柯剑和夏云特地到了夏东的家里，夏东并没有被车子追尾后的惊恐感，倒是很平静，看上去心情也不差。夏东微笑着说他身体没事，就是车子尾部被撞了，修理的时间比较长，少则半个月，多则一个月，而且马上过年，修配厂的师傅大多回家过年了。

柯剑说："哥，身子没受伤是好事，车子被撞了可以修好，你就别担心。"

夏云还是忧心忡忡，她缓慢地抬起头，眼睛直盯着夏东，说："哥哥，你以后开车可要小心些，这次也是老天保佑平安无事，要是身体出了事可就是大事呢！"说完，夏云竟然抹起了眼泪。

夏东见夏云如此，就安慰说："云妹儿，别担心，我这不是好好的嘛！对了，公司的事这些天你多辛苦些，我还有点事要处理。"

夏云点点头说："知道了，哥。"

柯剑的帕萨特进了修理厂，整个春节主要靠夏云的车跑路，上班、下班，柯剑跟夏云形影相随。偶尔柯剑开开玩笑，调侃说云儿你现在成了我的专职司机啦！夏云嘴巴一撇，说道："你个孬小子，不是看到你手上没车不方便，对自己的错误也有认识，最近表现还可以，否则的话，我才不愿接送你呢！"

柯剑心里清楚，夏云说他最近表现好，主要是指自己没有什么"桃色新闻"这方面。

不过，这样没车的日子，倒是让严波烦心了。周末或工作日没事的夜晚，严波常要带柯剑去刘强家走访，骑着那辆发出"突、突、突"怒吼声的破摩托。每次到柯剑楼下时，柯剑都不忍心看到严波那被风吹得冷乎乎的木然面孔。柯剑说，让我带你吧！可严波总是执拗地拒绝。

柯剑知道严波家庭经济比较拮据，妻子又没有固定工作，身体也不太好，常常要抓药用钱，严波却从不表现出心疼钱的样子，去刘强家每次到超市买物品，总是抢着买单，柯剑就和他争执不休，甚至发生"肢体冲突",不明真相的人还以为两人在打架呢!

为避免在超市的尴尬,柯剑在接到严波要去刘强家的信息后,会提前到超市买点物品,然后等严波来后,就直奔刘强家。严波见此板着脸不同意,常常也带着礼品绑在摩托车后座,好像跟柯剑作对似的。柯剑暗暗地想,这小老头有时真有点犟!

很快到了二00九年二月十四日这个情人节,夏云不动声色,装作不知道,柯剑知道夏云是在考验他是否记得。当柯剑从鲜花店里买来9朵玫瑰从背后突然捧到她面前时,她兴奋极了,当即给柯剑一个深深的拥抱,并说晚上由她请客共进晚餐。

夏云爱花,特别爱玫瑰,如果给钱她并不买账。柯剑与夏云结婚后,情人节、夏云的生日,都会买9朵玫瑰送给她,意为"天长地久"。

等到夏云刚把包厢订好,严波此时就打来了电话,说晚上有行动,夏云刚刚开心的脸庞,像花儿一样蔫了。

这晚是对泉旺市最大的一家KTV进行清查,寻找包厢内的三陪小姐——小秀和小娟。忙碌了半个多小时,该找的地方都找遍了,二十多位警察从各个包厢出来汇集到总台。彭大见大家两手空空,显得非常失望。

彭大下令,再次逐个对包厢进行检查,把进出口封死!说完,彭大匆匆地赶往每个进出口,认真查看是否有漏洞。

可是查来查去,并没有发现叫小秀、小娟的女子。彭大从公文袋里取出那封求救信,再次展开细看。"民警叔叔,我和小娟被几个陌生男人从贵州带到了泉旺市,进了都丽会所被强迫三陪,提供性服务,快救救我啊!小秀亲笔"。字迹歪歪斜斜,笔画也显得软弱无力。

这就蹊跷了!不是写信求救吗?怎么人影都找不到。彭大将吸了大半截的香烟往地上一扔,用脚尖踩了踩烟蒂,随后说:"先收队,待后还要继续查清,这到底是咋一回事?"

行动结束时，已经十二点了。柯剑和严波对视了一下，柯剑悄悄问严波："波哥，是否去夜宵店喝点热汤？"

严波说："我都胖成这副死猪样，平时忍着肉都不吃一块，喝水都长肉儿，更别说喝肉汤！"

严波一说完，柯剑就笑着说："那就做个伴嘛！"

"走吧！走吧！谁叫我是你老哥哥呢！"

咦！已到凌晨的点了，这夜宵店还热闹着呢！柯剑跟严波正东瞄西瞧找位子时，角落里一女子站起来向柯剑示意，那儿有位子。走近一瞧，柯剑发现这女子有点眼熟呀！柯剑正想问她，在哪里好像见过你？这女子立即对身边的另一位女子说："这是和我同住一个小区的警察同志，去年还帮我扛过大米上楼呢！"

女子把椅子挪了挪，叫严波和柯剑坐，并大方地介绍自己："我叫贾梅！"

柯剑终于想起来了，他曾帮助过这女子送米上楼，却被小区的人误会有暧昧关系。柯剑有点尴尬地问："怎么这么晚还在外面？"

贾梅说："警察同志，你是不是忙得连今天是啥日子都不知道？今晚我们几个同学去唱歌，庆祝一下我们的情人节嘛！"说着，拍了拍身边的女子。

这女子可能是贾梅的闺蜜，反唇一笑："谁跟你是情人？死皮！"

柯剑为严波点了一小份排骨汤，自己点了中份的。排骨汤入口下肚，周身开始暖了起来。

"哇！手机没电自动关机了。"贾梅自言自语，声音很大，说完就把目光投向柯剑。柯剑心想，我能有什么办法呢？

贾梅见柯剑没理会，竟然开口了："警察同志，借用一下你手机行吗？"

柯剑把手机递到她面前，贾梅毫不客气地拨打了一个电话。通话中那打情骂俏的话儿，听出来有点露骨。两人说话都很随意，对方像是一位男子，瞬间这桌子周围弥漫着一种暧昧的味道。

柯剑很反感，脸上自然严肃了起来，心想这人怎么这样不自觉，竟拿我的手机跟情人调情！

贾梅似乎看出了柯剑的不快，长话短说，草草地结束了通话。

回家后，柯剑不想打扰夏云甜蜜的梦境，轻轻地开门、关门，黑暗中凭感觉摸到了厕所洗漱。

不一会儿，电话铃声响了。虽然手机放在书房里，但铃声落在寂静的夜里显得非常刺耳。柯剑慌乱地从厕所奔出，担心铃声吵醒了夏云。

电话里，一名男子质问柯剑是谁？

柯剑反问他是谁？

那男子又问："你是贾梅什么人？"

柯剑立即意识到这是刚刚贾梅借自己手机打电话调情的那男子。本来柯剑就反感，特别是这半夜三更的，还来电打扰，就不耐烦地说："我只是把手机借贾梅用了一下，我是谁并不重要！"说完，柯剑很果断地挂了电话。

谁知，那男子又把电话打过来，柯剑摁了拒绝键。男子又打，柯剑继续摁拒绝键。柯剑就站在那里，眼睛盯着黑暗中的手机，就像在黑夜里趴在案发现场蹲坑守候那样。

"谁这么晚还打电话来？"夏云披了一件保暖衣从房间走了出来。

柯剑说："是一个男人，骚扰的。"

"刚刚我还听到你说，'手机借了贾梅'，是咋回事嘛？"

夏云快步上前，拿到了柯剑的手机。恰此时，那男子的电话又打过来了。

夏云毫不犹豫地接了起来。

"你半夜三更打电话给我老公，什么事嘛？"

"我正要问你老公呢，跟贾梅什么关系？你老公心虚嘛！刚刚我打了几个电话，他都不敢接！"

柯剑把电话抢了过来，气冲冲对着话筒说："你这小子别乱瞎猜，我只是借手机给贾梅用了一下，你还有什么其他的事，就去问贾梅！"说完把电话狠狠地挂了。

夏云这时发火了，对着柯剑吼道："怎么话没说完就摁掉了，你心里有鬼吧？"

柯剑说："刚刚在夜宵店跟波哥喝汤，恰好碰到一个叫贾梅的女人，她手机没电就借了我手机拨打了这男子的电话。对了，这贾梅，就是我们这个小区的，去年我不是告诉过你，我帮她扛过一袋大米上楼吗？"

"就是嘛！我之前还认为你们没有关系呢！你编故事挺可以啊！警察同志！现在我清楚了，尽管你做得很巧妙，但今儿个电话都打上了门，总该老老实实承认吧！"夏云边说边用手推了推怔在那儿的柯剑。

"这纯粹是误会！误会！我对天发誓！你明天问一下那个贾梅，她确实只是借我手机用了一下，喏！这儿有通话记录。"

夏云把手机一推，愤愤地说："贾梅肯定不会认账啰！她有那么傻吗？她睡了人家的老公，还会说出口！？"

"那就问一下波哥，总清楚吧！"

"不要问了，柯剑！我已经受够了，我们离婚吧？我们家的事，你管过多少？还在外面长期惹是生非，我没有一点安全感，这日子没法过了！"夏云说完，迈开大步走向主卧。房门"砰"的一下关上了，接着传来房门反锁的嘎吱声。

柯剑怪自己对别人没戒心，有点后悔把手机借给贾梅，也恨透了这个和贾梅调情的男人，误会不说，还影响到自己的家庭。于是，柯剑把电话倒拨向这男子，想当着夏云的面说清楚，哪知这该死的男子就是不接，柯剑又继续打，如此反复十几下，哪知对方竟然关了手机！

　　柯剑像一只飞蛾被人拍进了火堆，粉身碎骨了，也没人看出他的真心。柯剑只好乖乖地进了书房，然后掀开冰冷的被子钻了进去。

第六章

次日，彭大把严波和柯剑叫到办公室。谈起昨晚的行动，大家都觉得有点怪。

严波皱了一下眉，说："彭大，我认为往往蹊跷的背后有文章，并不简单。"

"严波你经验丰富，还是请你带队继续查一查吧？"彭大微笑地征询着意见。

"可能人手不够，我中队除了柯剑有空，其他人都办案去了，是不是大队再派些警力支持，虽然泉旺是个县级市，但也有这么大，外来流动人员及出租屋居住人员的巡查还是要以派出所为主，我们派员督促跟办，可能效果比较好。"严波提出了个人的建议。

"好吧！派出所我会协调好的，大队需要人力尽管开口，总之大家要一条心，查个水落石出。"彭大口气很坚定，对继续查下去很有信心。

严波见柯剑无精打采，眼睛有明显的黑眼圈，问柯剑是不是昨晚工作太晚影响了睡眠？

"没睡好倒是事实，主要是昨晚我把手机借给那贾梅用了一下，闹了一点小误会，夏云硬说我跟贾梅有不正当关系。"柯剑觉得应该跟波哥透露一下，心里才好受些。

"那怎么有误会呢？是不是贾梅昨晚回家后又打了你电话，让夏云听到了才……"严波并不觉得这是个事儿，嘻皮笑脸地问。

"贾梅并不知道我手机号，是那个跟贾梅通话的男子，在我到家后又打来了骚扰电话，怀疑我是贾梅的什么人，电话吵醒了夏云，导致了夏云的猜疑！"柯剑打断严波的调侃，像背好了台词一古脑儿郑重地告诉严波。

"这还不容易？我这就打电话给夏云，我作证，你柯剑是清白的。"严波收起了笑容，话一说完，就从桌上拿起手机给夏云拨了过去。

严波打电话先是坐着，后来站了起来，接着又跑到办公室外面。几分钟过后，严波回到了自己的办公座位上，脸上的表情发生了改变，晴已转了阴。

"没事没事，波哥，夏云就是这样的醋坛子，疑神疑鬼的，你别往心里去。"见严波心里不欢畅，柯剑又后悔告诉了严波才让他受气。

"夏云这回不相信我，说我们是穿同一条裤子的，肯定帮忙作伪证。"严波接着说："下次我再到你家去，跟夏云当面说清楚，我们先工作。"严波委屈地对柯剑说。

"KTV忙夜生活的服务人员往往在上午睡大觉，而下午是他们空余的时间，我们就在每天下午到那些出租房屋查找查找吧！"严波这时拿出了平时积攒的经验，又似乎以商量的口吻对柯剑说。柯剑点点头，对严波的分析很认同。

查了几天，并没找到叫什么小娟小秀的，倒是查出几个盗窃嫌疑人。

这天柯剑和严波来到彭大办公室，准备研究下一步工作。这时进来一个肥头大耳的中年男子，他自我介绍是都丽会所的老板，姓王。

严波问："呵呵，王老板，有什么事吗？"

王老板一副怒气冲冲的样子，歪着头侧目以质问的口吻问："你们警察执法是不是很公平？前几天到我的会所，像'大兵压境'一样呀！我弄不明白的是，我对面的女神会所咋没见过一个警察的影儿？现在好了，女神那边火翻了天，我这边却冷冷清清，几个贵州女孩儿也结账跑了，我还听说，她们竟然跑女神会所上班了，觉得真是好笑！"

"王老板，对哪个会所进行检查，是我们公安机关的权利，也是依法办事的，这你要相信我们，另外，当晚带来的几个三陪女不都有些问题吗！"彭大解释着说。

"依法办事？嘿嘿！别说得那么好听！要查也是一起查，我就不信'女神'没有问题！你下次如果还这样做，我就会问一问我们的闵市长，是不是公平？"王老板一副傲慢的架式，说话有点理直气壮，似乎还在警告。

"王老板，我也郑重地提醒你！做生意要遵纪守法，更不要拿什么闵市长来唬人，你的意思是，你跟闵市长的关系不一般，是好朋友吧？你要记住！我们公安机关严格执行的是依法办事，如果你喜欢问什么领导，那是你的事，是你的自由。"严波正视着王老板，王老板顿然乱了方寸，像一只泄了气的皮球，收起了刚刚那种傲慢架子，悻悻地走了。

"我们这就去找贵州女孩，说不定可以了解到一些情况。"严波心焦地说。

"对，现在有线索了，就该去查。不过我们也确实疏忽了一点，为什么没有考虑到刚刚王老板所说的那种情况呢？"彭大眉头紧锁着说。

女神会所的大厅，气派非凡，七彩灯火闪烁着耀眼的光亮，打扮妖艳的女郎站成两排夹道欢迎一拨又一拨的客人，好一派繁华如梦的场景。

柯剑和严波以顾客的身份在过道装作找人，劲爆的音响时而从包厢内传进耳鼓。昏暗的包厢内，那些像疯了一样的男女扭动着自己的腰肢和臀部，而那些喷着香水、点着细小香烟万分妖媚的女子在摇曳的节拍里和嘻嘻哈哈的打闹中寻找着一个又一个可以猎获的对象，整个包厢总是弥漫着暧昧的气息。

一名服务员过来了，走起路来有点摇摆，估计喝了不少酒，柯剑想这是一个好机会，问："可有贵州妹子？叫两个过来陪陪。"

"我们这叫一个公主需付费五百元，老板你愿意吗？"

"你放心，要的是那贵州妹子来，我才会给。"严波的话很肯定，他穿的格子西服显得潇洒大方，特别是他胖乎乎的身板此时起到了至关重要的作用，俨然一副大老板派头。而柯剑呢，也很配合，像是跟随严波闯荡江湖的贴身小弟。

不一会儿，两名涂脂抹粉的贵州籍女子踩着左右摇摆的舞步过来了。

柯剑说："我们找个地方说话！"

其中一名女子问："不是进包厢吗？"

柯剑亮出了警官证，声称了解情况要她们积极配合。可两小姐掉头想溜，柯剑严肃地说："你如果不配合我们，我们外面的警察会进来的，到时会影响到'女神'的生意，可就是你们俩的事了！"

两女子停住了脚步，用疑虑的眼神打量柯剑，又瞧了瞧严波。

"你们从贵州来，一共来了多少人？先来哪里，后来哪里？都叫什么名字，把身份证拿过来验一下。"严波以不可抗拒的语气发话了，果然，生姜还是老的辣啊！严波的气场又让柯剑的自信心增添了几分。

"我们是四人一起过来的，另两个早走了，叫阿娟什么秀的吧，我们先是在对面的都丽会所，这两天改到这上班了。反正我们都是贵州人，但不是一个市的，警察同志，我知道的就这些。"

踏破铁鞋无觅处，得来全不费功夫。

柯剑和严波很兴奋，为两人的小成果互擂着对方的拳头。接着两人很快查到了她们租住的出租屋，并查到了已离开泉旺市的另两个贵州籍女子的身份证号码。

第七章

已走的两女子小娟小秀，已不在我们辖区，是不是可以撤兵了？或者，此二人是不是已被他人绑架到了另一个地方，才杳无音信？柯剑和严波觉得查询工作还需继续。

又要出差了！柯剑把出差的消息告诉夏云。夏云无所谓地说："我现在又不管你！你爱干啥就干啥！你还搬波哥来作证，做你的挡箭牌，你要知道，纸永远包不住火的！反正你就准备离婚吧！"

柯剑一向认为夏云说离婚是过过嘴瘾，特别是这五年多来，一遇到不顺心的事儿就爱发牢骚，说离婚。柯剑想，夫妻应以和为贵，加之从心里暗暗发过誓要对夏云好，就凭夏东一个大男人，一个大董事长，还这样敬重他这个小警察，内心就非常感激。所以夏云再怎么发火柯剑从不顶着嘴说话，一般是和风细雨地解释，让夏云消怨气，解怒气。

但是，柯剑心里隐约觉得，夏云这次像是铁着心要跟他离婚。以前，夏云一知道柯剑要出差，就会把要用的东西捡好放进行李箱。现在呢，行李箱仍束之高阁，一点动静也没有，帮柯剑捡物品的准备工作似乎再与她无关。等到严波在电话里催促柯剑抓紧时间时，柯剑才慌乱地捡了几件换洗衣服，至于什么刮须刀、洁面奶等物品，一件也没记得捎上。

柯剑在列车上给夏云发了几条信息，夏云一个也不回。柯剑心里很落寞，怨恨夏云把他当空气，竟然这样不相信自己。

柯剑并不死心，又把电话打给夏东。

夏东一向支持柯剑，认同柯剑。柯剑也觉得，哪怕是自己有过错，夏东也从不当面指责他，而是私下把柯剑拉到一边如此这般地教诲，还满有把握地说，我会跟云妹儿把事说好，你男子汉大丈夫，大度大量，就多让着点吧！

当夏东得知柯剑出差在外时，在电话中反复叮嘱柯剑要注意身体，办事要注意安全。柯剑总是从夏东的电话或平时的交谈中，感受着温暖与亲情，收获着一个又一个如兄长般叮咛的感动。

都说贵州山里的妹子漂亮、纯净，这话一点不假，但柯剑感觉更多的是，个个都是"精灵"一般，穿着整齐干净，待人也大方有礼。

见到警察，两女子很诧异。

严波先介绍了一下自己的身份，同时递上警官证，然后开始发问："你们俩什么时候从泉旺市回来的？"

"什么泉旺？我们可从没出过门呢！警察同志可以问我们左邻右舍。"两女子几乎异口同声地说。

"你俩的身份证呢？怎么在泉旺市的出租屋登记过？你们解释一下。"柯剑着急地追问。

"我的身份证掉了。"其中一个女子喃喃说道。

"不会吧？你可不要包着火在怀里烧，人家要是拿着你的身份证干坏事可就是大事了。"严波不紧不慢地说。

"只要你们把事情讲清楚了，就是对事实负责任，但若要包庇他人，法律可是要惩处的呀！"柯剑细声细语，不想破坏刚刚建立起来的和谐气氛。

"警察同志，我们实话实说吧，我们两个的身份证都是被表嫂、堂妹借走的。开始她们都说借两三天应个急，哪知过去了这么久也没还给我们。"

"那表嫂、堂妹的真实姓名呢？电话联系方式呢？"

"表嫂叫王天娇，堂妹叫张春凤。不过我们从来没联系过，也就不知道她们的手机号码。"女子嗫嚅着说。

严波皱起了眉，柯剑也觉得奇了怪了。这两个女子为什么借用别人的身份证，而不使用自己的身份证呢？莫非……王天娇、张春凤都有什么见不得人的问题？

火车在返程的路上狂奔，不解的谜团仍在胸中燃烧。柯剑和严波在车上探讨最多的问题，便是这两个借用他人身份证的女子葫芦里到底卖了什么药？

柯剑闭上眼睛的时候就会想起夏云，虽然夏云心中的疑惑至今还没有解除，但柯剑还是思念她的。柯剑以为，越是一味地跟夏云解释，她越会认为自己真做了什么坏事。柯剑还想过，如果夏云执意地认为自己"花心""出轨"要跟他离婚，那应采取什么方式应对呢？应敞开心怀把证据一件一件地摆出来，让夏云改变对自己的看法，还是让时间去慢慢沉淀最终了解呢？

正在胡思乱想的时候，严波接到彭大的来电。说了几分钟的话后，严波叫柯剑到下铺，悄悄告诉他，王天娇、张春凤就是公安部通缉的重大在逃人员！有资料显示，此两人多次向全国各地"批发式"贩卖毒品，采取打一枪换一个地方的对策，是一对不打折扣的大毒枭。

柯剑叹息着说："这两个家伙竟然在我们的眼皮底下溜走了！看来这KTV要经常性地巡查，才有可能撞到'大鱼'呀！"

严波说："这两个'鼎鼎大名'的人物怎么会跑到泉旺市呢？又怎么会到一个小都市的KTV藏身呢？当前我们要做的就是，如果这两人还在泉旺市的话，就不能让她们再次漏网了。"

火车到达泉旺站的时候，柯剑给夏云打了电话，但夏云不知是没看到还是很忙或者还在生气，没有接电话。

柯剑到家里时发现，书房的那张床上已经铺好了干净的被褥。柯剑明白也必须绝对服从，夏云在那晚柯剑接到陌生男子的电话产生怀疑之后就说，两人分床睡：夏云睡主房，柯剑睡书房，女儿睡侧房。

刚跟夏云开始生活，她的干净让柯剑非常惊讶，甚至瞬间让柯剑产生很多压力，好在柯剑作为一名警察抗压能力比较强，也就慢慢适应了。比方说，每个人使用的毛巾有四条，分别是：洗脸巾、洗澡巾、抹脚巾、揩手巾，从上到下摆放而不能放错位置，毛巾的颜色也是四种，洗脸巾是白色的，洗澡巾是黄色的、抹脚巾是花色的，揩手巾是蓝色的。每个人使用的毛巾在一个厕所的不同墙体上。从外面归来，上下外套必须全部换成室内穿的睡衣。夏云说，这是为了防止外面的细菌带入室内。而买来的蔬菜、水果，夏云必亲手反复洗涤，鱼肉更是洗得表面摸不到一点油。

等夏云到家时，柯剑死皮赖脸地主动搭讪，夏云只是微微地点了点头，并不和柯剑对话。柯剑无趣地翻看着书，夏云继续追她的剧。

夏云也和大多女人一样，是一本难啃的书，令柯剑捉摸不透。不过，就是这样一个喜欢打冷战的女人，看电视剧出神入化的时候也会掉眼泪，偶尔还会哭出声来。柯剑觉得夏云还像没长大的孩子。

柯剑劝夏云："毕竟是电视剧，演员是骗子，观众是傻子，又何必当真呢？"

夏云听到后，恼怒地说："你就是一个冷血动物，懂什么感情？"

这夜，夏云没再提离婚的事。

柯剑想，大概就会和往常一样，日子就这样溜过去了。但是后来发生的事，又让夏云坚持最开始要离婚的想法。

第八章

元宵过后，柯剑跟严波去过一趟刘强家，发现刘强、刘兰已离开了泉旺市，刘强的堂叔很开心地告之，刘兰谈了一个小伙子，小伙子把姐弟俩带到广东打工去了。

严波舒了一口气，很轻松的感觉，说："这就好，这就好，这姐弟俩的苦日子终于熬到头了。"

很快又到了夏季，可任凭柯剑和严波磨破了一双鞋，在泉旺市再也没有发现王天娇、张春凤的踪影，这令人非常懊恼而沮丧。

不过，柯剑始终认为这两人也许早已离开了泉旺市，没有必要继续追查下去，应该及时止步。而严波一直坚持认为，此两人还应在泉旺市，是有"作为"的。严波常挂在嘴边的一句话是：因为目的没有实现，就不会轻易离开。

柯剑也曾提出，王天娇、张春凤涉嫌的是贩毒案件，应该让禁毒大队投入警力去查找，严波却说："禁毒那边早已协调好了，也在寻找，只不过我们的任务要弄清'求救信'的来龙去脉而已。"

"弄清这'求救信'似乎没什么意义吧？"柯剑不加思索地说。

"你想想，这两个'大人物'明知自己是全国通缉的要案犯，怎么会向公安机关写信求救呢？那么问题来了，是谁写的这封求救信？出于何种目的？所以，这就是我们要搞清楚的原因呀！"严波若有所思地说。

趁着一个周末没有值班安排，柯剑带着夏云和女儿柯娇去了一趟景德镇。柯娇很兴奋，看到那么多造型优美、装饰丰富、风格独特的瓷器，乐得手舞足蹈。柯剑顺便给柯娇讲起了景德镇四大传统名瓷，青花、玲珑、粉彩、颜色釉，瓷质"白如玉、明如镜、薄如纸、声如磬"，让柯娇见识了一下景德镇的陶瓷文化。不过，柯剑心里有一个小算盘，就是帮夏东选一套好茶具，也不枉夏东待自己情深一场。

当柯剑和夏云把一套精致的茶具送到夏东那宽敞的办公室时，夏东异常高兴，并把一沓钱往柯剑口袋里塞，柯剑忙闪躲坚决拒绝，并说："哥哥，你咋把我当外人呢？你送我们的帕萨特，我还都来不及还呢！"夏云也在旁边附和着说："哥哥这样生疏，是分了彼此哦！"

夏东哈哈大笑，说："送车是嫁妆，而这是我委托你们去买的，你又造不了茶具。"说完，把钱又往夏云手里塞。夏云用手猛推，显得很生气，嗔怪地说："哥哥你是瞧不起俺们吧？"

夏东只好作罢。

日子总是像从指尖流过的细沙，在不经意间悄然滑落。柯剑和夏云的感情也在平平淡淡的岁月里磨合着。如果说爱的话，在刚结婚的头五年是夏云爱柯剑多点，而之后则是柯剑爱夏云多点。有一个大问题是，夏云似乎对柯剑总不太满意，特别是柯剑干任何事，她都觉得达不到她的标准或要求。

有一次周末柯剑下厨，菜只洗了两遍，在旁边帮厨的夏云大声地斥责，这么一个大男人连洗菜都洗不干净。

柯剑争辩道："你睁眼说瞎话，哪里没洗干净？"

夏云拿起那颗大白菜，指着菜帮子说："你看你看，这上面有黑条条，洗干净没？"

"这并不是脏，是黑筋！"

"我实话告诉你，当初不是大哥说你好，要我嫁一个警察找安全，我鬼都不愿找你这小警察！"夏云见柯剑顶嘴，更来气了。

"是你大哥要你嫁我？"

"开始确实是大哥怂恿我，当然后来是我的事。"夏云这时感觉到她的话儿有点过了，语调变低了，头也低了下来。

柯剑松了一口气，似乎对夏云说的话比较满意，说："那我就把这条黑筋刮掉总可以吧？"柯剑轻轻地把夏云推开，然后在水池里找出那些有黑筋的大白菜，一一刮掉。

每当柯剑跟夏云发生不愉快的事情时，柯剑就会想起在夏东那儿曾保证过，会对夏云好。柯剑也看得出，夏东认可他的同时，对他也充满着感激。

"这些天我们大队抓获了几个小青年，都是在市区几个停车场砸碎小轿车玻璃后作案盗窃车内财物，从他们作案的动机上，得出的结论都是为了筹集毒资。"严波见到柯剑，马上告诉他最近收到的一些情况。

"那么说，最近泉旺市吸毒人员又在大幅度增加？"柯剑不解地问。

"你说对了，柯剑，前几日，我们大队三组出了一个警，你猜是什么警？"

"我怎能猜到？波哥这不是拿我当诸葛亮吗？"

"一个小子向父母要钱买毒品，父母都是年近八十的人了，靠养老金过生活，哪有多少钱给？这小子每次都是硬逼，父母不给就拿起打火机要烧被子、家具，以前父母也妥协过多次，但吸毒是烧钱的买卖，怎能满足？父母这回铁了心不给，哪知这小子真的点燃了棉被，整栋楼被那一股浓烟搅得沸腾了。三组的民警在现场把那小子抓了，消防员也到了，房间里的东西烧得差不多了，连墙壁都变得黑乎乎的。"严波讲得出神入化，似乎也曾到过现场。

"这毒品真是害人不浅呀！"柯剑说。

"还有前几天的一个夜晚，有两个小子竟然守在工业园的一食品厂门口，对下晚班的女工动手，也是为了抢钱购买毒品。所以说，当前的主要任务是配合禁毒民警，争取把伸向泉旺市的贩毒黑手尽快斩除。"严波一字一顿地说。

"对，不斩除这些毒瘤，老百姓的日子就不安宁呀！波哥你就吩咐俺，咱们好好干。"柯剑以保证服从命令的口吻说道。

"柯剑啊！你知道喷泉为什么那么美丽、壮观吗？"

"什么喷泉？"柯剑摇了摇头，问道。

"就是平常我们观赏的喷水场景呀！那喷泉那么壮观那么美，是因为它有压力！所以呐，工作方面你也要主动，不能长期依赖我指派你干这干那，否则你永远像一个没长大的孩子，成长不了。"严波诚挚地把目光投向柯剑，柯剑羞愧地点点头。

这以后，柯剑的生活日记几乎变成了工作提纲。严波与柯剑的位置来了个互换，严波成了柯剑的下手。严波看在眼里，喜在心头，常在彭大面前为柯剑"表功"。柯剑也劝阻严波："低调点嘛，为什么要那么的张扬呢？"严波可不听，只用三个字打发柯剑，笑着说："你不懂！"

柯剑几经努力，从一大堆材料里终于掘取了一个重大发现，几个作案小子都不经意地交代过，泉旺市提供毒品的"总代理"是一对姊妹花！柯剑来精神劲了，这对姊妹花是不是……？柯剑按捺不住心中的兴奋，立即找到严波，想一吐为快。严波听取柯剑的分析后，说："看来，这狡猾的狐狸尾巴终于要暴露了！"

"姊妹花，终于找到你们啦！"柯剑边喊边从床头一跃而起，睁开眼周围却是一片黑，才知自己做了一个大美梦。

　　"什么姊妹花？"刚从卫生间小解出来的夏云听到书房里柯剑的梦话后，拉亮了书房里的电灯，疑惑地盯着柯剑问。

　　"呵呵，是我办的案子要抓的人，我刚梦着抓到她俩了。"柯剑的脸庞显得有点儿失望，但又马上意识到自己说漏了嘴，忙改口："不是，不是，是梦见了几朵花。"

第九章

这是个周末，柯剑觉得弄到了这么好的线索就应该趁热打铁。柯剑打电话告诉严波，假日也要去上班。严波在电话里说，等在医院帮妻子抓完药再到局里与柯剑会面。

刚从住房下到一楼，柯剑远远地看到一女子在那儿徘徊。女子来回踱着步，像在等人。

"警官，终于等到你了！"女子见到柯剑异常兴奋。

柯剑正想问女子是谁？但与女子一对视，就认出了是婉香。柯剑问："婉香，你怎么来了？"

"警官，我被法院从轻判了几个月，这几天出来了，第一个事就是感谢你跟那胖叔叔救了俺的命呀！"

"这有什么好谢的，都是我们的本职工作呀！"说完柯剑准备往停车场去。

婉香拦住了柯剑，还拉了拉柯剑的手，说："我也没什么好东西谢你，我就带了乡下的土特产送给你，希望警官你不要嫌弃。"

柯剑看到婉香身边有一个蛇皮袋，还有一壶菜油，说："你干嘛呢？"当即表示拒绝。

可婉香不依不饶，坚决地说："这是我爸妈给我的，你就收下我这小小的心意吧！"

柯剑要走，婉香不让。期间，小区来来往往经过的人不明就里，还以为两人吵架呢！

见无法拒绝，又为了避免这尴尬场面，柯剑掏出300元现金塞到婉香手里，说："我收下你的心意，但这也必须收下，就当我给你小孩买点吃的。"

"不行，不行，哪咋行？"婉香把钱往柯剑手里塞，满口拒绝。

"那我也不接受你的！"柯剑说话的语气很坚决，并把钱硬塞到婉香的口袋里。

接着，柯剑问婉香："夫妻关系恢复得还好吗？"

婉香羞涩地点点头，说："他改好了，对我很好，这不，他也叫我来谢你呀！"

路上柯剑又想起了婉香，曾经多么的不堪呀！现在好了，终于回归到正常的生活轨道了。柯剑的内心充盈着一点点小成就，暗暗地说："这样本质不坏的人，幸好当初挽救了。"

到了单位，车还没停稳，夏云就打来电话，问柯剑刚刚来小区的女人是什么人？

柯剑知道夏云又听到了什么风言风语，忙说："是我原来承办的一起投毒案的当事人婉香，她来谢我的情了，有一蛇皮袋的花生和一壶菜油还在我车上呢！"

"还有什么情吗？我说了，你就是播情种的家伙！"夏云在电话里开骂了。

柯剑有些恼火，愤愤地说："你怎么还是这样瞎猜疑呢？"说完狠狠地把电话摁掉了。

不一会儿，夏云发来信息："回家找你算账！"

中午柯剑提着花生和菜油上了楼，夏云见此，把两样东西扔到门外，说："拿走！拿走！不稀罕，玩这个表面，明明就是动机不纯。"

到底是说谁动机不纯，柯剑弄不清夏云的意思，也没有追问。

柯剑只好听从夏云的安排，把花生和菜油放到杂物间。夏云唠叨了一会儿，见柯剑没接茬就熄了火。但从她的表情上看，心里并没有消气。

柯剑把夏云的猜疑告诉了严波，严波笑得前翻后仰，说道："夏云真是个不打半点折扣的醋罐子呀！我这就跟婉香打电话，叫她带老公到泉旺市来，当面跟夏云解释清楚。"

柯剑打心底佩服严波的思路很活跃，遇事见招拆招，无招胜有招。

禁毒民警在柯剑提供线索之后，也展开了调查。这对"姊妹花"狡猾无比，从不利用什么通讯工具联系，都是靠步行、搭车等方式见面，穿着打扮也是每次变花样，见面的地点从不固定，甚至见面也会临时改变地点，就像一对幽灵来无影去无踪。

柯剑反复观看天网视频，试图找到"姊妹花"的踪迹，终于找到了一些规律，并根据时间段，提出采取老常规办法：蹲坑守候。

柯剑的车又被夏东借了去，这次说去火车站接人。柯剑本想叫夏云开小车送他上班，但考虑到夏云对自己还有猜疑和怨气，就搭乘公交车。

柯剑从公交车下来，径直往单位的东门走去。拐过街角，经过一段步行街，前方有一位红衣女郎在街头转悠，柯剑有意绕过，岂料，女郎尾随其后，柯剑快她也快，柯剑慢她也慢。

柯剑停下脚步，怔怔地看着她。

红衣女郎有一双美丽略带羞涩的大眼睛，飘逸的长发有点零乱。

柯剑问："有事么？"

红衣女郎愣眼巴睁，并不回答。柯剑满腹狐疑，继续赶着上班的路，心绪却久久不能平静，那双眼睛似曾相识，却又记不起是何时何地。

"新新哥，原来你在这儿啊？"女郎近乎歇斯底里从后面追上柯剑喊道。

柯剑一转身，愕然地问："你认错人了吧？"

"不，不，你就是新新哥！怎么躲避我呀？我是兰儿，你不是说过，会跟我永远在一起吗？"女郎带着哭腔，脸上露出了忧郁的神情。

这时又一个男孩出现了，这不是刘强吗？刘强高兴地喊柯剑叔叔，然后小声告诉柯剑："姐姐和结婚不久的老公新新在工地上干活，新新不小心从二十层的高脚架上摔了下来，从此姐姐精神失常了，被送到本地精神病医院。姐姐是趁护士没注意，偷偷跑出来的。"

"啊，原来这样呀！真的可惜啦！"

刘强接着对柯剑说："俺姐把你当成新新了，因为你的相貌与新新很相像。"这时，刘兰紧紧握住了柯剑的双手。柯剑感觉到一双无助的手在颤抖，内心再次作出决定，要继续关心、爱护这对可怜的姐弟。

严波从柯剑那儿听到刘兰的情况后，十分难过。师徒二人再次商定，继续施以爱心帮助这对姐弟。于是一有空，两人就往医院跑。

第十章

　　柯剑提供的"姊妹花活动轨道"信息果然起到了至关重要的作用。

　　一个残阳如血的黄昏，苦苦寻找的"姊妹花"没来得及抛售身上的毒品就被人赃俱获了。十几个便衣警察冷飕飕的眼睛射向她们时，她俩并不觉得意外，很平静地嚎了一句："我知道是'星爷'出卖的！"

　　很快弄清了，这对"姊妹花"就是警方一直追捕的王天娇、张春凤，而她俩口口声声说的"星爷"又是谁呢？

　　就在大家觉得应该好好庆贺一下的时候，柯剑得到了一个晴天霹雳的消息：夏东被禁毒民警逮捕了。严波告诉柯剑时，柯剑的脑袋嗡嗡作响，根本无法想象夏东为什么被逮捕？

　　柯剑非常失落地到了家里。夏云见到柯剑，像见到了仇人一般，怒气冲冲地问："你怎么害起我大哥来了呢？你怎么这样忘恩负义恩将仇报呢？"

　　柯剑一时愕然，问："夏云，我咋成了忘恩负义的人？"

　　"你没看到泉旺在线网的报道？我大哥就是被一对'姊妹花'供出来的，而你之前不是一直在查找这对'姊妹花'吗？你在夜里都做过抓到'姊妹花'的美梦哟！现在竟然装作没你的事！"夏云像历数罪状似的说。

"'姊妹花'被抓后，案子就是禁毒大队侦办呀！大哥到底是什么情况被逮捕的，我真的不清楚啊。"

夏云哭喊着说："你明知道大哥被抓了去，怎么不上前打听一下呢？你怎么这样无情呢？你摸摸良心，俺大哥待你不薄啊！"

"我知道大哥对我们好，可作为特殊亲戚关系我是不能随意打听案件情况的，这可是有纪律的，相信案子结了自有公断吧！"柯剑无奈地说。

"你就知道纪律纪律，不懂情义的孬种！你这一根筋，我实在受不了，我们还是离婚吧！"夏云很平静地说。

"你一吵嘴就说离婚，我听都听腻了，你真想离就离吧！"柯剑从没说过这样的话，今儿个不知为什么竟然脱口而出。

"好哇！你竟然答应了，那明天就去民政局办手续！女儿、房子归我，我会把房子的一半钱给你，抚养女儿一个子儿都不要你的。"夏云好像事先准备了怎么做。

"夏云，你就来真的了？我可是答应过大哥，替他好好照顾你，会对你一辈子好的啊！"

"你心里哪有什么大哥？想当初你一个穷小子，大哥和我都没嫌弃你，现在你竟然这样恩将仇报！"

"夏云，我可以对天发誓，对你，对大哥，都是一片赤子之心，我的心掏不出来，如果能掏出来给你们看，我柯剑绝对会掏的！"柯剑举起右手握紧拳头在耳边挺了几挺。

夏云的肩头一耸一耸的，哭成了泪人儿。柯剑抽出纸巾帮她擦眼泪，夏云并不领情用手狠狠地推开，说："你不要假惺惺！"

被人冤枉的滋味真的无奈，特别是被自己最爱的人斥责和误解。柯剑虽然习惯了夏云很多的猜疑和牢骚，总装作无所谓，却并不是什么都不在乎，柯剑也想有个人能看透他的宽容与无助，给他一个深深的拥抱。

望着漆黑的夜，柯剑仰头朝天呐喊，夏云，在你心里我就是这么不值得你信任吗？！也不知为何，柯剑开始不敢直视夏云，心中却枝枝蔓蔓，像要长出什么一般。

柯剑变得精神恍惚，在局里遇见同事，也感觉他们的眼神都怪怪的，好像跟着夏东做了什么坏事似的。这让柯剑心力交瘁，却又无话可说。每当这时，严波就悄悄地来到柯剑身边，细声细语安慰："柯剑，我相信你，时间是最好的证明，身正不怕影子斜嘛。"

始料未及的是，三日过后，督察老查竟把柯剑传了去，宣布柯剑接受组织调查。

老查这次好像胸有成竹，坐在柯剑对面，就像柯剑十多年来办案时审讯犯罪嫌疑人的架式。不过，柯剑心里一点也不慌，知道老查是例行公事，更主要的是自己最了解自己，心里无愧就无畏。

柯剑正了正身子，直视老查。

"柯剑，根据组织安排，从今日起，你被禁闭了，此段时期你要好好反省自己，把自己的问题讲清楚。"老查不紧不慢地说。

"老查同志，这从何说起？我有什么问题？干了什么违法乱纪的事？"

"这你自己心里清楚，还要我一件一件帮你点吗？"

"问心无愧！老查同志，我参加公安工作以来觉得对得起自己的工作，更别说干什么违法乱纪的事。"

老查根本不买账，把柯剑说的话不当一回事，似乎掌握了柯剑违法乱纪的铁证，用食指敲着桌子边缘，睥睨地说："你大舅子可是泉旺市大名鼎鼎的人物呀！手下坐拥一批贩毒马仔，人称'星爷'，你总不会不知道吧？"

"不可能吧？老查同志，你说话可得要实事求是呀！"

"你别装糊涂，你的帕萨特是不是你大舅子送的？这车还是运毒工具呢！"

"你乱说！你乱说！这是不可能的！"柯剑青筋暴起，近似疯狂地咆哮起来。

"我也不想多提醒，你交代自己的问题吧！如果不想说，那就只能转交纪委部门了。"看来老查对柯剑的信任度为零。

柯剑摇了摇头，一字一句地对老查说："如果夏东真的犯了什么罪，那是他咎由自取，与我没有半点关系！我柯剑一身清白，无论让哪个部门来查，我都会积极配合！"

"那你想明白了，再来说吧！"老查点了一支烟，不再搭理柯剑。

"老查同志，我请你必须要弄明白一个问题，这对'姊妹花'是如何从茫茫人海中找出踪迹的？而最先发现踪迹的人又是谁？"

"是谁？"

"是我！柯剑！现在总明白了吧？"

老查翻着桌面上的材料，不解地望了望柯剑，没再吱声。

"老查同志，我想给夏云打个电话，请把手机给我吧！"

"这禁闭的七日内，你与外界是不能有任何联系的，请原谅，柯剑同志，也请你配合我的工作。"老查一本正经地宣读着《人民警察法》第几条第几款，说："作为工作十多年的警察，应该懂这规矩吧！"

度日如年的滋味真的不好受啊！柯剑呆若木鸡，如在囚笼里等待着宰杀。

每当夜幕降临，一串串沉重的脚步声在走廊响起，柯剑知道准是波哥来看他了。柯剑心里默念着，全局上下几百号人，估计也就只有波哥懂他信任他了。严波每次来，都会劝慰柯剑要坚强，要明白风雨之后才会见彩虹，而走的时候又常常发出一丝丝浅浅的叹息。

好不容易熬到了第六日，这是一个漫长的无聊的等待。柯剑的精神近乎崩溃之时，老查、彭大、严波，还有两位禁毒的兄弟一齐来到了柯剑的身边。老查扬起了这半生柯剑从未见过的可亲笑容，大声宣布："经过组织认真地审查，综合考虑多方面调查的结论，柯剑同志，你与夏东贩毒案没有任何关系！现在宣布：撤销禁闭！"

严波咧开嘴笑了，上前猛地把柯剑抱住，说："小子哎，你都让我五夜没睡好。"

柯剑紧紧抱住严波胖胖的身体，眼泪哗哗地掉在严波的警服后背上，似乎找到了前所未有的依靠。

严波带着柯剑下楼，边走边说："柯剑哟，夏东的公司失窃 13 万现金纯粹是子虚乌有的事，夏东打听到有几个乡村派出所新警调进了刑警队，就设下被盗案这个局让夏云接触警察，这不正好撞上了你。后来夏云真的爱上你时，夏东不惜斥资买车送给你，车子在你名下，夏东开着你的车只是为了作案方便而已，事实上那场交通事故也是夏东的'杰作'，夏东为了掩护同伙逃跑而强行超了禁毒民警租的民用车后突然减速……"

"'姊妹花'被抓时，说什么是'星爷'出卖的，是咋回事？"柯剑不解地望着波哥，很想一口气知道答案。

"这就牵涉到那封举报信的问题。因为泉旺市的毒品市场不景气，'姊妹花'受上面的指派来到泉旺市，欲取代夏东，哪知夏东嗅觉灵敏，绞尽脑汁之后弄了一封求救信，一是认为警方通过查找'求救人'可以赶走'姊妹花'，自己可以继续操纵泉旺市的毒品市场；二是也怕抓到了'姊妹花'会牵连自己，所以一边向警方'假求救'一边又托马仔悄悄告诉'姊妹花'——今晚有人追捕你俩，赶紧滚蛋吧！目的就是起到一箭双雕的作用。"

"那么，夏云呢？"柯剑停住脚步转过身，眼睛紧盯着严波，满腹狐疑地问。

"夏云是什么人你还不懂啊！你这傻小子！"严波用拳头捶了一下柯剑的背，吼着说。

第十一章

踏着夜色，柯剑仰望星空，天上缀满密密麻麻闪亮的星星，像细细的流沙铺成的银河斜躺在青色的天宇间。柯剑内心有些陶醉，源于获得自由后的肉身轻松。

经过新世纪广场，柯剑喜欢看这里的璀璨灯光，更喜爱听这里的音响，时而轻缓，时而激扬。这儿是男女老少都喜欢来的地方。唱歌的，跳舞的，打羽毛球的，健身走步的。

他想起刚跟夏云恋爱时，经常来这儿休闲，偶尔还搂着夏云跳几支舞。那时的欢笑令柯剑留恋，柯剑绅士般的舞姿，搂着轻巧而迷人的夏云，在富有激情的露天广场一亮相，可谓一道风景，引来许多人注目。

可如今，在柯剑心里搁置了难以言表的忧虑，夏云已不再相信他了，而这次夏东的被捕，更会让夏云对自己产生仇视。柯剑觉得老天弄人，他所做的努力，到最后却是让夏东入了监狱，这是他无法预料的结果。柯剑也想过，好好跟夏云沟通，可是他想到，就是有一百张嘴，也不能跟夏云说清楚，因为夏云认死理的毛病无法让人改变。

柯剑不敢回家，他不敢直视夏云无节制的猜疑和冷漠的目光，想等到夜深了夏云入睡后再返家。就这样徘徊在新世纪广场，那震耳欲聋的声音无法让柯剑陶醉，相反只能搅乱他的正常思维。柯剑陡然想起，夏云有反锁房门的习惯，如不趁早回去，那就得敲门，而敲门势必会打扰夏云的美梦，会把她吵醒，然后让她失眠，这是柯剑所不想看到的事。

硬着头皮吧！柯剑下定了早点回家的决心，迟也是回，早也是回。这样想着，脚下的步子就加快了。

夏云在拖地，动作有点轻缓，却像灌注了全身力气似的。柯剑一进入室内，喊了一声"云"，夏云迟疑了一下，也没回应，继续干活，头都未曾抬一下，更别说侧目。

柯剑想缓解一下目前的尴尬局面，说："云，你歇会儿，我来拖。"

夏云面无表情不屑地说："不需要，马上拖完！"

柯剑按老规则办事，去卫生间把自己从头到脚进行无死角清洗，之后来到书房读小说。

柯剑本想去夏云的房间，但没这个胆。从夏云的情绪来看，很是低落，柯剑可是不敢"乱"来的。

柯剑在这方面吃的亏可不是一次二次。有一次回到家，因为破了一个小案子很兴奋，很想跟夏云一起分享一下喜悦，当看到在凉台洗衣池子里洗衣服的夏云，他从背后抱住了她纤细的腰，想跟她亲热亲热，谁知夏云猛一转身，柯剑退后一步，夏云不由分说朝着柯剑的小腿正前方软骨处踢了一脚，柯剑顿时痛得在原地打转，弯下腰，把裤管往上挽，发现软骨破了皮。痛过之后，柯剑把脑门上的汗渍抹掉，起身离开凉台，心里发誓：以后再也不这样惹是生非了。

还有，夏云在满腹猜疑或心有不快时，总爱一个人睡一个房间，她怕柯剑擅自闯入，先把房门钥匙从锁眼里拔出来藏到房间一个只有自己知道的地方，然后把房门反锁。

听到夏云反锁房门的金属"嘎吱"声，柯剑在心头的欲火瞬间短路，就像一团刚刚燃烧的火焰被一瓢冷水浇灭。

　　每次回到家，看到夏云一脸的冷漠，柯剑的心里就像蒙了一层白霜。夏云那无情的折磨，冷冷的像冬天的朔风刮得柯剑刺骨地痛，柯剑像在囚笼里的犯人忍受着一场又一场的酷刑。那扇交流的大门永远不得敞开。

　　柯剑也想过夏云冷漠的原因，便认为是关于夏东的事，于是想跟夏云好好解释一番，但事实摆在那里，是自己为禁毒民警提供的"姊妹花"线索，至于夏东成了最后的犯罪嫌疑人，这完全令他无法预料。柯剑也想不出什么好办法，能让夏云心里好过，能做的就是不打扰，在夏云发怒时能不吱声就尽量不吱声。

　　这一次，柯剑的被动应付，表现出奇的冷静，倒让夏云疑虑重重，撩起了与柯剑说话的欲望。夫妻间嘛，关系就是这么微妙，你想跟她说话吧，她偏不理你；但若你保持沉默不理她时，她心里就会觉得孤寂就会找你聊聊。

　　"你走的这几天，那个叫什么婉香的女人来过我们小区找你，婉香说，她老公也被公安抓去了，想问你这是咋回事。"夏云的声音这次很低沉，不再尖叫。

　　"我不知道啊！这不刚从禁闭室出来吗？"柯剑边说边起身，把自己坐的椅子搬到夏云站立的房门边。

　　夏云推了推椅子接着说："婉香说她在一张家属通知书上签过字，她老公是因为贩毒才被抓的，还说与我哥的案子有关。"

　　"嗯嗯，怪不得前段时间波哥打电话叫刘焕到市里来一趟，想跟你当面说清我跟婉香属于正常关系时，那刘焕一口推辞了，说自己在外地呢。其实，现在想起来，估计就是做贼心虚呗！"

　　"对了，'帕萨特'也被禁毒民警扣了去。"说这话时，夏云满脸狐疑，且很委屈。

　　"大哥经常用这车运毒，属于作案工具，大哥这是为了隐蔽、掩盖自己，差点我也被害了。"柯剑把那本小说放到桌上，轻描淡写似的说。

"运毒？那你怎么不早制止大哥呢？你明知道大哥往死胡同里钻，为什么不拉他一把？你这个无情无义的狗杂种，你也知道这世上我除了你，大哥是我唯一的亲人呀！"夏云情绪有点失控，看来她还没从疑虑中走出来，而是越陷越深似的。

柯剑对夏云骂他狗杂种，未表现出很恼火的样子，而好像作了让夏云骂一顿的准备。

"我咋知道？你大哥做得隐蔽、巧妙，我根本想都没往这方面想！"柯剑极力申辩。

"你大哥？我就知道你从来不把我大哥当成你亲哥，所以也就不会管我大哥的死活了！"夏云愤愤不平，热泪从眼眶溢出，接着发出尖叫："以后你也不要把我当你的妻子了，我只是罪犯的妹妹，而你是公家的人，我们就不要在一起了！"

夏云说完，跑向主房，"砰"的一声，房门关上了，接着传来"嘎吱"一声房门反锁声。

柯剑担心夏云在房里想不开，追到主房门口轻轻地敲了几下门，低声说："云，你别瞎猜测，真的不是你想象的那样啊！你开门，我们聊聊好吗？"

柯剑屏气敛息站在门外，多么希望夏云能打开房门，可是没有半点回响。

第十二章

　　严波腆着肚子晃悠着来到柯剑的办公室，征求柯剑的意见："今晚有空去医院看一下刘兰吗？"

　　柯剑有点歉意地说："波哥你不提，我反倒忘了。"接着又说，"波哥，我那车子被扣了，要被没收，我想等这个月发了工资，买一部摩托车，上下班方便些。不过，房子按揭每月要交银行 1500 元，家庭要开支，剩下的满打满算只能节余 1500 元，离购买摩托车还差将近 2400 元，这还是普通摩托车价格。"

　　"这简单，我有，借你就是了。"

　　"可是，你也要……"

　　"什么可是可是的，虽然我没大钱，但这点小钱还是有的，就这么说，老样子，傍晚我骑两个轮子去接你。"

　　医院洁白的病床上，刘兰一双泉水般清澈的大眼睛忽闪忽闪的，似乎在盼望着一个人的出现。倏地，她从床上爬起，赤脚跑到病房外的走廊上，正好碰到严波和柯剑。刘强紧随刘兰的身后，看到严波和柯剑，点了点头不无遗憾地说："唉！她就是每天还在想着我姐夫呢！"

　　"你别跟着我好不好？好不好……"刘兰指着刘强有点狠狠的

喷怪味道。

"姐姐，'新新哥'今晚不来了，别等，回房睡吧！"刘强边说边拉刘兰的手。

"'新新哥'不来，俺就不睡！"刘兰任性地甩开刘强的手，近乎歇斯底里地喊叫。走廊里，刘强有些无奈，转身回病房把刘兰的一双拖鞋拿了出来要给她穿上，刘兰挣扎不肯，严波像对自己的女儿一样抱住了刘兰，刘强才把一双拖鞋套上。

刘兰蹬啊跳啊喊啊终于折腾累了，她蹲下身来，有点气喘吁吁，飘逸修长的头发差不多垂到地面。柯剑蹲下来怜爱地看着她，想把她的长发盘到她后背，她竟条件反射似的身子一抖，继而用手猛地将柯剑一推，柯剑没想到刘兰这么有力，身子瞬间往后仰翻，刘兰也因用力过猛跌扑在地上。

柯剑抱起她时，刘兰这才正式打量起了柯剑。刘兰瞬间有了花朵绽开一样的笑靥。紧接着，刘兰用双手箍着柯剑的颈，很开心的样子。医生、护士、护理病人的家属经过时，都暗地以为柯剑和刘兰是夫妻，一对年龄相差特悬殊的老夫少妻，猜想刘兰的病还很可能是因柯剑什么原因而引起的呢。

柯剑一脸的尴尬。不过，柯剑并没有甩开刘兰的双手，只是傻傻的样子不知所措。

刘强说："俺姐又把你当新新哥回来了。"

刘兰被柯剑重新抱到床上。在柯剑轻言细语的抚慰里，刘兰像一个被哄着睡觉的小孩，安静地闭上了双眼。刘兰面部的笑靥裹着些许未干的泪痕，似乎在回味她与爱人"新新哥"初婚甜蜜的点点滴滴。

刘兰一睡，刘强就伸出双手感激地拥抱严波和柯剑。严波说："为了让刘兰早点好起来，必须在配合用药的同时，要对她进行精神安抚。柯剑你有空就多来陪陪她。"

柯剑点点头，认为严波说得很在理。

柯剑觉得身上的担子又重了，但又感觉到，要是让夏云看到了什么，又会产生新的疑虑吗？为了让夏云放下戒心，要不要先告诉夏云？如果告诉了，夏云会反对吗？又会不会跟以前一样打翻醋瓶子乱吵乱闹？

时间一久，柯剑果然听到了一些非议，竟然还有人说，当初为什么要抛弃刘兰呢？现在刘兰变疯了，才假惺惺地隔三差五到医院来打个照面。

柯剑忍受着这些非议，他觉得只要刘兰能一天一天好起来，自己受点委屈也算不了啥，不过，他也想在合适的机会合适的场合去解释这件事。

没料到，柯剑还没来得及向产生非议的人们澄清，却再次碰上了夏云的疑虑和冷嘲热讽。

夏云发起怒来就像一只山间啁啾不休的小鸟儿，唠唠叨叨。别人根本插不上半句，只能任由她的发泄像洪水般的涌出来。而且在她数落的时候，只要没说完，被指责的对象是不能插嘴的，也不能溜走，要等着她把肚子里的怨气、怒气全都发泄出来才作罢。

夏云唠叨的主题还是柯剑的不检点，随意与异性保持亲密的关系，还让旁人拍了照上了网，又成了一件新闻让社会上的人加以无休无止添油加醋的议论。

柯剑低声地说："云，不是你想象的那样呀！那刘兰本就是一个可怜的女孩儿，因老公意外摔死，导致她精神失常，我和严波哥就是过去安慰安慰，做做刘强的后盾，根本没有其他的意思呢！这个可经得起组织的调查，更经得起你检验，如果我真干了什么坏事，那组织不早就查了我？"

"全市有这么多的警察，就你，就严波哥，专门干这样吃力不讨好的事？"夏云觉得好笑，讥讽地说。

"不管别人做不做，我觉得好事还是要人做。我和波哥的想法就是这样子的。"柯剑直视夏云的眼睛，口气有点理直气壮，似乎在这个事上不打算让。

夏云显得更来气了，冷峻的脸上表现得很无奈，说："随你吧！反正我们不要再在一起过了！"

第十三章

　　柯剑跨上崭新的两轮摩托车，迎着春天的风儿，呼吸那春天的气息，觉得也挺惬意。

　　风驰电掣般骑行十几分钟后，柯剑到了局里，刚把摩托车停好，同学邵董从一辆宝马车里钻了出来，见到柯剑，笑嘻嘻地问："老同学，怎么又改骑摩托了？"

　　邵董和柯剑是警察学院的同学，两人毕业后同分配到乡镇派出所，后来又同分到刑警队，只是分在不同的中队，管辖不同的片区。两人虽为同学却有着不同的职位，邵董是刑警大队副大队长，柯剑还是小警察一枚。不过，大家都清楚，邵董做人比较圆滑，跟上级和下级打交道完全是两种嘴脸，而且经常一副阴阳怪气的"神仙样"，还会挑唆同事之间的矛盾或者同事与领导之间的矛盾。

　　近两年，邵董不知走了什么好运，从中队长直接升到了副大队长。按照正常的升职规矩，一名中队长升迁，先要到乡镇派出所锻炼锻炼，当个副所长副教导员，之后历练成教导员，再从教导员转到所长，当所长工作期间表现好的话，就可以进城，弄得好可以升为局党委委员或局内科室正职大队长、教导员，弄得一般就是当个科室副大队长或副主任什么的，而邵董似乎跃了几级，从中队长直接升到了副大队长，而且是管重案的副大队长，这让局内人都刮目相看，私下议论这邵董可是不得了，或许是动了省里的关系，至少动了市里的关系吧！

相比之下，柯剑一向默默无闻，升职方面"鱼不动水不跳"似的，为人也属于那种老实巴交不善于随机应变的保守类，甚至给人感觉有点木讷。

柯剑知道邵董装糊涂，难道自己的小轿车被扣押都不知道？简直不可思议吧。柯剑并不想戳穿，也不在乎邵董的装模作样。他装作很吃惊的样子说："我原来开的小车出了事呀。你老同学都不知道，这不应该！不应该！说明你不关心我老同学哟！"

"呵呵，对了对了，我前段时间听到议论，是禁毒大队办的。哎，我这记性。"说完，邵董拍了一下自己的脑壳。接着又说："听说你大舅子被捕了，犯的是大事哟！你没掺和其中就是好事，好事。"

柯剑说："我不可能掺和他的事！夏东的事我也不知情，我可以经得起组织的任何审查。"

"那是，那是。我们大家都清楚，你柯剑不是那样的人。"邵董附和着说。

两人边说边上了楼。柯剑在走廊上正面遇到了严波，忙打招呼，而邵董视若不见，避开了严波。

柯剑觉得有些奇怪，瞧了瞧严波，一副满不在乎的样子。

严波转身跟在柯剑的身后，一直到了办公室。严波嘿了一下说："这邵董真不够地道，居然还抢我们中队的功劳！"

"那是咋回事？抢什么功劳？"

"就是核查那对'姊妹花'的踪迹及分析建议，本是你花了九牛二虎之力弄来的，邵董却在彭大面前说是他弄的，还要彭大给他记功，幸好彭大问了我，我告了实情，才避免了邵董抢功。"严波接着说，"邵董是在你被关禁闭的时候找彭大请功，估计彭大弄清情况后批评了邵董，邵董才对我有气。"

"邵董还是我警察学院的同学呢！他这人怎么能这样呢？"柯剑有点不解地说。

"世上的人呀！形形色色，不要脸皮的人多着呢？好啦！我们说正事。"严波坐到了椅子上，煞有介事般地说："最近陆陆续续有十几位群众到局里报案，称他们被骗了生猪款。这个犯罪嫌疑人作案的手法很简单，以高价收购生猪为诱饵，上户收购生猪后，答应一周后给钱，结果期满了却玩起了人间蒸发。群众指认的是同一个犯罪嫌疑人利其谋，我已掌握了利其谋回家的规律，到时候前去抓捕。这个案子就让你来主办，你看如何？"

"嗯嗯，这倒没问题。我就是跟家里的婆娘关系还没捋顺，这些天一直刀尖对锋芒似的。"柯剑说话间透露出无助和无奈，遇到不顺心的事喜欢跟严波一吐为快。

"唉！女人嘛，总有那么一丁点小心眼，心情不愉快时往往对身边最亲的人发脾气，实际上这也是一种发泄，你就多忍忍，时间一久就会过去的。"严波的话像是安慰，又像是开导。

"夏云开口闭口离婚，我都被她唠唠成神经病了，有时真想跟她怼，离就离，谁怕谁啊？"柯剑似有满腹的委屈，却找不到宣泄的出口。

"不能跟夏云发生正面冲突，你想想，夏云是你爱的人，而且她目前的心情处于非常糟糕的地步，她在这个世上唯一的亲人是她大哥呀！夏云现在除了你，还有谁是她的依靠呢？所以我建议你要多忍忍，必要时解释解释，阳光总在风雨后嘛！"严波语重心长，摆出道理，试图说服柯剑不要一时冲动。

柯剑低下头来，眼眶里溢出有点透明的液体，无可奈何地说："我是一心一意待她，可她总是怪我，风上不起草上起，这看不顺眼那看不顺眼，我也根本不想离婚，要是真离了，女儿柯娇可就难办了。"

严波起身从桌上抽出一张纸巾塞到柯剑手里，拍了拍柯剑的肩膀，叹息了一声，离开了柯剑的办公室。柯剑立马发现自己失态了，慌乱地擦了擦泪水，起身关上门，开始整理案卷。

严波得到利其谋已潜回老家的消息后，立即召集中队6名刑警，借着夜色的掩护，分乘两部警车赶往城郊利家村。

路上，严波提醒战友们，一旦发现目标，要速战速决，不能久留。如果利其谋不配合赖着不上车，那也要迅速给他上铐，然后抬都要把他抬上警车。因为严波已从村委会打听到消息，这利家村有一千多户人家，而且村风不咋的，偷盗、坑蒙拐骗的有几伙，要防止村里人起哄妨碍公务。

傍晚时分正是乡村吃晚饭的点，进屋的门基本不会关，选择这个时间段就是防止敲不开门的情况下需要破门而入，从而导致意外或麻烦。严波事先经过深思熟虑，选的就是这个时间点。

到达利其谋家后，严波和柯剑冲在最前面，很快发现了正在吃饭的利其谋。

严波说："你是利其谋吧？我们是公安局的，跟我们走一趟。"利其谋"啊"了一声，睁大了眼睛，一副愕然的表情。柯剑立即上前将利其谋双手反向扭住，严波则将手上准备好的手铐给其戴上，并将利其谋往门外拉。

利其谋大喊大叫："你们凭什么抓我？"并挣扎着，赖坐在地上。

严波使了个眼色，意思是将利其谋抬上警车，但利其谋往侧边一倒，接着翻滚起来。

当刑警们抓他的手脚时，利其谋用双脚猛蹬猛踢，无法靠身，柯剑瞄准时机来了一个"旋子腾空飞"一下压在利其谋的身上，刑警们七手八脚地控制了利其谋，随后继续将利其谋抬往门外。

突然，"嘭嘭嘭"锣声响起，在乡村的夜间显得特别刺耳，随即传来一个老人的声音："快来人呀！有坏人来了！"老人喊了一遍又一遍。

不几分钟，村里的群众聚集了，有上百人，挡住了刚刚出门的抓捕小组的去路。

严波扯着嗓子喊道："乡亲们，我们是公安局刑警大队的，今晚是奉命抓捕利其谋！"

人群中有人喊道："你们带手续没有？利其谋犯了什么事？"

严波说："利其谋涉嫌诈骗，我们这里有手续。"说完把拘留手续展开面向围上来的群众。

那个喊"快来人、有坏人来了"的老人窜上前，将拘留手续抢了下来，并当场撕了个粉碎，接着气愤愤地说："管你是哪里的，今晚别想带人走！"

利其谋见有人撑腰，更疯狂了，也不知何时他趁混乱时，把被铐着的双手从背后转到了胸前。

柯剑只能拉着手铐的中间链子，却被利其谋猛然甩开。

利其谋举起戴手铐的双手，用手铐狠狠地向正在做解释工作的严波的头上砸去。

严波轰然倒下，鲜血从头上冒出。柯剑大惊，迅速蹲下身子用双手按住了严波头部出血的部位。

利其谋趁混乱逃跑了。

在地上躺着的严波，一阵眩晕后清醒过来，脸无半点惧色，冷静地对柯剑说："不要管我，先把利其谋控制住，再向局里请求支援！"

柯剑这回没听严波的命令，双手仍紧紧按住出血点，对其他同事说："你们想办法突围，这儿有我护着波哥，你们出去后，马上向局里报告，快，快！"

柯剑一边用手按压严波的出血点，一边变换姿势用身子抵御从不同方向飞来的拳脚和棍棒，柯剑的头部、背部早已肿胀隆起了多个小包。

最终的结果是双双昏迷。柯剑倒在严波的身旁，双手仍紧紧按住了严波头部的出血部位……

不能再打了，再打要出人命了……有人制止了零星的拳脚，并喝住了想继续放肆的歹徒。

严波头部裂开的口子很长，医生给他缝了12针。柯剑伤得也不轻，头部、背部、手臂等多处软组织挫伤，伴有恶性呕吐。两人都进了ICU，不过只过了一天就出来了，无大碍。

第十四章

　　严波的儿子严俊在当地一所中学工作，得知父亲受伤住院，向学校请了假。看到头上缠满白色绷带的父亲，严俊伤心地流下了热泪。严俊告诉父亲，他的妻子本想一起过来，可根本抽不出身，因为娘也刚刚入院需要照料。

　　"是你娘还是媳妇的娘？"严波转过头来问。

　　严俊说："俺娘！旧病复发了，也是昨夜入的院。"

　　沉默了好一会儿，严波轻声地说："唉！真是祸不单行呀！"

　　严波头部受了重创，虽然做过CT没有大事，但也需要好好地休息、恢复，而严波的妻子就不那么乐观了，肺部癌细胞已扩散，呼吸十分困难，随时都有生命危险。

　　彭大得知严波家庭的双重厄运，决定动用刑警大队的力量，轮流排班护理严波。

　　严波住进医院后，几次要求探望同在一个医院住院的妻子，但均被医生拒绝了。医生告诉严波，最起码也要等过了危险期才能去。

　　严波说："我感觉良好呀！没什么呢。"在他执拗的坚持下，终于有机会从隔离的玻璃墙外边见到在重症室的妻子，只见妻子鼻腔插了氧气管，双目紧闭，好像已经进入昏迷状态，严波再也抑制不住内心的悲怆，呜呜地哭了起来。

见此情景，同事要将严波扶回病房。严波说："就让我在这多陪陪老伴吧！我对不起她啊，前几天我还忙着布控抓利其谋，没想到我不在她身边，她的病情突然加重了。"说完，愧疚的泪水再次夺眶而出。同事抽出纸巾帮严波擦拭眼泪，严波接过纸巾，突然问："那利其谋后来抓到了吗？"

同事回答说："严队，你不清楚吧？局里在接到袭警、妨碍公务的警情后，当晚就组织了特警赶到了现场，将你和柯剑解救了出来，同时分成了几个小组，在摸清情况后，几经周折在凌晨五时左右就将利其谋抓住了。"

严波点了点头，说："那就好，那就好。"

柯剑睡了一觉，醒来发现邻床的波哥不在了，想打电话给严波，但转念一想，或许是到检验科做检查去了，就把手机放回床头柜上。柯剑有几次想打电话给夏云，但又怕影响夏云的工作节奏，何况还要管柯娇的吃喝拉撒睡，因此打消了打电话的念头。

柯剑起床在房间踱步，望向窗外，春天的风儿拂过远处的南山，和东湖的水面，天空有几只不知疲倦的小鸟在自由飞翔，白云悠悠蓝天依旧，可自己一路风尘还在寻找着诗和远方，家庭，前途，都一片迷茫，还不如小鸟儿快乐呢！柯剑心里不知咋的竟然落寞起来。

他又想起了夏云，想起他们在一起时夏云对他的依恋。

那是刚确定恋爱关系的那会儿，柯剑到省里警察学院晋升警督，夏云不顾公司的繁忙，抽空前往看望。夏云一身公主装扮，头戴粉色太阳帽，着一款粉色的长裙，上面镶嵌着精致好看的粉色叶片，被风一吹，飘逸，浪漫。那时的他们多么春风得意啊！

如今，夫妻间的感情非常脆弱，就像一只鸡蛋，稍一用力就会破碎，流出里面的蛋白和蛋黄来。

夏云的冷淡也让柯剑很受伤，即使到了家里，柯剑主动找夏云

说话，夏云爱理不理，如同鸭背上泼水，劳而无功，两不沾。柯剑的热情似乎与她毫不相干。

柯剑想，也许夏云的心早已变换了季节，只不过自己还站在他们立下誓言的那一天。

思忖间，严波被同事搀扶着进入病房。严波一副郁闷难受的神态，柯剑一瞧便知，估计波哥遇到了问题。这些年来，这对搭挡形成了百分百的默契，对方的喜怒哀乐，不要言语表达，就可以在对方的脸上读出来。特别是在困境下，无论是来自工作上的压力，还是来自生活上的烦恼，两人相互取暖，相互理解，亲密无间。

"波哥你有难受就说出来吧！别闷在心里，我能帮点什么吗？"柯剑边问边走上前握住严波的双手，近距离才发现严波的眼眶红红的，像刚刚哭过。

严波摇了摇头，抽出右手拍了拍柯剑的左手小臂，然后躺回到床上。严波换了一副神态，转头朝向柯剑不紧不慢地说："剑，是你救了我，否则那晚我牺牲了。"接着又叹息地"唉"了一下，继续说："可是你也伤得不轻呀！不过，我们是不是该反思一下，假如我们换一个缉拿方式，比如说，守候在利其谋出村的必经之路上，或者说，放长线钓大鱼等机会，是不是可以避免这种结果呢？"

柯剑朝严波点了点头，回道："波哥说得有道理，但我认为，如果抓捕一拖再拖等合适的机会，那会有更多的被害人出现。早抓早止损。"

"你说得也没错。"严波接着说，"夏云知道这事吗？是不是来过？"

"可能还不知道吧，不过，她公司事多，还要管女儿，我不希望她来，反正也是输两瓶药水的事，我可以按床头铃声叫护士。"

"是倒是，能不耽搁就尽量不要耽搁。"

"那嫂子呢？"

在一旁的同事忙接过话："嫂子也住院了，肺癌晚期，在重症室哟。"

啊……柯剑睁大了眼睛,诧异地看着同事。

"只能祈求老天爷保佑,老婆子能挺过这一关。"严波喃喃地说。

可是当日夜晚,老天爷终不能如人所愿,严波的妻子还是未能挺住,停止了呼吸。

严波头部缠着白色绷带,一边料理爱妻的后事,一边到医院输液消炎。

柯剑见自己只是筋骨痛了两天,就主动要求出院,并向单位请了一个星期的年假,帮助严波料理后事。

柯剑还从朋友处借来现金还了欠严波的钱,他知道此时正是严波用钱的时候。

第十五章

利家村部分村民涉嫌袭警、妨碍公务的违法犯罪行为引起了泉旺市委市政府的重视，市公安局决定由刑警大队立案侦查，邵董为主管此案的负责人。

众多刑警下到利家村走访调查。邵董每到一个违法人的家里，先要问违法人躲哪去了，当听到"不知道"的回答时，就会对其家属吼叫着："如果不投案自首，到时被我们抓到了，定要扒他的皮抽他的筋，搞死他！信不信？"邵董喜欢这样表现自己，说大话、耍威风是常有的事，他往往自己说出去的话，事后都记不起来。不过，这次如此说话，是想做给严波所在中队的民警看的，以便传给严波知悉，做个讨好人而已。

参与袭警的村民害怕受到法律追究，纷纷选择外逃。有几个大胆的，不想跑到外面，因为他们知道自己无法在外面生存，而为了发泄心中的不满，就跑到利其谋家，对利其谋的父亲拍桌子摔凳子，骂他"老不正经，谎报实情"，责怪他为了个人私欲，竟然动用村里的大锣，还骗村里人说是坏人来了，村里人才上了当、受了骗。这些人还警告利其谋的父亲，他们要是被公安抓了去，一切责任就由这个老头来承担。

利其谋的父亲不堪压力，就往门前的池塘钻了。他的遗书里只有几句话，其中的一句意思是，他是罪魁祸首，不该撒了谎，请公安局放过村里其他人。

城郊村委会治保主任受利家村民所托，将利其谋父亲的遗书送到公安局刑警大队，意思是希望公安不再追查下去。

邵董接待治保主任时，对他一阵狂笑，以质问的口吻说："你是不是懂一点点法律？利其谋的父亲属于畏罪自杀，你还想让公安局放过村里其他人，这是在白日做梦！"

治保主任说："领导，是这样的，现在煽动闹事的人都自杀了，而且他也承认了是谎报实情，其他村民参与袭警有可能是受了蒙骗，所以我才来说清情况。"

"你是来说清情况吗？你的意思是让我们不再追究！这可能吗？你简直在开国际玩笑！"邵董站了起来，双目直视治保主任，随即伸出右手掌将桌子拍得"嘭嘭"响。

办公室的火药味正浓烈燃烧时，彭大过来了，瞧了瞧治保主任，再转身看了看脸红脖子粗的邵董，问："咋回事？"

邵董起身站起来，指着桌子上面的遗书，对彭大说："彭大你看这个，这分明是借这遗书推卸法律责任，逃避打击！"

彭大拿起遗书看了看，对治保主任说："主任你反映的这个事，我们会向局领导汇报，至于办案方面，我们会实事求是，会综合考虑多种因素的，这请你放心。"

治保主任点了点头，尴尬的神情一扫而光，转而真诚地说："要不是这老头儿谎报实情，村民们也不会这样目无法纪到这个袭警的地步，这之前应该有大多数村民不知情。"

"你反映的情况我们会记录下来的，你可以先回去。"彭大主动伸出双手握住治保主任的双手，接着说："以后村里的治安工作还要请你多支持。"

"彭大，没问题，我一定会全力支持的！"治保主任紧紧攥住彭大的手，很坚定地说。

治保主任走后，彭大对邵董说："你怎么能随意粗暴地对待一个基层治保干部？退一步说，你接待的不是治保主任，就是一个普通群众，也应该详细听取他们反映问题呀！"

"我哪粗暴？彭大你作为领导，可不要随意扣我的帽子！"邵董的面目变了形，很恼怒的样子，对彭大的劝告一点也不接受。说完，他背着双手迈出外八字双腿头也不回地走出了办公室。

"这小子，仗着市政府有人给他撑腰，他就耀武扬威了。"彭大望着疾步如飞远远离去的邵董，皱了一下眉头，接着又自言自语地说："天狂有雨，人狂有祸！"

柯剑在旁边一直插不上嘴，虽然跟邵董同为警院毕业，但知道邵董可不是什么吃素的主，平时骄横得很，要是旁人说了他，准会马上顶到西边山上去。见这尴尬场面，柯剑对彭大说："彭大熄熄火，或许是邵董误解了你的意思呢！"

"柯剑你不要和稀泥！哪有这样的工作态度？要是被人录了音，拍了照，这不仅是损害个人声誉的事，更会损坏我们公安机关的形象，特别是我们刑警大队的形象，你知道不？"

"那倒是。"柯剑见彭大怒气未消，转身把烧好的开水加到彭大的水杯里。

彭大端起水杯往办公室门外走，突然折回头，问柯剑："局里的股级干部变动，是竞争上岗，你准备得怎么样了？"

"我也没什么准备，顺其自然吧！"

"电脑打字、案件办理程序，这些硬性的东西对你来说，应该没什么问题，但是最后一关，就是个人发言，面对的是局领导，打的分占40%比例，这可是关键点呀！你脸儿薄，可先要练练胆呦！还有，严波即将退休，他酷爱刑警工作，虽然当了一辈子中队长，但在局里人前人后是值得很多人尊敬的，他多次在局领导面前举荐你接他的班，从这一点来说，你也不要辜负了他……"

柯剑内心热乎乎的，领导对自己的了解，如此熟悉，也太让他知足了。柯剑站起来，深情地看着彭大，抬起头，把身子挺了挺，说："彭大，谢谢您的教导，我会努力的！"

竞岗结束后的次日，局域网站公布了竞岗结果，柯剑接替了严波的中队长位子，刑警队的同事们纷纷向柯剑表示了祝贺，严波更是喜得合不拢嘴。邵董呢，没升也没降，继续干他的副大队长，管重案组。

大家正在议论这次竞岗的合理性时，邵董进了办公室，他清了清嗓子，似乎想发表什么感触。邵董不慌不忙，慢条斯理地说："柯剑同志，你的愿望终于实现了，这下该满意了吧？"

柯剑一时没猜到邵董的言外之意，愣了一下神。

严波这时开口了，说："凭工作实绩，柯剑早就该上位了，只是他个人不积极争取而已。"

"那你的意思，是组织上以前轻视柯剑了？"邵董冷冷地怼了严波，语气阴阳怪气。

"我说的不是吗？有的时候，组织上考察干部，并不是全了解真实情况，所以有的人为了达到个人升迁的目的，会使出钻天打洞的本领，不是请客托人，就是跑腿送钱送物，活络关系。这样的跑官要官，完全丧失了人格！"

"你的意思是，现在当上干部全是跑来的？"邵董诡秘一笑，朝向严波。

"我没说所有，只是说极少数，邵董你可别以偏概全哟！到底哪个是跑来的，哪个是凭实绩上来的，大家心里都清楚。"

"那你说说，哪个是跑来的？哪个是凭实绩干来的？"邵董逼问严波。

"那你先说说你自己吧！"严波可不相让。在严波的眼里，邵董就是一坨狗屎。

"我又怎么啦？你马上退休滚蛋了，还在这高谈阔论！你既然知道跑官可以升迁，你又为什么不跑？装清高还是舍不得子儿，所以至今还是个中队长到退休！"

"你扯什么蛋？各人有各人的活法！邵董，我今天把话搁在这，我还能平安混到退休，可有的人还不知能不能混到退休呢！"严波朝邵董投去蔑视的目光，一字一句地说。邵董像个知错的小孩，把头埋下去了，再也没敢说一句话。

彭大见柯剑的办公室挤满了人，也进来了。彭大走到柯剑的面前，与站起身的柯剑握了握手，笑呵呵地说："恭贺你升迁了，好好干。"柯剑起身让坐，彭大摆摆手，说："不必了，大家该干活了。"出办公室时，彭大不忘加了一句，对其他民警说："这一次竞岗没有成功的，下次再争取！"

"波哥，听说下周你就办退休手续了，到时别忘了让我帮你打理打理。"

"也没啥东西，几本书，几件换洗衣服，对了，那张轻便床你不是喜欢吗？就送给你，也省得我带回家，没地方放。"

"好吧！那谢谢波哥啦！"

"剑啊！你现在是中队长了，什么事比以前可更要慎重了，粗鲁、粗糙的毛病，说话不计后果的毛病，都要好好改一改。还有跟夏云相处的事，也要多忍让忍让，女人的心嘛，一根针，你要是真对她好，她会把你放心上，也会慢慢记住你对她的点点滴滴。虽然目前来说，有点冷漠，但从我的观察来看，她不是铁石心肠，总有一天心会热起来的。坚持吧！希望就在后头。"严波拍了拍柯剑的肩膀，笑了笑接着说："我相信你的智商不会太低。"

柯剑点点头，嘴角也泛起了笑。虽然严波说这样的话儿，已不是第一次，也不是第二次，甚至可以说是 n 次，在柯剑的耳朵里磨起了茧，但每一次听见，都像给柯剑注射了一针迈向前方的强心剂。

第十六章

柯剑做了一个美梦，翻转身子时梦醒了。睁开眼，梦里那些美好就像一串串肥皂泡消失了，他感到前所未有的失落、挫败甚至绝望；闭上眼，梦里那个似曾相识的女子好像用一双纤细的小手从背后把柯剑抱住了，用她淡淡的体温揉搓着他心中多情的伤痕，用那薄如蝉翼的嘴唇亲吻着他干涩的双唇，午夜里无尽的缠绵、浓郁的香水味让柯剑沉迷不休。

柯剑心里清楚，梦里的女子并不是夏云。他狠狠地攥紧了拳头，重重地砸在木板床头上，咚咚的声音在午夜的屋内响起。柯剑作为一个正常的男人，有一颗火热的心，也有七情六欲。他明明知道那是一场梦，但仍希冀梦境的时间更长些，甚至有个可笑的念头，梦里那个女子能复活，至少可以和她说说话，或者一起吃吃饭、逛逛街。

柯剑翻身起床，按下床头灯，书房顿然亮如白昼。他掀开薄被，趿拉着拖鞋去卫生间，夏云紧闭的房门跃然眼前。他习惯了夏云的冷漠，也习惯了夏云临睡前狠狠关门的哐当声，接着是那反锁房门的金属嘎吱声。他明白夏云用的是冷战术，但又无可奈何。

柯剑对夏云不可能使用暴力，作为一名警察，他知道他的拳头是针对犯罪分子的。他曾在基层派出所干过几年，积累了很多调解民事纠纷的经验，嘴上功夫自然十分了得，但与妻子互怼时，他总是输多赢少。柯剑与夏云刚结婚的头几年，倒也幸福浪漫，而在女儿满了六岁之后，夏云就变成了另一个人。生活变成了一地鸡毛，常常为一件小事，夏云就会唠叨个不停，要是柯剑回了几句不好听的话，夏云就尖声尖气怼回去，接着把一副冷面孔甩给柯剑，任凭你喊喊不应，你叫叫不着。

夏东被抓以后，夏云满脑子怪柯剑。为了惩罚柯剑，夏云提出分床睡。与此同时，夏云还提出了离婚。柯剑开始坚决不同意，说分床就分了心，并多次声明还没到离婚的地步，但最终还是拗不过夏云言语上的刺激和外表的冷漠，只好妥协了。房子、女儿都归夏云。房子作价五十二万，属于柯剑的那一半，夏云爽快地叫柯剑拿走。至于那一半房款要等三个月后，夏云有一笔银行存款到期。

夏云问柯剑："满了三个月你要是不出去咋办？"

"你只管放心，我得到了属于我的一半房款，一定出去。"

"不过，我也想好了，你硬要赖着不出去，我就请律师，律师都打好了招呼。"

听到夏云"律师都打好了招呼"这句话，柯剑情绪异常激动。

他想起了夏云对自己的无视。不仅晚上让自己睡寂寞，就是身体出了毛病都视而不见。一次是柯剑急性腰椎间盘突出，走路都需要拐杖，一个人坐公交车去医院做针灸，夏云连问都不问一句，更别说陪同。另一次得了腮腺炎，先是右腮痛，痛得吃不了饭，右边好了点，接着又是左腮痛，根本无食欲，就想喝点稀粥。那时还没有约定离婚事宜，夏云也不履行妻子的义务，竟然回道，想吃自己煮去！当柯剑拖着虚弱摇摆的身子回到家时，还真没有见到稀粥，气得把刚买来的放在桌上的绿豆往地上一掷，绿豆像漫天的星子散落在地砖上。夏云嚎叫之后报了警。当110警察发现这是一起家庭纠纷且没有家庭暴力时，显得很尴尬，两边劝了一下就撤了。而接下来，夏云报警的事儿在局内传开了，柯剑被定性为"喜欢动粗的人"。

柯剑越想心里越悲哀，与其这样互相冷漠，还不如各自分开过。

柯剑面无表情，一字一板地说："你就放心！我拿到了房款之后就会在离婚协议上签字，一定会带着那笔钱滚蛋！决不会稀罕你！"

夏云冷笑了一声说："嘿嘿！到时说话算数，才算是个真男人！"

在这等待的三个月里，两人相安无事。夏云到她的服装有限公司上班，公司上下的人仍然喊她"夏总"，她完全失去了以前的开心与荣耀，脸色看上去黯淡无光。柯剑仍在刑警队不知疲倦地工作，加班加点是常有的事。柯剑有空就接送在读六年级的女儿，没空就打个电话叫夏云去接送。女儿回家后随夏云吃饭，而柯剑就回到楼下那个小餐馆随便炒个菜吃饭应付一下肚子。

尽管冷战的日子难熬，柯剑也必须忍受、坚持。他放不下一个男人的面子。有很多次，他把女儿送到家时，嗅到了鱼肉飘香，但看到夏云如茄子一样冷漠发紫的脸，唾液从喉咙里吞下，转身灰溜溜地下楼。此时他也怕夏云看到他的窘境。

夏云从来没怜悯过他，叫他吃上一顿，这让柯剑心里很不爽，颠覆了准备在这三个月中低下头来改善夫妻关系重归于好的念头，从而有了一个新的决定：分就分呗！离开了你夏云我柯剑同样能活。

二00九年冬天，天气阴沉沉的，北风呼呼地吼叫，天空还飘落着细细的雪花，柯剑带着自己的衣物搬进了一个月前找好的出租屋。虽然叫出租屋，其实是临街一个店铺，仍然在夏云居住的小区。店铺是柯剑找的，离夏云那幢楼隔两排房屋。柯剑想，虽然与夏云不再是夫妻，但住这个店铺，还是可以继续接送女儿上学、放学。

柯剑永远忘不了住进店铺的第一个晚上，他合不上眼睛。他离开了夏云，还离开了心爱的宝贝女儿。灰旧陌生的墙壁，狭小的空间，卷帘门被风吹得咣当咣当响，沉闷的空气中弥漫着一股霉变的味道。他在心里边一遍又一遍念叨：女儿，你也想爸爸吗？爸爸可是想你了……

他捻了床头开关，穿好棉衣起身下床，踱步来到卷帘门边，见到了下午朋友送给他的那盆夏威夷竹。个头比柯剑还要高，竹节笔直，叶色淡绿，给人感觉高雅、清秀。店铺因了它的存在，顿然显得生机盎然。不知何故，柯剑对它有一种言之不清的情愫。柯剑想它以前的身世，以前的落脚，那么宽敞、那么明亮，还有那么的富贵，却因身不由己的缘故，"下嫁"到店铺，与柯剑同甘共苦，顿有那怜惜之意。柯剑伸手摸了摸枝叶，一种难言的悲戚涌上心头。他恨夏云，也恨自己，为什么听到夏云的几声吼叫就退缩了，为什么不敢正面与夏云"刀对刀枪对枪"地干呢？又为什么要答应离婚，乖乖地跟着夏云到民政局领取离婚证？

一幕幕的往事，像放电影一样在柯剑的脑海里回放……

有一次，夏云在浏览当地网站时，看到了身着警服的柯剑背一女子狂奔，紧随其后的是柯剑的师傅——严波哥，标题是"两警察争抢一女人"，当时火曝网络。不过，三个小时之后，当地公安发布澄清公告，两警察是在合力抢救一位喝了毒药的女子。可夏云心里不是这样想的，她认定柯剑好色，争着背那女子。柯剑解释，胖师哥年龄那么大，体力没自己充足，所以想都没想就做出了救人为先的行动。哪知，后来夏云总拿这个事侮辱柯剑。

还有一次，柯剑下班后去超市买酱油，遇到了已购买大米及多种日用品而无法全部带走的一位女子，柯剑就主动帮此女子扛了大米上楼。柯剑回到家后自言自语地说做了一件好事。当夏云问他做了什么好事时，柯剑这才发现自己说漏了嘴，因为他帮助的人是一位女子，怎能告诉醋意十足的夏云呢？柯剑迟缓了一下没回答，夏云就越觉得不对劲，就一再要求柯剑说出来。柯剑只好如实相告。

夏云听后觉得柯剑又在"好色",于是又将柯剑怒骂了一顿。之后不久,柯剑加夜班结束后与胖师哥到夜宵店喝汤,在汤店角落里的一女子站了起来,主动喊柯剑过去坐,主动介绍自己叫贾梅,是受过柯剑帮助的。柯剑茫然时,贾梅调皮地说,上次你帮我扛了大米上楼呀!柯剑这才反应过来。恰此时,贾梅手机没电,就借了柯剑的手机打过一个电话。没料到,柯剑回家后,有一男子打电话过来,质问柯剑是谁?与贾梅是什么关系?被电话吵醒的夏云,问柯剑,贾梅是谁?为何不敢接电话?柯剑反复解释,却被夏云认定:柯剑在编故事诓她!从此,眼里容不得一粒沙子的夏云开始了冷战术。特别是夏东被抓以后,夏云更加恼火,一直认为是柯剑从中起到了至关重要的作用,于是断然提出离婚。

尽管后来柯剑做过很多努力,但对脑子一根筋的夏云来说,都无济于事。夏云认定的事,九条牛也拉不回头。

离婚后,很快就过了三个月。

二〇一〇年二月间,柯剑突然发现出租屋里那盆夏威夷竹的生存状态已不再如先前那么鲜活了。它身上的一些叶子开始发黄,继而枝干蔫了。柯剑不懂得养花,也就不懂得如何救治它。一时竟然慌了。柯剑请教了一位懂得养育植物的同事,他认为店内不通风,阴暗不光亮,生存环境差,才造成竹身无光泽,濒临于死亡边缘。

柯剑觉得应该让这盆夏威夷竹有一个新的环境,就主动送还了那位朋友。后来在朋友的悉心照料下,夏威夷竹又恢复了原来的生存姿态。这令柯剑很开心,也让柯剑茅塞顿开:在生命的长河里,放手也是一种成全,也是一种爱。

柯剑买了一袋水果到了严波的家里,把自己目前的处境和盘托出。严波听后脸上愁云密布,他把一只削好的苹果塞到柯剑手里,叹了一口气,轻声地说:"这夏云怎么这么小心眼,为了那几个破事就闹离婚,按说也要看女儿的面,保全一个家庭才对呀!说到底,夏云还是没有信任你，如果真正懂得你，就不会坚持要离婚。"

柯剑知道严波最疼他，也怕严波伤心，就转移话题问波哥一个人过得还好吗？

严波点了点头继续说："我现在倒习惯了，你还年轻，今后的路怎么走下去呢？"

柯剑说："哥哥你别管我，我会过上正常人的生活，不会影响工作。"

严波沉默了好一会儿说："剑弟，你个人的事就不要在局内同事那里讲，人心隔肚皮，有人真心希望你过得好，也有极少数人希望别人过得不好，爱看别人的笑话。我们能做的就是自己先做好，争取优秀，就不怕别人背后议论。反之，我们不够优秀的话，就会招来别人的冷眼。所以你也要努力，特别在做人方面要先优秀，人做好了，才能再把事做好！"

柯剑回道："哥哥，我知道了。"

第十七章

　　到了二〇一〇年三月，网络已盛行创建博客，许多网友业余时间不到户外散步，不去卡拉ＯＫ吼歌，而是把大把的时间用在网络上。博客空间可谓精彩纷呈，内容五花八门，尤其展示个人风采的版块很令博友喜爱。人就是这么好奇，喜欢寻找或探秘别人的隐私，尤其那些精神世界无所寄托者。

　　柯剑闲来无事，加之失眠的困扰，他再三权衡之后，在网易创建了个人博客，取名"天空"。在那不眠的夜晚，他蜷缩在狭小逼仄的出租房屋里，正儿八经端坐在电脑荧屏前，在博客空间与其他博友之间交流个人思想，更多的是聊个人隐私，那些生活中的人和事，哪怕日日熬夜，他也甘之如饴。消息栏目里，不仅可以聊人生，还可以聊博客首页的设置。

　　柯剑的博客越来越精美，这是他勤奋努力的结果。二三个月的工夫，引来粉丝千余，柯剑内心丰盈，对有的博友所有的提问，有求必应，毫无保留。

　　在众多的博友中，有一位叫"晴格格"的博友，每晚必到"天空"博客报到，首页留下她反复浏览的足迹。偶尔会留言，言语友善，不乏溢美之词。这必然会引起柯剑的注意。柯剑也不是冷血动物，对晴格格的留言一一回复，也会到对方的博客逗留片刻作为回报。

柯剑喜爱舞文弄墨，常写点伤感的文字宣泄内心的压抑，那些情感的话语，时而冷峻深沉，时而阳光洒脱。晴格格似乎很欣赏柯剑真挚的文字，来"天空"博客更勤了。柯剑愉悦之中偶有成就感，虽然没见过晴格格容颜，但他大胆猜测晴格格是位女性，而且在现实生活中有过不幸，才乐意到网络里寻找精神寄托。

柯剑很享受与晴格格的聊天时光，他担心这短暂的美好稍纵即逝。每次聊天过后，他又盼望下一次的网络重逢。他担忧晴格格不是真诚交友而是借网络消闲，出于职业的敏感，一双警惕的眼睛瞪得像铜铃。他常常莫名地心焦，想这躁动的时代，人们往往戴着一副面具，表面平静，内心却异常复杂，情感暗潮汹涌。对偶尔的新发现，也无须捅破那层薄纸，只愿彼此的网络情缘无声地流淌，婉转绵延。

不过，夜深人静之时，柯剑也会想起夏云，回首曾经拥有而今失落的风花雪月，思绪像潮水般蔓延开来，强烈的挫败感瞬间将他淹没。

一天深夜，柯剑作为回访客来到晴格格的博客空间，突然发现她个人简介的照片，是一张全身照：她有着魔鬼般的身材，漂亮的脸蛋上还有迷人的小酒窝，这容颜，这气质，就是女人们遇上也会忍不住在她身上停留呦！

怦然心动间，柯剑的第一反应是，此照非晴格格真容也！于是柯剑大胆甚至放肆地留言："不是本人玉照，何必拿网络美女照诓人？"没几分钟，晴格格回复："谁诓人了？本人晴格格也！"

柯剑还在疑惑，晴格格私信说："敢加 QQ 不？""岂有不敢！"柯剑脱口而出，报上 QQ 号，没几秒，荧屏小人头闪烁，两人加上了，成了 QQ 好友。

接着，令柯剑未曾料到的又来了，晴格格发来视频请求，柯剑犹豫片刻点击，晴格格真容显现。她笑容可掬，操着流利的普通话：

"我没有骗你吧？天空。"柯剑尴尬地回答："没有没有，你就是美女一枚。""你也不赖，帅哥一个。"晴格格发来大笑的表情。柯剑问晴格格是真的在广州生活工作吗？晴格格毫不隐讳地说："这哪有假？我就在一家出版社工作。"接着她又说："我不喜欢说假话。"柯剑附和着说："我也不喜欢说谎。""什么什么？你说什么。"晴格格发来几个疑问的符号。柯剑猛然感觉自己的乡音太浓，或者说的话也是方言，就赶紧换了个词汇，一字一顿地用普通话说："我－也－不－喜－欢－撒－谎。"晴格格在那边咯咯地笑了。

两人像久别重逢的好友，谈人生喜怒哀乐，聊博客的版面更新。半个多小时过去了，晴格格突然问了一句："你明天也要上班吧？撤了。"柯剑感觉聊得正欢，但看到晴格格那句"也要上班"的提示，知道晴格格明天也要上班，可谓一语双关，心想也不能太贪婪，过多占用别人的休息时间，于是马上回了两个字："好！撤！"

关了QQ，关了博客，再关了电脑，柯剑莫名地兴奋，难道这晴格格就是近来梦里的那个女人吗？他不敢想下去，担心作为一名公职人员，是不是有寻花问柳的嫌疑？是不是该把晴格格从QQ好友中删除？假如不删除，要是碰上了一个女骗子，到时来个什么花招，逼迫你做什么事达到什么目的，那岂不是掉进了美丽的陷阱？这些念头闪过之后，柯剑又想到晴格格的各种友好举动与关心的话语，便笃信自己的眼力与判断，晴格格应是一位真心诚意交友的女子，只不过是自己多心罢了。

晴格格快人快语，不留心眼，一有心事便跟柯剑倾诉。晴格格本名晓茜，老家在安徽省桐城市，14岁随姑父姑妈到广州闯荡，18岁进这家出版社兼出纳工作。一来二往，晓茜就把柯剑当成蓝颜，柯剑也视晓茜为知己。

晓茜想让柯剑帮忙把自己个人博客的首页"装修"一下，柯剑没加思索答应了。于是晓茜把博客的用户名和密码都告诉了柯剑。

等柯剑把博客做好后，让晓茜登录一下瞧瞧，可是晓茜登录显示用户名或密码错误。柯剑就更换了新密码，然而晓茵还是无法登录。

一向自命不凡的柯剑只好和网易客服中心联系，并按要求把个人真实姓名、居民身份证、个人通讯地址等个人信息资料全部传输上去。因客服中心显示 48 小时才有结果，柯剑在焦虑和愧疚的双重压力下度过了两个不眠之夜。

柯剑在QQ聊天时，对晓茵表示愧疚，但晓茵不仅没有怪罪柯剑，还表达了充分的理解与感激，这让柯剑越发觉得晓茵为人不错。

后来网易客服中心来信称传输的照片不合格，要求重传，晓茵知道后，就告诉柯剑，不必着急重传，自己将直接到客服中心去，因为网易中心就在广州市。柯剑就把本人的一切资料全部传给晓茵。

次日，晓茵Ｑ柯剑：密码修改成功了，并叫柯剑试试能否登录。柯剑小跑到电脑边一试，果然登录成功。

他难掩心中喜悦，QQ上给晓茵连发了几朵红玫瑰，以示登录成功后的喜悦之情。

晓茵也高兴坏了，就回复："我要鲜活的玫瑰！"

柯剑愣怔了一下，调皮地说："路途遥远，那就坐火箭送去。"

"我感觉有一天，你会来广州！"晓茵突然冒出这句话。

"那是不可能的！"柯剑惊讶的同时发了一个擦汗的表情。

"有什么不可能？我现在到了'棒！约翰'西餐厅，这里的萨克斯好悠扬啊！还有一对对窃窃私语的情侣，这里的环境真的舒适，我感觉你就在我身边呢！"

柯剑看着晓茵发来的情意绵绵的话语，想想近来不安的自己，终于长长地舒了一口气。

一天傍晚，夏云因公司有事要去处理，就把女儿柯娇交给柯剑。

柯剑辅导完柯娇的作业后，继续网上聊天，柯娇则在一旁玩滑板。听到滴滴声，柯娇很好奇，就把小脑袋探向荧屏，柯剑慌忙遮挡。柯娇越觉得好奇，越要观看，柯剑哄着说："小孩子不能看电脑，会影响学习的。"这样拦截了几次，柯娇就不高兴了。

柯剑只好暂时和晓茵告别，但晓茵回复："现在是业余时间，你又不干工作，难道还有什么比这更重要的吗？"柯剑只好如实回答，晓茵这才说："好吧！那等你女儿走后接着聊。"

次日中午，柯剑正在出租屋煮粉丝，夏云径直闯了进来。柯剑转身笑着说："哎哟喂！稀客呀，夏总怎么跑进了我的地界？"

夏云揶揄地说："看来你还挺喜欢这地方呀？"

"哪有什么喜欢不喜欢？一时买不上房子也只能这样子了。"

"听柯娇说你在网上聊天，如果我没猜错的话，你在网上谈恋爱？！"

柯剑一下尴尬了，马上收起了笑容，愣了一会儿说："你现在管得着吗？我聊个天，还要请示你？"

"我倒是管不着你，但我提醒你，你找对象也要认真考虑，至少也要了解清楚吧！"

"了解清楚有什么用？我对你不是了解得很清楚，还不是离婚了。"

"那你的意思，随便找个母的就行。"

"我的事你不要管，你带好柯娇就行。"柯剑有点恼火。

"分开都几个月了，我们家的门锁从来没换过，你去看过柯娇吗？"

"去你家？你当我傻啊？被别人说闲话看笑话，看柯娇……我不是有空就接送她上学放学吗？"

"好，好，算我白说了。"夏云边说边往门外走，最后扔下一句，像以前对柯剑下命令的口气："你要再婚，至少也要等女儿上完九年级！"

按夏云的想法，柯娇目前七年级差不多结束，两年之后就是九年级，等柯娇九年义务教育读完柯剑才可以考虑自己的个人大事。

柯剑哼了一声，心有不满，但并未当面顶撞。等夏云走远，柯剑朝着夏云的背影，愤愤地说："还要听你控制，想得倒美！"

第十八章

柯剑仍然专注与晓茵的聊天，并将情感投入。

柯剑倒不是为了得到晓茵，而是目前的状态让他觉得很充实很愉快，他的失眠症状也因此减轻了。

柯剑从没打听过晓茵的家庭生活情况，倒是晓茵告诉他，目前在广州一小区居住，与在惠州工作的老公分居多年。晓茵还提出，能否到广州见见面。柯剑私下还是担心有诈，就说，我们能不能选择一个折中的城市见面。晓茵倒也爽快，马上提出是否可以到南昌。柯剑不假思索地说，可以！

二０一一年五月的一天，晓茵从广州白云机场坐飞机到达南昌昌北机场，柯剑从小城泉旺市搭乘一部大巴到了南昌洪城大市场，再转公交车到达昌北机场。在出口，柯剑准点接到了晓茵。

晓茵一袭黑色长衫，戴墨色眼镜，走起路来一阵风似的，脚下的高跟鞋并未妨碍她婀娜多姿的步伐。到达眼前的晓茵比博客、QQ上的照片还要漂亮，白皙的皮肤，魔鬼般惹火的身材，乌黑的长发瀑布般垂直地披在肩上，脸蛋微微透着淡红。尽管她一身风尘仆仆之色，神情有些疲惫，但是那一双眸子，依然清凉得像沙漠里的甘泉一样，清澈明亮，又如一泓碧水，闪出耀眼的光芒。柯剑不禁热血沸腾。

走出机场上了公交，外面倾盆大雨，整个南昌城朦朦胧胧。两人在八一广场下车，晓茵撑开雨伞，喊柯剑进伞下避雨。晓茵右手拿着手包放在胸前，左手撑伞往柯剑身上靠。柯剑立即从晓茵手上取过伞，往晓茵那边靠，晓茵干脆扶上柯剑的肩膀，一起在雨中穿行。两人的鞋都湿透了，柯剑提议先找旅馆住下来，再共进晚餐。

晓茵说："我已在网上订好了旅馆，就在前面不远。"

柯剑也没多问，到底是订了一间还是两间。柯剑觉得这是个难于启齿的问题，不过马上能见分晓，心还是咚咚地跳。

两人的房间紧挨着。晓茵朝柯剑挥了挥手，说："先洗个澡再一起吃饭。"柯剑疑惑的心终于落地了。他来南昌之前，想过很多问题，譬如见面先说什么话，后说什么话，住宾馆开一间还是开两间，开两间倒不必担心什么，如果晓茵要开一间那接下来如何应对呢？总不能一见面就……柯剑越想越不敢往下想。没料到，这晓茵也是个很细心的女人，早把住宿的事安排得妥妥帖帖。

晓茵提议找家西餐厅，柯剑从不知道西餐吃什么，但又怕自己老土被晓茵笑话，就呵呵着说可以。至于如何找西餐店，柯剑也是丈二和尚摸不着头脑。晓茵打开手机点开高德地图，再搜索"西餐厅"，马上就显示了地址。晓茵在路边一招手，一辆红色的士出现在脚边。晓茵说："走，我带你去吃西餐。"

这是一家德式西餐厅，里面的音乐舒缓、柔和，让人的神经瞬间得到放松。晓茵拿起菜谱本，点了两盘水果、一盘土豆沙拉、一盘猪排、一盘烤鳕鱼、一盘奶酪焗蔬菜、两个奶油面包。

柯剑说吃不了这么多，晓茵笑着说不多，每个菜都尝一尝。两盘水果上桌后，晓茵叫服务员来一扎啤酒。柯剑坐在晓茵对面，一张小方桌上摆满了菜肴。晓茵主动说喝两瓶啤酒，剩下的四瓶就归柯剑了。柯剑面露难色，晓茵又笑开了："你喝不了又不会逼你喝完，一个当警察的咋这样没个男子汉气魄。"柯剑把双手袖口往上卷了卷，回了个微笑，说："那可以，尽力而为，今晚就好好陪一陪格格了。"晓茵把猪排轻轻咬了一口，放到盘子里，叫柯剑不要太拘束，桌上的东西随便吃，否则就浪费了。

晓茵的两瓶啤酒差不多喝完，而柯剑只喝了一瓶。晓茵又说："你做警察的就是警惕性高，还担心我会吃了你。"说完咯咯地笑了起来。

柯剑被晓茵无邪的笑声感染了，端起酒杯说敬格格，晓茵也端起酒，柯剑一饮而尽。

晓茵象征性喝了一口，估摸着她在等柯剑喝酒的进度。晓茵脸上的红韵出现了，说话更没有遮遮掩掩，话闸子也慢慢打开了。

她说：天空呀！你一个农家孩子能考上警察学院很不易，知道你是吃苦长大的。晓茵说起了她从博客里看到的柯剑小时候的一件往事。那是一个星期日，只有十来岁的柯剑到镇上一个铸造厂门口捡了两块废铁，准备拿到收购站去换两个钱，可刚拿到手就被门卫发现了，那门卫用弯曲的指头反磕在柯剑的头上，接着气势汹汹地说："好大的胆，竟敢偷废铁！"并伸手将柯剑手里的废铁夺回，扔进铸造厂院内。柯剑感到很委屈，因为他是在门外捡的，怎么算偷东西？柯剑嘟囔着说："我又没偷，是这地上捡的。"那门卫见柯剑顶嘴，大声嚷嚷着吼叫："你再说老子就把你抓起来！"眼泪从柯剑的脸庞上流了下来，门卫见柯剑没再做声就返回了门卫室。柯剑摸了摸被磕痛的头顶，狠狠地剜了门卫一眼，往家的方向返回了。

晓茵说完，面部看上去感觉很难受，柯剑就问格格："你喝多了吗？"晓茵说："我不是喝多了，我是为你的苦难而难过，想想你真的不容易，还能克服困难考上大学，我就很敬佩你。"晓茵接着说，"我小时候不听父母的话，喜欢贪玩不爱学习，读完初中就随姑父姑妈到广州闯江湖，先是在出版社干了几年打字员，后来转正了，由于表现好被社领导看中，安排做了出版社的出纳。想想可比你幸福多了。"

柯剑说："你也不容易，书虽然读得不多，但你努力啊！这不，还是一个出版社的财务总管呐！"晓茵接着说："我自看了你博客上写的那些文章后，满脑子就是你的影子，不知怎的，看到你吃的那些苦，我内心真的很难受。"柯剑羞愧地低下头，想到从来没有一个女人如此地了解自己疼惜自己，内心感到前所未有的骄傲和感激。

柯剑再次抬头时，却发觉晓茵已是泪眼滂沱。柯剑挪着靠向晓茵，拍了拍她的背部，小声地说："晓茵，不，格格，谢谢你记得我这些过往，我们今日能够有缘相见，应该高兴才是。"晓茵像是从梦中惊醒，连声说："是的是的，我们应该高兴，不要悲伤，干杯！"

六瓶酒，对半各自喝完。晓茵抢着买了单，这让柯剑尴尬了许久。

回旅馆的路上，晓茵挽着柯剑的胳膊，像一对相处多年的情侣，卿卿我我唠着说不完的话。天公也作美，南昌的街道吹着凉爽的风，人来车往，彩灯亮起。晓茵说起了自己的心事。她说自己跟老公表面上是夫妻，实际已分居多年了，两人是被一张结婚证捆绑了，对老公并没有一丝爱的感觉，甚至到了非常厌恶的地步。女儿由老公抚养，生活费由晓茵给，老公在惠州，各管各的生活……

回到宾馆已是九点多了。柯剑跟着晓茵进了房，晓茵从包里取出两件T恤，说是送给柯剑的。柯剑说："这怎么可以？我可是没带什么礼物送你呐。"晓茵轻松地说："前天逛街经过'九牧王'男装店突然想到给你买两件。"柯剑从晓茵手里接过来，一件白色的，一件红色的，棉布面料。柯剑准备说声感谢，晓茵却说："各自回房，洗澡休息。"柯剑立起身，晓茵接着说："天空，你如果感觉不累的话，洗完澡之后，我们可以接着在网上聊！"柯剑说："可以！"

半小时之后，柯剑上线了，发现晓茵早已上了线，就发去一个笑脸。

晓茵马上回了个笑脸。

晓茵问："你现在觉得安全了吧？"

柯剑回了一个疑惑的表情。

"你又开始装？"晓茵发来笑脸，在笑脸后面加了几个疑问的表情。

"不装不装，我就实话实说，如果你认为我这次相见有警惕的因素，请你一定原谅，毕竟我是一个公职人员，不同于那些私人企业或无业的人士。"柯剑加了个笑脸。

"好吧！这次我格格大人不记小人过，原谅你这一回。不过，我也实话实说告诉你啊！我可是一个良家妇女，如果今晚你赖在我房间不走，我就会判定你是个坏蛋！"

"那不一定，我可以赖在你房间不走，各人睡一头嘛！又不干坏事。"柯剑调皮地回道。

"亏你想得美！我可是有夫之妇，不比你单身狗一个。"

"我单身不错，但也不能随意乱来，特别是跟有夫之妇，更要注意分寸。所以我幸好警惕了，否则会引起你的笑话。"

"这么说，你是一枚正人君子。"晓茵发来一个大大的大拇指表情。

"正人君子倒不能完全算，譬如这次与你约会，就不对。"

"会网友交朋友也正常嘛，否则世上哪有什么红颜、什么蓝颜。"

"那你说说，你算我的红颜，我是你的蓝颜吗？"柯剑道。

"'我看着你的双眼，突然有了心痛的感觉。我闭上我的双眼，不想被你看穿，泪水却代替了呢喃。'这是我的心情，格格不才，请别见笑。"

"你也会写诗？写得可好啦！"柯剑赞叹。

"会一点。不瞒你说，至少你已经在我心里，是我的蓝颜知己。"晓茵发了一个很严肃认真的表情。

"这是一场梦吗？我也写几句算不上诗的诗吧：当一切不再梦幻，我们就已相见。当花瓶装满了时间，我们的生命从此交叠。从襁褓到生长，是否需要执念？"

"哈哈！你想我们的交叠开始生长吗？那我再写几句：把人生浓缩成卡片，从起点对折到终点，走过多少季节，从此我们如愿？"

"我只是这样想，不过，我应该感谢你，你让我今晚尝试了西餐的美味，你在我博客里看到我写的东西，然后能够讲出我的小故事，你同情我，你理解我，你懂得我的喜怒哀乐，你还帮我买 T 恤，我虽然不是重物质的那类人，但我已感觉到，你就是我今生最美的遇见……"柯剑打上这些文字摁下回车键发了过去。

"真的吗？真的吗？我的感觉也跟你一样……好啦，不早了，我们睡吧？明天还要赶回程。"

柯剑意犹未尽，但碍于晓茵已提出，就发了 OK ！

次日分别就在洪城大市场。晓茵坐上了中巴，不时用纸巾擦眼泪。柯剑只能合上双手放到脑门前，表示祝愿：一路顺风。

汽车启动了，柯剑挥动双臂，晓茵美丽的倩影在他视线里慢慢消失。

"我们还能见面吗？"晓茵发来了短信。

"可能，也有不可能。"

"为什么不可能？"

"我以前忘了一个大问题，你是有夫之妇，我不该闯入你的生活。"

"那有什么，我愿意！我们是红颜知己，不是说过吗？"

"原谅我吧！我们最好相忘于江湖。"

"你这个人怎么这样无情无义？说翻脸就翻脸。"

"趁早做打算还好，免得到后来，如脱缰的野马就葬身崖底了。"

"我不，我不，格格不准！"

"我们可以像从前一样聊天，但从此不能见面。我怕控制不了自己，比如昨晚我失眠了……"

"你失眠了？唉，你怎么不告诉我，我也可以陪你聊天，或者你也可以到我房间来。"

"可是我还是担心嘛！算了不说了，你在飞机上好好睡会，一觉醒来就到了。"

"我不要你挂念，你昨晚没睡好，你不是有头痛的毛病吗？现在痛不痛？你早点搭上客车，在客车上好好睡一觉。我到了会发信息你，你到了也发信息我。你要保重哟！"

"知道，你也要保重！"

第十九章

　　南昌见面以后，两人在网上的聊天更随意了，晓茵甚至有一次调侃柯剑在那方面不行，否则哪有"到口的肥肉不吃"这个道理。而柯剑明知道晓茵所说的"那方面"是啥意思，却还装作不懂，晓茵又在 QQ 上大骂柯剑"伪君子"。

　　柯剑大胆问晓茵，假如那晚强行住进了她的房间，会发生什么后果？晓茵看到后竟然发来五个大笑的表情，随后回复说，我还真鲜见像你这样"坐怀不乱"的君子，你要真到我房间住了，我还会报警？你真是个笨哥哥。接着晓茵又发来一串傻笑表情，并发过来一段文字。柯剑猜想这是晓茵之前早就写好的，否则几十秒的时间是不可能写下这么多文字的。

　　柯剑看着看着，恍惚回到了那天遇见和相处的时光。晓茵写道："当我出现在机场出口，一袭黑色长衫向你走去的时候，你的眼神告诉我，我就是你今生要寻找的梦中天使。因为网易，我们相遇；因为密码事件，我们相知、相惜。我坐上飞机后，不争气的眼泪止不住地流，我难道爱上了你这个小警察吗？或许是上帝的安排，让我们相遇又让我们分离。我现在渴望有朝一日能够再一次重逢，剪烛西窗，细说别后思念。"

　　柯剑怔怔地看着这些真实的文字，有点怀疑自己的眼睛，难道晓茵真的爱上了自己？难道自己没有爱上晓茵？还是故装深沉？他不敢回复，也不知道回复什么就下线了。没几分钟，晓茵就用家里的座机打来了电话，问柯剑干嘛去了？柯剑吞吞吐吐地说："正忙点事，晚些时间再聊。"晓茵爽快地说："那就等你！"

柯剑逐渐减少上QQ的次数，或者干脆不上，他怕看到晓茵热情似火的文字，可是晓茵看到柯剑没上线，又会打电话催促。柯剑偶尔会说谎，称自己在加夜班，但时间一久，那头的晓茵多少清楚柯剑是在逃避。晓茵知道柯剑为什么会回避自己，她在心里下了一个决定，那就是跟有名无实的老公彻底划清界限，用法律进行分割，而柯剑浑然不知。

他们的聊天比以前少了许多，柯剑觉得这是自己疏远晓茵的结果。聊天内容仍没有多大变化，晓茵依然对柯剑嘘寒问暖、热情似火，柯剑依然对晓茵关心倍至、情意绵绵。

一晃到了二０一一年暑假，他们成为亲密的网友足足一年多了。

一天上午，柯剑正忙于工作，晓茵打来电话，从声音里柯剑明显感受到了晓茵的兴奋。晓茵告诉柯剑，她终于拿到了绿本子。

柯剑诧异地问："什么绿本子？"晓茵说："离婚证呀！"柯剑惊讶地啊了一声，问："晓茵怎么离婚了？"晓茵说："你个笨哥哥，真能装！还不是为了你嘛！""为了我……"柯剑听后惊慌失措，嘴巴在打哆嗦。晓茵接着说："你先工作，晚上记得早点上线。"说完主动挂了电话。

柯剑是带着复杂的心情上线的。他一会儿感觉自己是个第三者破坏了别人的婚姻，一会儿又觉得自己找到了一位大都市的女人，正好可以压一压那个不可一世的夏云，让夏云瞧瞧我柯剑这个人也不是没女人爱。他还有一种如梦如幻的感觉，心里一直在问，一个小城镇一个大都市，这可能走到一块吗？但不管柯剑怎么想，晓茵还是在QQ视频时晒出了那本与老公离婚的绿本子。接下来，晓茵以一种不可抗拒的口吻，命令柯剑："你必须尽早来广州慰问我这个受伤的格格！"见柯剑迟缓没回话，晓茵又说："现在是暑假，你女儿也放学了，你可以从酒港市搭傍晚6点半的火车，次日8点半就到了。"看来，晓茵什么信息都查询到了，柯剑不得不在内心佩服晓茵，不仅多情，还特别细心。

柯剑在一次与柯娇相处时，叮嘱女儿暑假先要完成老师布置的作业，再可以玩滑板或自行车，并嘱咐她注意安全，还顺便说了这段时间要出差。柯娇问柯剑去哪出差，柯剑责备柯娇："你小孩子管那么多事干嘛？"柯娇说："那你记得帮我带玩具。"柯剑说："没问题！"

周六上午8点半，柯剑准点到达广州东火车站，出口处见到了晓茵。晓茵穿一身白底蓝花连衣裙，戴墨色眼镜，撑一把细花白伞，高挑的身材像大都市的精灵，把柯剑的视觉全部吸引过来了。

晓茵把一张卡片交给柯剑，说这是"羊城通"，上了公交可以刷卡，代表着购买了车票。柯剑有点顾虑，因为他没坐过广州街头的公交车，更不知道如何刷卡。晓茵看出了柯剑的疑虑，就说："你跟在我身后就行，我怎么刷你就怎么刷。"柯剑这才傻傻地笑了笑。

晓茵把柯剑带到了一个小区，门口的保安见手里拿包的柯剑，知道柯剑不是本地人，要求他登记。柯剑把自己的身份证号码、手机号码及所要去的小区业主姓名一一填上。在填写过程中，晓茵微笑着告诉保安，这是我男朋友，以后经过这里报了我的姓名就让他进来。保安笑着点了点头，说："晓茵你好眼力，你男朋友好帅哟！"晓茵脸庞倏地红了一下，然后调皮地说："那是必须的！不帅不能成为我的男朋友！哈哈！"坐上电梯，晓茵摁下14，柯剑看到最高23层，感叹广州的房子就是高。柯剑想起在小城时有人讲过的一个小笑话，城市的房子高得让人在底下往高处瞧，帽子都掉地上了。

一眨眼工夫，电梯就开了，晓茵牵着柯剑的手，左手牵右手，往右侧房子走去。这是一套两室一厅，比较陈旧的木地板，说明房子装修已久，但室内洁净、家具摆设整齐，有一尊菩萨在正堂左侧，香气缭绕。

晓茵说："一整夜坐火车辛苦了，先洗澡。"说完从里间正房拿出一套睡衣，递到柯剑手上说："这是我前几天在商场买的，可不是那个家伙的。"

柯剑心里明白晓茵所说的"那个家伙"指的是谁，在接过睡衣后忙说："谢谢格格，格格想得太周到了。"

"你先进去洗澡，完了再吃早点。"晓茵指着卫生间再次说道。

柯剑洗完澡，晓茵拉着柯剑往椅子边上坐。桌子上面摆好了鸡蛋、面包、肉包、清蒸虾、西红柿、西瓜等东西，两碗冬瓜排骨汤摆在晓茵和柯剑的面前。

晓茵说："吃啦！再也不要担心啦，那个家伙跟我办完了手续就走了，他所有的东西都叫他自己拿走了，以后不会再给机会让他回来拿东西，一次机会都不会给的。"

经晓茵一说，柯剑仿佛悬着的心落地了，胆子也大了起来，柯剑边喝汤边问晓茵："为了我来广州有个地方落脚，你都把婚离了？"

晓茵把剥好的虾米放到柯剑的盘里，说："几年前早就要离了，不过，是你的出现加快了我们办手续的步子。"说完，晓茵起身从橱柜内拿出一瓶红酒，很熟练地开启了，然后每人倒上一杯。柯剑发现红酒瓶内还剩一半。晓茵接着说："这一半留着下次喝。"

柯剑端起红酒准备先敬晓茵一口，晓茵摆摆手说，这红酒要先"醒"十几分钟才可以喝。从这方面来说，晓茵比他懂得喝红酒的规矩。

一边吃一边等还一边聊，十几分钟后，晓茵端起酒杯，郑重地对柯剑说："庆祝我们今日再次重逢，干杯！"

柯剑也端起酒杯往晓茵的酒杯碰了碰，一股清香扑鼻而来，口里那天鹅绒般的温柔触感让喉咙平顺滑溜，回味酸涩却又甜蜜。柯剑慢慢品，脱口而出："好一杯琼浆玉液也！"晓茵喝上那红酒，脸上如绯红的桃花。她深情地看着柯剑，兴奋地回道："好一对金童玉女！"说完咯咯地笑了起来。

柯剑也笑了起来，说："都三十几的人了，我还金童？不过，你算得上玉女，没满三十岁嘛！"晓茵说："你怎么这样苛刻，就是金童玉女嘛！有缘千里来相会。"柯剑不想打碎晓茵心中的美好，就回道："嗯嗯，有缘千里来相会，咱干了这杯。"晓茵说："干就干！"

晓茵站起身，柯剑以为她收拾碗筷也站了起来，准备帮忙，不料想晓茵靠拢柯剑从正面双手搂住了他的后颈，柯剑也用双手紧紧抱住了晓茵纤细的后腰，晓茵闭上眼把嘴唇贴靠柯剑的嘴唇，柯剑再也无法拒绝晓茵的诱惑，开始用那火热的吻紧紧贴靠晓茵的嘴唇，欢快地狂吻起来，如火山爆发一样猛烈，如湖水一样汹涌澎湃。接下来柯剑用那有力的双手把晓茵抱了起来，直接扔到正房里的那张席梦思床上……一切的进展如此顺利，真的始料未及哟！

晓茵从床头坐了起来，理了理凌乱的头发，对柯剑说："你好好睡，我去干活。"柯剑说："多睡会，等下我们一起来，你刷碗，我洗衣。"晓茵像一只温顺的小绵羊重新在柯剑的左侧躺下，她把右手伸进柯剑的颈跟，左手放在柯剑的胸部上，而左脚搭在柯剑的左脚上，嘴唇凑在柯剑的胳膊边，柯剑用右手握住了晓茵放到自己胸部的左手，享受着在一起的快乐时光。

晓茵披了披被子，悄悄下了床，刷碗洗衣，并开始煮中饭。柯剑见到晓茵帮他洗好的衣物，责怪晓茵。晓茵笑着说："洗衣做饭是女人干的活，男人不要管。"

一桌丰盛的午餐色香味齐全，让柯剑纳闷：怪哉！这么漂亮的女子还这么会烧菜弄饭？吃罢饭，柯剑收拾碗筷并表达要洗碗的意思，晓茵再次说："你回房休息，我会弄好的。"边说边把柯剑从水池边拉开了。

柯剑感到有点不自在，在旁边陪着晓茵说话。晓茵说中午休息后，下午两点出发，带柯剑去逛街。柯剑问："天这么热逛哪里呢？"晓茵叫柯剑猜猜。柯剑说："猜不出！"晓茵转头问柯剑："你是贵人多忘事哦，我的网易密码是在哪改过来的？"柯剑这才反应过来，说："呵呵，知道啦！知道，是去网易客服中心。"

晓茵牵着柯剑的手，像一个大人牵着一个小孩，一起乘地铁，逛了有着"亚洲之最"美誉的综合性商场——正佳广场，还来到了南都最有代表性的商业街——北京路步行街，参观了地下古城墙。看着古老的街上挂满的红灯笼，晓茵高兴得像个孩子似的掏出手机，拍下了红灯笼下自己与柯剑的合照。

柯剑褪下伪装，十分真诚地说，从没坐过地铁，从没见过保存这么好的古街，从没见过这么大的商场。晓茵哈哈大笑，问柯剑你平时出差很少吗？柯剑说，北京、上海、广州都没到过，江苏、安徽等几个省份倒是去过，但都是因为工作没时间逛街，也就没心思了解地方的建筑、地铁什么的。晓茵就笑柯剑是个土包子，什么都不懂。柯剑并不生气，听着晓茵的调侃。柯剑心里在窃喜，我土就土呗！你晓茵再怎么时尚，不也跟我在一起做朋友。这样想着的时候，柯剑心里有一种莫名的快乐，或者说有一种成就感。

从一开始心里空虚与晓茵聊天，到后来感情升温，柯剑从没想过要征服晓茵，倒是一切都是晓茵事先安排似的，或者说是晓茵努力营造的结果。但是柯剑想到晓茵如此真诚的待见，内心感激的时候，一股爱的暖流早已覆盖了柯剑的全身。

两人来到了网易客服中心，看到里面精神抖擞的办公人员与庞大的办公设施，柯剑啧啧赞叹，这是一流的机构一流的服务。之后晓茵带柯剑走进了"棒！约翰"，感受着西餐厅带来的那份温馨与浪漫。晓茵举起酒杯说："剑，我的预言成真了，我相信我们还有很多的未来。"柯剑把酒杯碰了一下晓茵的酒杯，开心地说："格格，不，晓茵，真的，真的谢谢你，你给了我这么多的美好，我今天太激动啦……"

　　晓茵调皮地把嘴巴贴靠柯剑的耳朵，笑吟吟地说："今天我们完成了最伟大的飞跃！"柯剑转头面向晓茵，有些不懂。晓茵嘿嘿地笑道："你又在装，装吧你装吧！"边说边用手轻轻拧柯剑的耳朵。柯剑这才明白晓茵所说的"伟大的飞跃"指的是什么，晓茵哈哈大笑，骂柯剑得了便宜还不卖乖。

　　幸福来得太突然，但分别的日子瞬间又来临了。周日下午一点，晓茵把柯剑送到了火车站候车室，找好座位后，晓茵把头依偎在柯剑的肩膀上，依依不舍状。柯剑抚摸着晓茵放在自己腿上的双手，竟然说不上一句话，内心却变得空落、落寞。

　　旅客开始上车了，柯剑起身，晓茵也站了起来拥抱着柯剑，柯剑担心周围的人看到引起尴尬，于是微微用力欲挣脱晓茵，可晓茵反抗了一下，抱着的双手更紧了。柯剑闻着晓茵头上散发的香气，眼睛盯着排队上车的人流。等剩十来个人的时候，柯剑拍了拍晓茵的背，说该上车了。晓茵放开双手，柯剑却发现晓茵泪流满面。柯剑细声地说："哭什么？我们又不是诀别。"晓茵从口袋里掏出纸巾擦了一下眼睛，面无表情地说："上车吧！"

　　柯剑登上火车找好了座位，打开手机就发现晓茵来了短信："恨列车把你带走，恨离别又让我变成了孤单的人，还恨自己送行也是个错误的决定。"

　　柯剑回道："人生总是在相聚与离别之间行走，甜蜜的片段犹在眼前，感谢我最寂寞无助的时候遇见了你，一个非常情真意切的好女人。"

　　"还记得我留下的那半瓶红酒吗？我会好好珍藏，期待火热的八月，我们再次广州重逢，再次举杯言欢，行吗？"晓茵的回信情意绵绵。

　　柯剑不置可否，没有及时回短信。他感觉晓茵已爱上了自己，自己也从心里爱上了晓茵，但不知为什么，总感觉这是一件很不靠谱的事，或者说，幸福来得太快，失去也会快的。柯剑回想昨晚两人缠绵过后的对话，一幕一幕在脑海里浮现……晓茵搂着柯剑笑呵呵自言自语地问："我怎么会爱上你这样一个土里土气的小警察呢？"柯剑听后哈哈大笑，回了一句："我也觉得奇了怪了，我怎么跑到广州来了，还上了你的床？"晓茵把嘴唇吻向柯剑："这或许是上天的安排吧！是缘分让我们在一起的，我不是说过，有缘千里来相会吗？"柯剑突然问："你跟老公分居那么多年了，就没找一个男朋友吗？"晓茵说："曾经有过一个男朋友，但他出国后就没了消息，从此我恨天下的男人薄情寡义，不打算再找，我也有同事帮我介绍过，全都被我否了。可不知为什么，在博客看到你之后就动心了。"柯剑把晓茵搂得更紧了，心里的慰藉充盈肉身，他再一次把晓茵压在自己身下。晓茵轻缓地呻吟，喃喃地说："今生我从没这么美过，也从没这么幸福过……"

柯剑正在回味昨晚的甜蜜，晓茵发来短信："你难道不打算来？怎么想的？"柯剑忙回复："没怎么想，在犯困。"晓茵回信："那你睡会，等醒来给我一个满意的答复。"柯剑回："好！"

过了几分钟，柯剑想想还是趁早回复晓茵，免得晓茵在那边着急。柯剑写道："晓茵，其实我这次没把控好自己，我根本没想到幸福来得这么快！以前QQ对话时所说的'坐怀不乱'，那只是句美丽的谎言，所以请你原谅！对不起！"

"什么对不起！我并没有说你不应该，你难道后悔了？"

"没有，没有，我没有说后悔，我只是觉得对不起你，我占有了你，你是大城市的女人，还这么漂亮，怎么会喜欢我这样……"

"不要这样那样的啦！我就是喜欢你，或者说已经爱上你啦！你难道感觉不出来？逛古街、商场，还有网易中心，我可是高跟鞋陪你一路奔；听说你没坐过地铁，我带你坐了一站又一站；怕你吃不惯粤菜，我亲自下厨为你烧菜，看你吃得那么香，我好兴奋，暗自对自己说，今生我一定要做你的厨娘！"晓茵大胆的表白一点也不含糊，让柯剑心颤了许久。

火车在轨道上奔驰，从下午到晚上，两人的信息你来我往。柯剑写道："你是清澈的湖水，我是水里游来游去的鱼，生命从此相连。"

晓茵回道："鱼水不可分离，缘分的天空下，爱的路上有你有我。想起我们的牵手我们的缠绵，我忽然感到嘴里有种咸咸的味道，原来那是幸福的泪花！"

第二十章

很久没有见严波，柯剑内心觉得有点对不住。正思忖之间，从同事间传来严波救人的消息，还说当地在线网站有报道。

柯剑赶忙打开网站查看，弄清了一些情况。

上周六的上午九点左右，严波到菜市场准备买点菜，途经东风大道发现一男孩倒在路上，过往的行人都不敢上前。严波拨开围观的群众打听到，小男孩是被一辆快速行驶的摩托车撞到的，肇事车辆已逃逸。严波迅速打了120救护车。等救护车赶到，严波协助医护人员把小男孩送进急救室。

所幸小男孩无大碍，前额破皮流了点血，做了全身CT检查没发现问题。严波垫付了医药费。等小男孩苏醒，严波问他的父母呢，却被告知无父无母。严波觉得不太可能，但看到小男孩一身的邋遢样又有点相信。后来从小男孩口中得知，小男孩名王小刚，今年13岁，系城郊南河王村人，在他10岁时父母因病双亡，成了孤儿，一直流浪在外。严波专程骑车带着王小刚到了城郊南河王家村，问了几名群众，都说王小刚是本村人，父母双亡后就一直在城里流浪。

严波得到证实后决定收养王小刚，王小刚有了落脚的地方也就安心了。

柯剑特地打电话给严波，向严波道喜又多了一个儿子，严波在电话中嘻嘻地笑着，看得出来很高兴。柯剑问小男孩如今怎么安排，严波说等到下半年让他上学继续读书，原来10岁读四年级辍学，就让他接着读五年级，目前就在家补一补四年级的课程。

柯剑说："波哥你看起来大老粗一个，细节上倒也做得够好。"

严波把原来教导柯剑的口气拿了出来，说："你柯剑也要从细节上做好，才能解决你鲁莽、粗糙的毛病。"

柯剑连声说："哥哥教得在理，我现在正在改。"接着柯剑就把自己到广州与晓茵见面的事简单说了几句，严波就叫柯剑周末有空就到他家作"专题汇报"，柯剑爽快地答应了。

二０一一年七月的最后一个周末，柯剑没有按晓茵的意思去广州，而是撒了一个善意的"要加班"的谎言，就往严波家奔了。似心有灵犀，严波在周六大清早就买好了鱼肉和啤酒，静候柯剑的到来。

严波在厨房干活的时候，有人敲响了门，王小刚去开了门，叫柯剑叔叔，严波就从厨房出来了，叫柯剑自己倒茶喝。柯剑问严波："这么早就下厨，是不是有什么客人来？"严波笑了笑："客人？我面前的人不就是吗？"柯剑挽起了袖子要帮忙，严波摆了摆手说："不需要，不需要，没几个菜，你就在客厅辅导一下小刚的课程。"

师徒两人一杯一杯的啤酒下肚，话语也就开始热火了。

严波说："你小子不是去了广州约会，说来听听。"

柯剑举起酒杯邀严波喝了一口，煞有介事地说："也不知我来了什么狗屎运，在网上聊天遇到了一个粉丝，还聊出了感情，更令人不可思议的是，我们还在广州她家见面了。"

严波抬头眼睛直盯柯剑问："你们有亲密接触？"

柯剑迟疑不决，严波加了一句："看来你们已经在一起了。"

柯剑木然，不知如何回答。严波见此，端起酒杯说："你要慎重，不感情用事就行了。"

柯剑一饮而尽，很诚实地对着严波说："哥哥，我确实和晓茵在一起了，我自己也没想到，这个事会来得这么快，但凭直觉，晓茵是个好女人，还为我离了婚，让我到了广州有落脚的地方。不过让我不自信的是，她一个大城市的女人怎么会爱上我这样一个小城市的人，真的想不通，想不通啊！"

严波分析道："你也不要口口声声说自己是小城市小城市的，你也有优点，或者说，有值得让她爱的东西，正好是她欣赏的，所以爱情有时快如闪电，这就看你能不能及时抓住。对了，我想问的是，夏云难道是真的对你死心了吗？难道分了一年多也没找过你或打过电话给你？"

"电话倒是经常打，来找我也有过几次，意思是不让我这么快就找，至少要等到女儿九年级以后才可以找。不过我很纳闷的是，我跟她离了，她为什么还要管我！她那冷冰冰的脸我早已看透了，在一起时还跟我分房住，房门反锁关得铁紧，枕头底下还藏着一把剪刀，一想起这些，我心里就憋屈。"柯剑把心里的委屈一古脑儿说了出来。

"这样看来，夏云对你并没死心，而你也只是气愤之下找到了一个报复的出口。"严波把一粒花生米往嘴里送，嘿嘿地笑着说。

"NO！夏云死没死心与我有什么关系？我也不是气愤之下找出口，哥哥呀，我也是一个正常的男人，需要爱。"柯剑辩解着说。

"这是我个人的看法，你也不必去辩，总之一条，你要慎重，慎重，知道吗？"严波说完，邀柯剑干了一杯。柯剑喝完放下酒杯，说："哥，我知道，会慎重的。"

正说话间，晓茵打来了电话，柯剑告诉她正在吃中饭。

晓茵问柯剑吃什么菜，是自己弄的吗？

柯剑说："我今天上午加班结束后就来看师傅了，正在师傅家吃饭。"

晓茵问："就是上次你讲过的那位严师傅吗？"

"是的是的，你的记性太好了哟！"柯剑接着说："中午你休息会，我等下吃完饭回家也休息会。"

晓茵嗯嗯地挂了电话。

严波笑呵呵地说："看来对你的生活也很关心了。"

柯剑一脸的认真，说："就是嘛！我感觉她很心细，会体贴人，还善解人意。"

严波说："在爱情中已投入的女人，很黏人，对男人顺从如羔羊。"接着又补了一句："有时候也要擦亮眼睛辨别清楚，不要让假象迷惑了。"

柯剑若有所思点了点头："嗯呢！"

回到出租屋，柯剑用冷水洗了洗有点发烫的脸，开起了电扇，把卷帘门降下一半，再把玻璃推门合上，和衣倒在床上就睡着了。

半个多小时后，柯娇敲打玻璃门把柯剑吵醒了。柯剑忙起身开门，揉了揉双眼，问柯娇这么热过来干嘛！柯娇说："上午我就来过两次，你都关门了，我的作业你教下。"说完把书包里的作业拿了出来铺到电脑桌子上。

柯剑教柯娇做了几道数学题，又教了一道作文题，柯娇很快完成了当天划定的作业任务，接着跑到里屋的床底下拿出滑板耍起来。

柯剑打开电脑点开了 QQ，发现晓茵在线，就主动发了一个笑脸。晓茵秒回了一个笑脸。接着问："怎么学会了撒谎？"

柯剑回："没有呀！开始在加班，快中午时接到师傅的电话才去他家吃饭了。"

"没有撒谎就行，下周总要来广州吧？"

"会的会的。你又开始想我了？"柯剑发了一个调皮的符号。

柯剑以上的对话全被背后溜滑板的柯娇看到了。柯娇问："爸爸，你跟谁聊天？"

柯剑一扭头，看到了背后的柯娇，生气地说："谁叫你在我背后偷看，你管我跟谁聊天？"

柯娇很委屈地流下了眼泪。柯剑说："哭什么？我只是问你，又没有骂你。"说完抽出卫生纸想帮柯娇擦眼泪，柯娇把身子往后退，之后拿着滑板跑了出去。

柯剑问："娇娇，你跑哪里去呀？"柯娇头也不回，跳上滑板跑了。

"想你呐！想你呐……"晓茵一共发来了五句"想你呐！"。

柯剑回："我也一样……"

这时，夏云招呼都没打就闯了进来，发现柯剑还坐在电脑前，气势汹汹地问："又在跟哪个女人聊天？女儿都不管好，一心管自己的私欲！"

柯剑起身瞧见毫无表情的夏云，问："咋啦？"夏云低头看了看电脑显示屏里的QQ聊天内容，气不打一处来，指着柯剑骂道："真的不要脸！不要脸！"

"我哪是不要脸？我谈女朋友很正常。"柯剑反驳了一句。

"你还嘴犟！我让你嘴犟！"夏云说完，抓起桌上的显示屏狠狠地往地上摔，显示屏顿时裂开了无数条缝。柯剑在一旁目瞪口呆，看到夏云这么抓狂，知道夏云是对自己找女友介意，这样他反而觉得自己在找女朋友这件事上有些理亏。

他愣了一下神，赶紧上前把电源插头拔了。

夏云头也不回地走了。

柯剑打电话告诉了严波，严波安慰了几句，嘱咐柯剑好好自行处理，不要冲动。严波还说："夏云之所以这样做，估计不希望你在外面找人，还想你回头。"

柯剑说："我已经受够了她的冷漠，再回头没意思。"

严波回："问题是你们有个女儿牵挂着，总要为女儿着想。"

"你的意思是：我还要忍受着夏云的冷漠，守着她，在一棵树上吊死？"

"你找机会问问夏云到底啥意思，两人沟通一下。"

"沟通个屁！离了婚还对我指手划脚的，下次再这样我就报警。"柯剑很气愤地回了严波。

"你不要让别人看笑话！你也是个成年人，脑子也没进水吧？好啦，你先冷静冷静，等你消了气再给我打电话，这就挂啦！"

柯剑心里很烦躁，在逼仄的出租屋里无精打采踱着步。柯娇推开玻璃门，把一沓钱放到桌上，说了句"妈妈给的"就跑了。

柯剑推门而出，想找柯娇说话，但柯娇早已无影踪。此时天空乌云密布，风儿也一阵紧似一阵，天快要下雨了。

柯剑转身回屋，心里五味杂陈，他摸不清夏云的套路，既然要摔东西，为什么又要主动赔款，这是什么意思？

第二十一章

柯剑冒着下雨的风险，骑摩托车赶到了东风路一家电脑医院，准备买一个二手的台式电脑显示屏。柯剑认识这位店老板，曾经调查一个案子时找过这个老板核实收购被盗电脑的情况。

店老板见到了柯剑，疑惑地问："柯警官，又是什么风把你吹来了？"

"想买个电脑显示屏。"

"多少寸的？"

"随便。"

店老板从一堆回收的电脑中翻出一个 15 寸显示屏，对柯剑说："这个七成新以上，你拿去。"

"多少钱？"

"拿去就是了。"

"你不说钱我就不要。"柯剑说完就往门外走。

店老板着急了，说："你就拿两百元，是收来的价格，那总可以吧？"

柯剑扔下三张百元钞，把包装好的显示屏提到手中。店老板却拿出其中一张百元钞给柯剑。

柯剑说："你嫌少了吗？那我再补你一百行吧？"

　　店老板笑嘻嘻地说："够了够了，我的意思是不赚你的钱。"

　　柯剑说："该赚的赚，该收的收。"说完跨上摩托车点上火，转头对店老板说："谢谢啦！"

　　店老板站在门口，手里攥着一张百元大钞，目送柯剑离开后，把钞票往嘴唇边吻了一下，脸庞露出阴险的笑，自言自语道："识相就好，否则下次告你贪小便宜！"

　　柯剑刚回到出租屋时，豆大的雨点就落下了。柯剑迫不及待地把显示屏装上，刚刚的坏心情一扫而光。

　　柯剑发现晓茵的QQ来信达30多条，都是问发生什么事了，怎么突然断线了，还是有什么公务来不及退QQ就出警了。

　　柯剑只回了两个字："没事。"

　　可晓茵就是不相信，就问柯剑："既然没事，怎么突然就不做声了，我看你是在线的呀！"柯剑见晓茵不依不饶，就回道："一二句话说不清，不要追着问。"晓茵更觉得好奇怪，还是坚持要问个为什么。柯剑很不耐烦把QQ关了。

　　不一会儿，晓茵的电话就打来了。

　　柯剑接了后，晓茵还是问发生了什么事。柯剑眉头紧蹙，心里纳闷晓茵怎么是这样一个打破沙罐问到底的女人呢？柯剑回答说："到下次见面时我再告诉你，行吗？"

　　晓茵说："那好，你准备什么时候来？"

　　"我去的时候会提前一天告诉你。"说完柯剑主动把电话挂了。

　　晓茵还拨来了两次，柯剑都没有再接，就让那"电话情思"的手机铃声自个儿响。

　　柯剑不想告诉晓茵，夏云来出租屋"砸场子"的事，原因有二，一是夏云已经拿了钱过来赔偿；二是怕晓茵那头担心，也不想让晓茵对夏云有仇恨。

　　次日大清早，柯剑用摩托车送柯娇上学，顺便把多余的钱塞到柯娇书包里，并提醒柯娇中午给妈妈。柯娇低着头嘟囔着问柯剑：

"妈妈到现在门都没有换锁，爸爸您为什么不回家看我们？"柯剑严肃地说："你好好学习是你的任务，爸爸妈妈之间的事你不要管。"

夏云开着小车去往菜市场，发现车位已满，就随意把车停靠在路边。等夏云准备开车走时，她发现轿车前挡风玻璃上，雨刮夹了一张罚款单，单子上盖了一个鲜红的章子。夏云仔细一看，是城管队贴的。她怒骂了一句："真不要脸，才二三分钟就要罚人家一百五！"说完把罚款单取下往副驾座上一扔，拧开车钥匙发动了车子准备走，可驾驶室这边的玻璃门就被敲响了。

夏云按下玻璃门侧转头，见一穿警服的男子，问："干嘛？"

男子笑着说："你夏总真乃贵人多忘事，我是你爱人的警院同学呀！"

"啥爱人爱人？"

"就是你老公柯剑呀！我就是邵董，不记得我们在一起吃过饭吗？"

"啊，记起来了，你邵大队长呀！不过，我现在不是柯剑的妻子了，我们早在半年前就离了，互不相干。"说完准备开车走，突然想到车子被贴了罚款单一事，就把罚款单递给邵董。

邵董看了一下，对夏云说："我帮你免了！"说完操起了电话，等接通后，给对方报上了罚单上的编号。邵董再次对夏云说："没事啦！"说完邵董把罚款单撕了个粉碎，往地上一扔，笑呵呵地说："夏总，什么时候请你喝茶？你的手机号是？"

夏云报上自己的手机号，接着说："等有空时我请你吧！"

邵董打了个响指，指着对面来的警车说："好唻，有人接我来了，该走啦！"

夏云点点头"嗯"了一声。

邵董一上车就告诉车内三位同事，柯剑那小子跟老婆在六个月前就离了。

"不可能吧？他们当初那么好呀！"车内一同事说。

"是真的，是柯剑的老婆亲口告诉我的。"

"是不是柯剑想跟夏东撇开关系？"

"你说得对极了！我猜想也是。"邵董不假思索地回道。

邵董刚到办公室，夏云就打了电话过来，告诉邵董："那柯剑真不是个东西，竟然在QQ上聊女人，还经常去外地，我都气疯了……"

邵董说："你们不是已经离了，你还计较他干嘛？"

夏云说："我是希望等女儿长大些再婚，现在找人结婚怕给女儿造成阴影，才劝了他等两年。可他就是不听，我还看到他QQ聊得火热，我就砸了他的电脑！"

邵董转身跑向卫生间，小声地说："你真的要想阻止他，我教你一个办法：你就到我们局找某某，请我们局领导出面找他谈谈话，再说柯剑已经当上了中队长，会要求进步的，你听懂没有？"

"听懂了，我知道怎么做了。"夏云暗暗点了一下头。

柯剑又被督察关禁闭了！邵董一上班就神秘兮兮地告诉办公室里的同事，接下来他还绘声绘色地说："柯剑到处跑外地会网友，甚至还和女网友进饭馆、开房间。"见几个同事还在疑惑，他干脆直截了当地说："我是从督察那儿打听到的，柯剑所干的绝对千真万确。"

邵董正在加大力度渲染，彭大队长走了进来。彭大很不屑地看了一眼邵董，对邵董严肃地说："组织没有认定的事，我们不要随意下结论！再者，你虽是柯剑的同学，但你对他的了解也不深吧！"

"我从督察那儿随便问了两句，还有夏云也亲口告诉过我，这事儿千真万确。"邵董赶紧解释。

"不管怎么样，我们没弄清情况，就不要轻易下结论。据我所知，柯剑与夏云离婚后，柯剑作为一个单身族，谈个女朋友也算正常的事。如果是到处这谈那聊，对象众多，就属于违纪违法了。目前组织并没有打算对他进行处理。"

邵董一听彭大说完，很懊丧的样子，灰溜溜地走了。

等邵董一出办公室的门，彭大狠狠地甩出了一句话："亏你还是柯剑的同学，竟然这样无事生非！"

这时，柯剑到了。柯剑叫了一声彭大，像做了错事的小孩，坐到办公桌前看案卷。彭大拍了拍柯剑，示意柯剑跟他到办公室聊聊。柯剑起身跟在彭大身后。

彭大从橱柜内取出玻璃水杯，放了一小撮绿茶，然后添上开水，茶叶随着热水飘了起来，接着又下沉到杯底。彭大将热水递给柯剑，说："你与夏云怎么离婚了，又听夏云到督察室说你会女网友的事，你找女朋友虽然是合情合理的事，但你们有个共同的女儿，有些事还是要加强沟通，省去不必须的误解和影响。"

柯剑说："彭大，我们早在半年多之前就办了离婚手续，可是我找女朋友也受到了夏云的管制，她不仅砸过我的电脑显示屏，还到局内找了领导，这不督察还专门找过我谈话。"

"据我从督察那儿了解，夏云的本意不是告你的状，而是想让组织出面干预，劝阻你在外面找女网友，当然带有一点损你的意思，但夏云可能是想你回头。"

"回头！那是不可能的事！"柯剑斩钉截铁般地回道。

"只要事情还没那么糟，为了女儿你应该回头。"

"可是，彭大，夏云的秉性你不清楚，她……"柯剑欲言又止，不知如何解释是好。

"总之，我认为，你要时刻记住你是一名警察，不要闹得满城风雨，影响咱警察的声誉，那就不好！"

"这我懂的，彭大，我会好好把握的。"接着柯剑又说："等你有空时，我会聊一些我们的事让你知晓，避免造成什么误会。"

"严波退休之前，有他罩着你，我放心，现在严波退休了，你有事要多跟我讲，我也可以帮你梳理一下工作、生活。柯剑你还是位中队长，更要考虑社会影响。"

"嗯哪！我会的，还要谢谢彭大信任我、栽培我。"柯剑说完，把水杯轻轻放到桌面，转身离开了彭大的办公室。

第二十二章

二〇一一年八月，虽然进入了秋季，但酷热的天气还是让人受不了，热浪像蘸了辣椒水，甚至比夏天还要狂，烧在脸上像擦了伤，热在身上像着了火。柯剑不能躲在空调里享受人生，他要冒着炎热骑车去看守所，所长先一日晚上打电话约他去一趟。

柯剑敲开了所长的门。所长戴着一副老花眼镜，脸儿瘦削，快五十岁的人，眼光仍有神，身上的警服干净整洁，见柯剑来了，忙起身递茶敬烟，柯剑接了茶水被所长拉到木沙发上坐了下来。

"柯剑啊！夏东的案子由于过于复杂，已过一年半载还没了结。他有过几次绝食，都是我跟他做了工作，而这次呢，他提的要求竟是要求会见你，按照所里的规定，夏东还不具备会见条件。我跟他解释，他说，如果不让他会见你，他情愿去死。他还跟我讲，他想让你去查清一件事，不仅可以立功受奖，减轻自己的罪责，而且觉得按自己的良心来说，也应该把心中的那个秘密说出来。我问他到底什么情况，他说，如果不见上柯剑，打死也不会说给别人听。"

"即使我愿意见他，但所里的规定还是不允许的呀！你我都要遵守监所规定的。"

"我想了一下，你要么向局里领导作个专题汇报，把夏东想举报立功而不想向办案人员反映只想跟你反映的实情讲出来。"

"只能依靠组织，谢谢所长对我的信任，我这就去找领导。"柯剑起身告辞。

泉旺市公安局主要领导听取了柯剑的报告后，决定让柯剑单独会见夏东，但具体会见的时间还在考虑中。

邵董不知从哪里获得"柯剑将与夏东会面"的消息，他专门跑到局领导那里，说出柯剑不能会见夏东的种种理由。主要理由不外乎这几个，一是从法律上讲，案件还没终结，没有进入审判程序；二是柯剑有指使他人毁灭证据的可能；三是看守所有规定，不经办案单位同意以及有可能影响案件办理等诸多情形，是不允许犯罪嫌疑人会见他人，特别是会见至关重要的亲戚。

局领导再次碰面，统一了意见，为了扩大案件战果，有必要让柯剑会见夏东，不过还讨论了会见地点、时间以及相关幕后布置的警力等等。要求谈话的地点不能在有明显的监控的办公室，而是在事先装好微型摄像头的普通办公室进行。

柯剑想，这样光明正大的会见，组织上实际在保护自己，更能证明自己一身的清白。

柯剑与夏东会见的时间定在周末。

那日的阳光依然灿烂，天空中即使有一些阴霾，也因阳光的铺开而渐渐散去。柯剑骑车到了看守所，他私下买了一根录音笔，随身携带插在上衣口袋里。柯剑像每次接受任务那般精神抖擞。

夏东入狱一年多没能见到亲人，这次见到了柯剑，眼里放出了光亮，还是跟以前一样亲热叫着"剑弟"，柯剑上前伸出双手与夏东握了握，叫了声"哥哥"，心里不是滋味，他不敢告诉夏东，自己与夏云离了婚。

夏东喝了一口水，诚恳地对柯剑说："剑弟呦，当初是我对不起你，暗地利用了你的车，不过还好，我坚守了原则始终没有把你卷入我的犯罪中。夏云好吗？柯娇好吗？我挺想念你们的！我们兄妹两个，父母死得早，现在夏云全仗靠你了。还有那个服装公司，你转达夏云，能打理过来就打理，忙不过来就转让他人，过过安稳日子。"

"哥哥，你说的事我都记心里，你好好照顾自己就是了。现在会见是有时间规定的，你就说说你想跟我交谈的事吧！"

"这里没有监控吧？我们谈的话只有我们两个知道吧？"

"哥哥你放心说就是了，既然你信任我。"

"我这个事说出来，如果你能帮忙查清楚，我可是检举立了大功。相反，如果这个事没办好，甚至走透了风声，我在监狱里都有可能丢命。"

"有这么严重吗？"

"肯定的！所以我不敢告诉任何人，只能相信你呀！"

"嗯嗯好，你就不要卖关子，抓紧时间说出来。"

"你还记得三年以前小西湖三个女孩溺水身亡的事么？"

"记得。那是驾驶员在小西湖转角处把油门当成了踩刹车，轿车闯进了水里。"

"还记得主管乡镇企业的副市长闵拜的秘书方位宁离奇失踪的事么？"

"记得。当时盛传方秘书婚姻不幸在外面有红颜知己，就带女人远走高飞了。"

"或许你看到的都只是表面现象，我怀疑这两个事都不是普通的意外事件，而是有人策划的命案，都与闵市长有关！"

"这是从何说起？"柯剑的神经绷了起来，眼睛瞪得圆圆的。

夏东把嘴巴凑近柯剑，把声音压得低低的——低得在身边的旁人都听不清。他这个突然的举动出乎外围民警的预料，根本听不到夏东到底说了什么，只能看到夏东的肢体动作，至于夏东说的话，则认为那一定是个秘密，或者是一颗炸弹。

期间柯剑也想改变一下夏东的表达方式，但夏东好像故意要这样做。接着，夏东还用左手掌竖立在自己的嘴巴边，再靠拢柯剑的左侧，用嘴巴贴近柯剑的耳朵，喋喋不休的样子，好像一个世纪也说不完。柯剑使劲地点着低垂的头，看起来完全记下了夏东所说的话。

谈话结束，柯剑的脸色变得很凝重，他说了声"哥哥保重"，就出了谈话室。

外围民警凑了上来，问柯剑："夏东到底说了些什么？"

柯剑说："我要报告局领导！"就头也不回出了看守所的大门。

柯剑进了局办公大楼，突然改变了找局领导的主意，觉得先私下报告彭大为宜。柯剑一进彭大的办公室，就把房门反锁了，见彭大在写学习笔记，也没讲什么客套直接说："彭大，我有重要情况报告你。"

彭大赶紧停下手中的笔，示意柯剑坐下说。

"我大舅哥夏东会见了我，打了耳语，怕情况泄露命都难保，这不，我也怕走漏风声，直接来报告你，这情况太紧急了！"

"情况很严重吗？你别担心那么多，直截了当地说！"

"是这样的，夏东在工业园办服装公司的时候，认识了主管乡镇企业的副市长闵拜，这闵副市长现已调任邻市当市长了，这个我们都知道。闵拜在我们市当副市长的时候，手下有个秘书叫方位宁，干到两年的时候突然失踪了。夏东说，因为偶尔要找闵市长办事，就认识了方位宁，一来二往，两人成了无话不说的好朋友。大概在三年前的一天深夜，方位宁给夏东打过一个电话，电话里夏东能感觉方位宁喝了酒，言语语无伦次。电话里方位宁说自己知道领导的秘密，夏东问是什么秘密，方位宁却遮遮掩掩，哈哈大笑地说，这个可是关系到我的命，这个就不能告诉兄。过了两日，方位宁还专程找过夏东，要求夏东找一个很贴己很能办事的公安民警，推荐到领导那儿料理事情。夏东联想到那晚方位宁说的'关系到命'，知道也不是什么很容易办到的事，就留了一个心眼，没有介绍我跟市长打交道，而是把邵董介绍给了闵市长。邵董那时还只是一个普通民警，因为我跟邵董是同学嘛，带他同到夏东那吃过一次饭，才认识了夏东。过了一个月，夏东听说方位宁因婚恋纠纷离家出走，接着又发生了三女孩溺水事件。夏东思来想去，越来越觉得很离奇，反复想着方位宁与他的通话，每句话每个字都在他脑海里盘旋，终于想起了方位宁还说过一句话，他所知道的秘密全都写进了日记。"

"日记是目前最大最好的线索，得先报告局长，我们现在就去。"彭大把笔记本合上，站起来就往楼上跑，柯剑紧随其后。

方位宁的妻子正在家中煮中饭，突然听到一阵敲门声。方妻打开门发现柯剑等几位陌生人，问找她干嘛？

柯剑出示了警官证，表明了身份。

方妻说："你们都来过几回了，我该说的都说了，我们夫妻关系再不好，我也不会撵他走，至于方位宁到底跑哪里去找新欢了，我可是什么都不知道！"

柯剑说："方位宁虽然失踪了三四年，但我们警方一直没有停止过对他的寻找，所以还是希望你多多配合我们。"

"我一直都配合呀，毕竟夫妻一场，你们爱咋地就咋地，我可从来没管过。"方妻以平缓的语气表态。

柯剑接着说："我们今天来，是寻找一个东西。"

"请便！"方妻伸出打开的右手掌，来了个180度翻转，做了个请进的动作。

柯剑带领二位民警直接进了方位宁的书房，书架上，抽屉里，还是能找的地方都找了，但没能找到像日记本那样的本子。

"一定要细致、全面查找，家里所有的家具里面及底层，每一个角落都不能放过。"柯剑对两位手下轻轻地说。

柯剑正在有步骤地检查，柯剑的老爹从乡间打来了电话。柯剑爹说："你就那么忙吗？连老爹有病都不管！我最近吃饭比以前更难咽，还有点打呃、反酸水，想到市里检查检查。"

柯剑说："老爹，这阵子确实很忙，等忙过了，就去乡间接您进城检查。"

柯剑爹愤愤地说："那你是要等到我死在门板上才会来吧？"说完，"啪"地把电话挂了。

柯剑继续搜寻，觉得应该打破常规办法，应该在家具夹层、低部，或高处拓展查找空间。工夫不负有心人，柯剑在客厅吊顶夹层发现了几本日记本。他稍微翻了翻，翻到其中一本时突然脸色大变，忙招呼手下两位民警过来，做好了证据采集手续。

柯剑火急火燎撤离了方妻的家，一上警车就打电话给彭大，说东西找到了。

彭大听完柯剑的报告，就带着扣押物品找到局里主管刑侦的江副局长，江副局长也不敢懈怠，立即报告局长。局长皱了皱眉，觉得也不是他的范围内能办的事，就直接报告了省公安厅。

当晚，省公安厅刑警总队办公室灯火通明，厅长主持召开紧急会议，最后决定由省公安厅刑警总队挂帅，酒港市公安局刑侦支队协助查办这起刚浮出水面的疑案，同时严格了参案人员的办案纪律，任何人不得泄露一丝案情，哪怕是本系统的同事或与案件无关的领导打听案情也不得透露半点。

黎明前都是黑暗的，一旦晨光微露，阳光就会冲破黑暗普照大地。柯剑作为夏东的妹夫，主动申请回避，彭大带领局内两民警配合省厅刑警总队调查取证。

从省厅回来的路上，柯剑向彭大请了年休假，理由是带老爹到医院检查，老爹已经打过好几回电话了，这次借这空隙正好陪陪老爹。彭大当即同意了，叫他填好请假单申报就行。

第二十三章

　　柯剑在兄弟姊妹中排行老四，上有两个哥哥一个姐姐，下有三个妹妹。只有柯剑从农村走了出来，考上了公安警察学院，其他兄弟姊妹都在不同的城市打工谋生，所以柯剑老爹一有病痛都是找距离最近的小儿子柯剑。柯剑对老爹的话基本听从，除去上了案子，或承办案件有时效而抽不出身，才会偶尔打点折扣。

　　柯剑骑着摩托车下乡，见到了老爹，老爹二话没说就跟柯剑来到了城里医院。柯剑感觉老爹这次进城，不跟以往那样，在城里转悠转悠，看看城里的风景，瞅瞅新世纪广场上的老年人吹拉弹唱跳，而是想把自己的毛病检出来。

　　柯剑的二妹也在泉旺市一居民小区边上开了一家小商品店，起早摸黑忙活着。听到柯剑的电话后，表示也有空闲陪同。柯剑知道二妹很忙，说偶尔去看望下就可即时返回。为了让二妹一边陪同老爹吃饭，一边可以照顾店铺，柯剑就选了一个离二妹店铺很近的小酒馆。柯剑爹脸上有一丁点儿笑容，却好像是强挤出来的。柯剑心里咯噔了几下，是不是老爹嫌弃上菜慢而饿了肚子，于是喊服务员快点上菜。柯剑爹却说："要紧，不饿。"红烧肉端上桌了，这是柯剑爹最喜欢吃的菜。柯剑帮老爹夹了一块，柯剑爹说："就吃这一块哈，不要夹了！"柯剑心里纳闷，平时一餐能吃五六块红烧肉的老爹，今晚怎么突然变了？柯剑又把店里的招牌菜——北京烤鸭包好了一小包给老爹，柯剑爹又是几番推阻。要在平时，柯剑爹吃吃喝喝都很爽快，然而这次却截然不同。鱼煮豆腐、墨鱼附粉，柯剑都给老爹盛了两勺，柯剑爹对这些软食没推辞，柯剑心里觉得好受些。柯剑又问老爹，来不来一小瓶白酒，柯剑爹摇了摇头表示坚决不喝。柯剑很失望，老爹不喝酒又不太吃菜，言谈也比平时少得多，柯剑又怀疑老爹是不是还在生气？柯剑很了解老爹，平时生气也只一根烟的工夫。平日里，每次去乡间看望老爹老妈，两老总乐得合不拢嘴，口里说，不要常来，耽搁时间，心里却总是在盼望。柯剑很自信，父子之间不会在小节上有什么隔膜。吃完饭，二妹私下找到柯剑说："哥哥，明天我们还是带爹爹去医院好好检查一下吧！爹爹总说吃了饭反酸甚至呕吐，肚子不舒服。"这时柯剑才联想到二妹几天前曾打电话给自己，说老爹愿意留下来住一夜，是希望次日自己能陪老爹去医院检查。

哦！柯剑终于找到了老爹不爱吃菜的一些答案，老爹估计是身体出现了一些状况，才不愿喝酒，食欲也不强烈。柯剑心里有些自责，一心忙工作，忙自己的事，老爹的身体却没管到。

柯剑带着老爹在人民医院一同学的帮助下，去消化科找到了余医师，认为做胃镜可以查清一点问题。但柯剑爹年事已高，做胃镜有风险，余医师不敢开单。柯剑爹却一直想做个胃镜，这是他的心愿，两年前就有。

柯剑就说："余医师，俺老爹虽然年龄大点，但身体素质还好，在乡下还种五六斗田呢！"

余医师又问："今天上楼是他自己上的不？"

柯剑说老爹上楼一点问题都没有。

余医师说："那就看心电图有没有问题，没问题的话就可以做。"

开了心电图和胃镜两个单后，柯剑先带老爹做心电图，之后又到了做胃镜的办公室。

曹医师让柯剑爹吃过一小瓶润滑喉咙的液体后，拿出一根有灯光的长管子，开始为侧卧在床上的柯剑爹做胃镜，一名女护士用一个〇字塑料框塞在柯剑爹的口里，嘴边放了盛装咳痰的器皿。曹医师很细心，但插了五六下都没成功。

柯剑爹因插管难受眼泪流了出来，柯剑忙用纸巾擦拭。柯剑看到老爹那勇敢又难受的样子，心里巴不得早点能插进管子。柯剑给老爹打气，并握住老爹的手，说："爹爹，您不是早就想做个胃镜吗？你就听医生的话吞一下嘛！"柯剑爹点点头。

曹医师说："喉咙那地方阻了，这种情况很少碰到，估计是我手法不对，我请余医师过来，看能不能插进去。"柯剑暗地思忖，曹医师是很敬业的一个人啊！他自己没成功，但为病人着想并不放弃，敢于放下自己的面子，让另一个医师来做，医德高尚真的让人敬佩。余医师来了，在第三次插管时成功了。余医师用那根带灯光的管子在柯剑爹的胃里探了又探，并不时地问拍照没有？在边上的曹医师有问必答，配合很默契。胃镜做好后，柯剑爹下了床，吐了两下口水，问医师，有事吗？曹医师说，没大毛病，食道上有点炎症，你到门诊找刚给你开单的余医师开药。

柯剑爹脸上终于有了一丝笑容，之前那惶恐不安的神情不见了。

趁着柯剑爹到门外吐口水的时机，曹医师指着桌子上的报告单，语速极快对柯剑说："估计是早期那个，你得在你爹吃完十天药之后到酒港市复查。"柯剑的心噔噔地跳，明白曹医师说的"那个"指的是什么，但柯剑必须装作若无其事。柯剑忙说："知道知道，谢谢你曹医师。"

柯剑爹这时凑过来了，疑惑地问有事么？柯剑说："爹爹，食道上有点炎症，我带你去开药。"见到了余医师，柯剑真诚地说："真的谢谢你刚给老爹做了胃镜，不是你技术好，真难插进去呀！"余医师说:"别客气!"接着余医师帮柯剑爹开了十天的西药,并悄悄嘱咐柯剑日后带老爹去酒港市复查。再次谢过余医师后,柯剑带老爹到了一楼药房检了药。为了确认诊断情况,柯剑跟老爹说:"您在楼下等我,我去楼上问下余医师,吃药是饭前还是饭后。"事实上,药袋子上都注明了饭前饭后,柯剑只不过是找个借口,让老爹不在场,避免听到不该听的话。余医师说:"目前的情况估计是早期食道癌,从检查的情况看,是最近才有的。"接着又问老爹真实年龄,柯剑说74岁。余医师脸上很平静,说:"你带老爹去酒港市看能不能做手术,我们这里不考虑去做,因为如果做手术怕出血后止不住,而酒港市的条件相对来说要好点。"柯剑的心像被什么东西扎了一下,再次变得难受起来。柯剑平衡了一下身子,把表情尽量恢复到若无其事的状态,然后挤出来一点点笑容,好面对年迈而可怜的老爹。

九月的阳光正暖,但一想到医生说的话,柯剑心里就憋得难受。柯剑扶老爹出了医院,提出先吃点东西再去湖边转转,柯剑暗地想让老爹在有生之年,享享福,看看风景。柯剑爹微笑地答应了。

这时,柯剑又想起了老爹经历过的苦难。老爹吃过的苦,柯剑长大后才慢慢懂得。为了弄点家庭收入,保一家十口吃饭穿衣,柯剑爹只身一人多次前往景德镇市浮梁县一个深山老林割竹子,哪怕这个竹山曾有人被蛇咬死,他也要冒这个风险。柯剑爹割了几捆竹子,搭本村纪英爷爷拖煤的货车回家。上半年搭车倒好些,坐在货车拖斗里没什么,要是寒冬腊月,整个骨头冷得像散了架。回家后为了报答纪英爷爷,柯剑爹就为他家操田扶耙忙双抢。冒险弄来的竹子,柯剑爹就做起了手艺活,破竹子做篮子卖钱。

柯剑爹壮年时还到邻县用板车拖沙上船,流了多少汗,熬了多少苦日子,柯剑只是后来听本村与柯剑爹同做工的叔叔说过,邻县拉沙吃过的苦是这生从没尝过的。

柯剑知道,病人的情绪很关键,如果知道自己得了不治之症,势必精神崩溃，本可以多活几年，却因精神支柱的塌陷，会大大缩短寿命。柯剑只能伪装，一副很开心的样子，而心底里的难过时而要冒出来时，还必须狠心按住。这也是一种煎熬，柯剑的胸部如同蒙上了一层厚厚的尘埃，挥之不去，却又无法消除。金色的阳光下，柯剑爹在湖边转悠，兴致勃勃，神情飞扬，想到以后某一天，将会失去眼前这位吃过一世苦头的老爹，柯剑鼻子不由得发酸。柯剑用力使劲儿揉了揉鼻子，又使劲儿捻了捻鼻子，终于控制了情感的闸门，泪水没有涌出来。柯剑问老爹是不是再住一晚，柯剑爹不肯，说要去乡下陪老娘，还说老娘一个人在家不安全。

柯剑知道老爹说的是真话，他离不开乡间那个小窝，离不开那个跟他同枕共眠相濡以沫 40 多年的老伴。柯剑爹对柯剑娘的赞美常挂在嘴边，在儿女们面前总是说，在村子里绝对找不到第二个像老娘这样本分、善良的人。柯剑爹虽然性情暴烈，偶尔骂骂咧咧，但内心对柯剑娘不差。单从吃肉这事上就可看出来，柯剑娘从不沾一丝儿肥肉，柯剑爹总是把肥肉咬下来自己吃，而把瘦肉送到柯剑娘的碗里。

柯剑只好送老爹下乡。柯剑爹在车上说："我们现在条件好，有吃有穿，国家政策又好，对老年人还有补贴，谁都想多活几年呀！"柯剑忙点头。柯剑知道，老爹是在宽慰他，也像是在点拨他，担心对他到城里看病有想法，也可能是表白自己内心的真实想法，让子女们理解理解他。柯剑笑着对老爹说："是呀！身体哪个地方难受肯定要尽早看医生，有病就不能拖，特别是像老爹这样年龄的人，更要经常到医院检查检查。"柯剑爹到了乡村家门口，又把柯剑当客人一样向柯剑娘喊话："兰英，兰英，崽来得！"柯剑娘正在炒米粉，没腾出步子出门。柯剑爹见柯剑娘忙活，也像久别重逢似的，加快脚步到了屋内，从柯剑娘手里抢过钯铲，在滚烫的铁锅里，将大米炒炒、翻翻，直至熟透。

临走，柯剑反复劝老爹少抽些烟，还说这是医生叮嘱的，为了食道上的炎症尽快好起来，必须要少之又少。柯剑爹笑眯眯地说：
"现在戒烟也许到了土里才能戒掉，少抽点倒是。"

返程途中，柯剑打电话给二妹，嘱咐二妹不要告诉任何人，
因为还没有完全确诊。二妹哽咽地说："不会，不会告诉任何人
的。"二妹还哭着说："看到爹爹送来的一壶菜油，忍不住哭了
又哭……"

想着老爹带大兄妹几人，操碎了心，吃尽了苦，又没好好报
答，柯剑再也控制不住自己，把摩托车停靠路边，让心中的难受，
用喷泉般的泪水一遍又一遍冲刷……

第二十四章

柯剑心里很苦闷，却又无处诉说。这时晓茵又打了电话过来，问柯剑什么时候去广州。柯剑内心有一丝丝慰藉，立马说："我现在就去买火车票。"晓茵却说："火车跑得很慢，我昨天就关注了一下飞机票，不贵，航空公司在搞活动，飞机票打折，我帮你买票啦！"说完把电话挂了。

柯剑出发之前，晓茵反复叮嘱"别忘了带身份证！"，柯剑感觉晓茵太细心又太操心了。

飞机准点在广州白云机场着陆，晓茵无比喜悦地出现在机场出口。柯剑到了晓茵身边，晓茵可顾不了许多，一个大大的拥抱将柯剑搂住，接着无比深情地说："你这头土猪，可把我想死啦！"柯剑被晓茵如此亲昵的动作弄懵了，毕竟是小城市的人，他有点害羞，他只好拍拍晓茵的背，晓茵却搂得更紧了。

人流缓缓前行，道路平坦如砥。晓茵主动牵着柯剑的手，走在出机场的路上。两人坐上机场大巴，三十分钟后，将到达那温暖而又令柯剑向往的晓茵小家。

晓茵像第一次那样，帮柯剑褪去身上的脏衣服，把脏衣服浸泡一会儿搓洗几下扔进洗衣机内，然后盛好排骨汤，把热好的点心端上桌，又把水果依次递上。柯剑感觉自己就是一位贵宾，或者说，就是晓茵的贵宾，心里满满的快乐和甜蜜。

柯剑洗完澡，就开吃。他的胃口很好，好久没有这样尝试美食了。吃完后，柯剑漱了一下口，准备把碗筷收到水池，晓茵说："不用了。"柯剑说："你让我这样很不自在。"晓茵眉开眼笑地说："慢慢你就习惯了。"说完猛地抱住柯剑，用嘴唇堵住了柯剑的唇，热切地吻了起来，接着轻轻地说："猪呦！想死我了，你的任务还没完成……"

一番颠鸾倒凤的操作之后，云散了，风儿也似乎静止了。晓茵倒在柯剑的怀里，闭眼享受着愉悦时光。良久，她从柯剑的怀里逃出来，问柯剑："那次聊天怎么突然中断了？你好像有事瞒着我。"

"都过去了，你还纠结那事干嘛呢？"

"那你就是有事不愿告诉我，对我还保留着秘密。"

"哪有什么秘密，你不要多想啦！"说完，柯剑翻身扑在晓茵身上，用嘴巴盖住晓茵的嘴巴，吻了几下，晓茵却一脸的阴沉。见晓茵不高兴，柯剑决定转移话题逗晓茵开心。

柯剑问："晓茵你除了原来那个出国的男朋友，就没找过其他的男朋友吗？"

晓茵说："你就知道问这个，我不是早告诉你了，没有，听清楚了吗？"

柯剑笑着问："那你的生理需要怎么解决？"

晓茵用食指点了一下柯剑的鼻子，笑盈盈地说："你们男人就喜欢掏女人的隐私，我偏不告诉你，这是我的秘密，你的秘密也不告诉我呀！"

"我们做个交换，我告诉上次掉线的原因，你就说这个秘密，怎么样？"

"好呀！"晓茵马上回道。

"上次其实是我前妻把电脑显示屏砸了。"

"那你还跟前妻住在一块了，怎么会这样呢？"晓茵挣脱柯剑的搂抱，坐了起来，神情严肃地面对柯剑。

"没有，我在出租屋，那天她可能听到我女儿说我在跟女人聊天，还把女儿气走了，她就跑到我出租屋，本想质问我，哪知我正在跟你聊，她看到后就把我的显示屏砸了。不过，事后她又马上叫女儿拿了一千元过来。我花了三百元买显示屏，剩下的退还了她。情况就这样。"

"为什么砸你的显示屏，哪有理由呀，除非她还在吃醋！"接着晓茵又说："完了，完了，这娘们还不打算放过你，不想你找别人，就是想与你复合。"

"我才不会复合呢！你知道她对我多么狠呦。一想到往事，我心里就窝了一团火。"

"怎么狠法，你说说。"

"那时我们闹别扭，她主动提离婚，并说等三个月后办离婚手续，我觉得她那么冷漠，再在一起也没必要，就同意了。在这等候的时间里，我们虽在同一个屋檐下，她可从来没叫过我吃一餐饭，没给我洗过一件衣服，也没跟我说过一句话。更可恶的，我们没协商离婚的状态下，她为了疏远我，执意跟我分房住，她枕头底下还藏了一把剪刀，夜晚睡觉把门反锁。你说说，我是怎么过来的呀！"柯剑越说越激动，似乎有一肚子的苦水道不完。

"呵呵，作为一个女人，也确实做得够狠呦！"

"对了，我的秘密说完了，你该说说你的秘密呀！"柯剑转而对晓茵道。

"我其实也没啥秘密，当我有欲望的时候，我就起床在客厅、房间跑步，要么就看电视剧或者找一本书，这样就把注意力转移了。"

"那样的方法能行吗？"看到晓茵的那个傻样，非常有趣，柯剑哈哈大笑，说完轻轻拧了一下晓茵抹了粉黛的脸。

"对了，晓茵，我老爹经医院初步检查是早期食道癌，没想到他吃了一辈子的苦，竟然得了这样的病，老天真是不公哟！"

"早期的食道癌，听说可以得到很好的治疗，就不怎么影响人的寿命，你打算怎么办？"

"医生给我爹开了十天的药，嘱咐吃完了到更好的医院复查一下。我这回去后，时间上差不多，看复查结果再说吧。"

"明天我们去白云山玩玩吧！那儿的环境不错，广州城里的人把那当休闲之地，也作锻炼身体的好去处，你也去散散心吧！"

柯剑说："可以！"

进白云山门票5元一张，晓茵掏出10元买了两张，然后挽着柯剑的手随着浩大的人流登山了。

看着远近的山脉，踩着登山的路，柯剑心里开朗。晓茵随口吟道："千山佳气平临目，万壑凉飙故拂衣。怅望清秋情不极，皓歌回首月斜晖。"

柯剑赞晓茵也是才女一枚，晓茵说："别，别这么夸，这不是我能写出的，这是明代一个诗人赞美白云山的诗句，我背过几回，时间久了就不记得了。"

柯剑接上话茬说："你已经很不错了，还能背上几句。"

"嘿嘿，我就实话实说吧！前几天我有预感你要来，就早早背了这几句。"晓茵笑嘻嘻地说。

柯剑心里在说，也真难为你了，还专门背诗让我开心，转而又想，不对，估计是晓茵又在生长那个欲望时，就找了诗来背诵。于是，柯剑低声附在晓茵的耳朵边说："你那晚一定有难言之隐睡不着，就想着背诗转移注意力，是啵？"

晓茵开始没反应过来，当看到柯剑狡黠的笑脸时，才知道柯剑又在调侃她，于是用小拳头轻轻击着柯剑的肘部。

柯剑会意一笑："这个秘密不是你告诉我的吗？我这是活学活用。"

"你这头土猪，可别把我笑晕呀！"晓茵笑得很灿烂。

在白云山上，什么年龄段的人都有，男女老少；什么运动都有，踢毽子，打羽毛球，跳绳，蹦极，等等。大都市的人们对生活的质量要求比较高，对身体的锻炼也更加重视，柯剑想起自己居住的小城市，休闲的样式不外乎散步、跳跳舞，几乎单调得很，不禁生出几分感叹。

中午两人在白云山上的小餐馆吃饭，晓茵以"尽地主之谊"抢着买了单。柯剑越来越觉得自己不但像贵宾，更像个大王。晓茵对柯剑的什么话都记在心上，什么意见都能接受，温顺得像一头羔羊，令柯剑越来越有自信心。

不过，即使有了这点自信心，柯剑也不能百分百确定晓茵对自己有那种爱情。

在一起的日子很短暂，柯剑就要返程了，这又是他们离别最难熬最痛苦的事。晓茵把买好的火车票递给柯剑。柯剑一看是一张卧铺票，三百多，比硬座要多一百多元，就责怪晓茵。晓茵说："回去的途中也要休息好，又要忙工作，又要忙你爹的事，够你操劳的，你就别管这事儿啦！"柯剑嘻皮笑脸补了一句："还要忙你。"晓茵微笑着脱口而出："真一个道貌岸然假君子。"

列车到站了，该上车了。两人就在候车室分别，晓茵又是擦泪，柯剑的心也颤动不已。晓茵哽咽地说："你别忘了常来，别把我弄丢了。"说完把一个服装袋子递给柯剑，小声地说："里面有一身衣服是买给你的，另外两件上衣，一件给你爹，一件给你娘。"柯剑不知所措，晓茵接着嘱咐道："路上记得吃我给你炸的鸡翅，还有面包，记得多喝水。"柯剑用眼神示意晓茵回去，但晓茵仍等在候车室内，目送柯剑离开。

列车轰隆隆离开，柯剑脑袋一阵空白。

他打开食品袋，取出晓茵为他准备的鸡翅，仿佛看到晓茵满面汗珠在厨房忙碌的影子，晓茵把鸡翅洗了一遍又一遍，倒油红烧，然后把大半瓶可乐倒进锅里，盖上锅盖，拧出小火烹饪，最后搬来一把小凳子，守在灶台边上。

他没想到，在他的人生旅途中，竟然会有这么一个大都市女人如此厚重自己。他再次觉得有点天方夜谭，有点不可思议。

第二十五章

回到泉旺市，柯剑的脑袋里依然有晓茵甜甜的样子，他想自己已被爱情俘获了。他感到幸福快乐，又忧虑重重。

柯剑掰着手指头，数了老爹吃药的日子刚刚到期。柯剑心想，如果直接说带老爹到酒港市的医院去复查，势必让老爹生疑。柯剑想了一个法子，就让大哥打电话给老爹，要到酒港市复查。如果老爹问为什么，就说泉旺市毕竟是县级市，医疗条件肯定没有酒港市的医院好，胃镜插管至少不会像泉旺医院那样插几下才成功。

柯剑爹接了电话后，表示再去医院没必要，要是去酒港玩，是可以的。

柯剑说："那就带您去酒港市的大哥家玩一玩。"

最终，柯剑爹答应了。

柯剑赶到乡下，见到老屋门前的一大堆柴火，有斫断的新鲜痕迹，一看就是刚刚弄的，就问老爹："您又上山斫柴去了？"看上去，柯剑老爹很开心，他微笑着，很有成就感似的，说："是啊！昨天我去了山上两趟，斫了两车柴。"

柯剑说："这么多柴，怎么弄回家呀？"

柯剑爹说："用单轮推车呀！"

柯剑又责怪老爹："都七十多的人了，还不顾自己的安危，要是在山上滑了脚，那可怎么是好？"

柯剑爹只是笑，说："不会的，不会的。"

柯剑爹这次的穿戴花了一点心思，特意把那件买了多年没舍得穿的白衬衫换上了，鞋子也换了一双新的。

柯剑爹很精神地上了客车，准备从口袋里拿出香烟点火，被柯剑制止了。柯剑爹笑着说："我忘了，车上不能吸烟。"柯剑也微微笑了。

柯剑爹从窗口观望一路的风景，隧道，大桥，宽敞的公路，还有翠绿的群山，心里格外高兴。

带着这份好心情，柯剑爹走进了酒港市人民医院，柯剑的大哥也早已在医院门口等候。

胃镜检查果然很顺利，柯剑爹出来时很高兴，说插管子只插了一下就进去了，没半点痛苦。

柯剑和他大哥见此也很满意，之前担心老爹吃不消插管，现在看到老爹的兴奋样子，也就放心了。

临出门医师补充着说，已取了食管的组织做活检，要一周之后才能拿到结果。柯剑的大哥就劝老爹在酒港市呆上一周等结果，可对一生劳碌的老爹来说，似乎很不可能。

果然，柯剑的大哥想挽留老爹在酒港住一晚，柯剑爹就是不答应，说："不了，回家，回家。"

时间飞快，一周的时间很快到了。柯剑和他大哥诚惶诚恐赶到医院，取到了结果。柯剑直奔结果看：中分化鳞状细胞癌！顿时柯剑的心又如刀绞一样的痛。柯剑大哥见到后，也变得沉默了。

柯剑找到了胸外科的医师，负责科室的陈主任说，这是早期的，可以刮掉。柯剑和大哥点点头，要求早点帮老爹办入院手续。陈主任说："你先预约一下怕临时没有床铺，人来后再办入院手续。"

拿诊断结果的这天，在乡间的老爹其实也在等待。柯剑担心老爹等得心焦，决定这就打电话去。柯剑和他大哥商定，不能告之真实的检查结果。于是电话中柯剑告诉老爹，还是炎症，应该到酒港市继续治疗。但柯剑爹在电话里不同意，说只要捡点药回家吃就可以了。

柯剑心急如焚，当日晚上赶到乡下，央求老爹去酒港市治病。柯剑说："老爹，您食管上的炎症目前只有半粒米那么大，如果不及时治疗，会扩大糜烂整个食管的，您要知道这利害关系啊！"柯剑爹沉思了好久，问："吃药就不能除掉吗？"柯剑说："直接刮掉只要几天的时间，而吃药要吃一年二年，效果不一定很好，再说还会伤肝的，是药三分毒嘛！"柯剑爹想想也是。

柯剑知道，老爹一生省吃俭用，从来舍不得花钱。柯剑安慰老爹说："钱的事，不是您管的事，您就只管配合治疗就行。"柯剑爹最终同意了。

办好了入院，次日就来了一大堆检查单，见如此，柯剑爹有点不高兴。柯剑知道老爹心痛用多了钱，就说，费用会报销很多的，不必担心。

第三日，医生又开了一张"全身骨显像"的检查单，还要到另一个分医院去检查，这回柯剑爹彻底不愿意了。柯剑爹说："这是医院乱开单搞收入，坚决不去！"柯剑的大哥也说："医院也是乱搞，明明是食管方面的事，怎么扯到全身的骨头检查了？"

柯剑点了一下"度娘"，全身骨显像一般用在肿瘤检查，也可以用在炎症的诊断。当恶性肿瘤出现在全身多发的骨转移时，才可以进行全身骨显像来进行部位的诊断。而柯剑爹的肿瘤位置已确定在食管，距门齿 30 cm，医师也已判断是早期，所以暂时并没有转移的痕迹，为什么还要进行这项检查呢？这项检查费用高达 968 元，或许就是医院一个创收项目吧！

柯剑联想在爹刚入院时，那名医生反复问他姊妹几个，经济能力如何，难道治个病也与这些情况有关吗？柯剑对医院的做法也产生了一些怀疑，难道真如有的人所说"医院搞创收"？

在景德镇打工的柯剑二哥，打电话也明确告之不要让医生骗了。柯剑和他大哥觉得要重新考虑一下治疗方案。柯剑目睹了一位和他老爹同样病症的 65 岁老乡，做了手术之后，在走廊里锻炼身体，也就是走走步子而已，让兄弟俩有了新的认知。老乡步履蹒跚，由其妻子搀扶着，神情萎靡，颈部打了一个小洞，腹部打了二个小洞，全身三根管子扯着，着实让人感觉从死亡线上挣扎过来。老乡的妻子还说，已经一个多月了，还不知要住多久。

在医院呆久了，一个正常人都会变得烦躁，而病人的意志也在被磨灭，情绪也会变得更糟。柯剑在老爹刚入院时，就特地问过医师，医师说只要半个月就可以把那癌细胞刮掉，而看这老乡的情况，几乎不太可能。

柯剑想，这么大年纪是否可以做手术都是子女们需要重新认真考虑的一个大问题。那医院为什么就不劝阻老人不要做手术呢？

柯剑爹目前的状况跟常人无异，只是吃过饭后，有点打呃、反酸。如果做了手术的话，是不是会加重病情呢？柯剑他们忧心忡忡。柯剑问过几位做医生的好友，纷纷表示还是不做手术为好，一是怕老人吃不消，二是手术后会降低老人的免疫力从而把老人的身体拖垮。柯剑的二哥从景德镇赶来了，也表示不宜做这么大的手术。于是，柯剑带着老爹出院了，打算开药吃，作化疗保守治疗。

柯剑想想也是，目前老爹还有这样好的状态，只要加强体内正能量的培植，保持乐观的心态，就会把癌细胞打压下去，从而延长生命的长度。其实体内的两派细胞之争，也是"狭路相逢勇者胜"！

柯剑爹闻听，觉得很有道理。于是在子女们的鼓励下，开始听从专家吃药化疗的方案，同时加强营养，少抽烟，还把多年挂在墙头的二胡取了下来，适时将黄梅戏《天仙配》《女驸马》等戏曲捡了起来。

柯剑现在盼望老爹一有空，就来城里走走。毕竟来一次就少了一次。生命的尽头尽管一触即达，柯剑还是满怀希望让老爹多点时间在人间停留。

　　柯剑把老爹的事办好，休假的期限就到了，他赶回出租屋。夏云站在出租屋门口，好像等待已久。

　　"你真够潇洒快活，留下女儿我照顾，你到处乱跑！"夏云怒气冲冲。

　　柯剑回道："我们离婚时不是协议好了，女儿跟随你生活，我只是负责抚养费。"

　　"那你平时也要关心关心她，你就只顾自己快活，还到处找女人，要脸啵？"

　　"你怎么这样骂人？你要脸啵？我们都离婚了，还这样三番五次到我这说三道四，还跑到我局里告我的黑状，真不知道你怎么这样狠毒！"

　　"谁告你的状啦？我去你局里也只是希望你们的领导好好教育你一下，并没有说你什么！"

　　"嘿嘿！你不要做了婊子还要立牌坊，我幸好也没做什么坏事，否则早被你害惨了。"柯剑边说边打开卷帘门，接着推开玻璃门。

　　夏云一听到"婊子"字样，火气冲天，正没找到切入点发泄，这句话正好让她抓到了柯剑的软肋。夏云冲上前抓住柯剑的胳膊，尖声吼叫："你这不要脸的家伙，骂谁是婊子？"

　　柯剑见夏云发怒了，赶紧缓和语气，说："我是打比方，没说你是婊子。"

　　夏云可不听柯剑认输，这些天柯剑跑外地不见人影，打了柯剑几个电话柯剑不接，发了几个短信柯剑不回，怒火早已在心里燃烧。她没有松开抓柯剑的手，而是继续喊叫："这些天你到底跑哪去了？"

　　"你管我干嘛？我有我的自由！"

"你还这样说，我今天就和你拼了，都去死！让柯娇成孤儿。"

"好了，别撕了，我告诉你，你先放手。"

"你不说我就不放手。"夏云另一只手也抓住了柯剑的上衣。

"我说，我说，我是带我老爹到酒港市看病去了，老爹得的是食道癌。"

夏云立即放开撕扯柯剑的双手，惊讶地问："不可能吧？你怎么不告诉我！"

"我们不是离了吗？我有必要告诉你吗？夏总同志！"柯剑这时也吼了起来，似乎声音大点也能释放心中的委屈。

"那我找个时间探望一下。"

"别，别，我们都没有告诉他患癌的真相，只是说得了食管炎。"

"这个我知道，我没那么傻！"夏云说完如一阵风儿迈开大步离开了出租屋。

第二十六章

柯剑拿出拖把，把出租屋地面清理了一遍，接着把电脑桌也抹了个干净。柯剑躺在床上，想起夏云对他的自由无休止的干扰，还有老爹潜伏的癌细胞随时会毁掉一条鲜活的生命，特别是柯娇需要更多的父爱，他越来越觉得以后走的路，定会泥泞载途，会更艰难。

柯剑叹息了一声，感觉这一路走来实在太累了。

他本来有一个很美好的梦想，就是和夏云一起到老，谁知半途被踢出了家门。而当有了晓茵之后，夏云似乎心里又不平衡，多次干扰自己，就连刚才夏云问他到哪去了，柯剑都没有勇气告诉夏云。他害怕夏云尖声的嚎叫，也怕她到单位瞎折腾，让柯剑名声扫地。

天已变黑，柯剑懒得弄饭，就这样躺在床上胡思乱想。自与夏云离婚后，柯剑学会了料理自己的生活，学会了孤独，学会了承受对女儿的挂念。柯剑望着灰白的墙壁，无助又无奈。

他翻身起床推开玻璃门，此时屋外夜色正朦胧，不禁低声哽咽，这一路真的越走越冷，感觉真的需要人疼，他仰望星空，今夜又有谁解我心痛？

此刻，柯剑想起了晓茵。愣怔那会儿，晓茵的电话打了过来。柯剑的声音低沉而无力，晓茵一下就听出来了。

晓茵问："又发生了什么吗？"

柯剑回："没有，就是心里不舒畅。"

"你怎么一回去，心情就变坏了，莫不是那个前妻又找了你麻烦？"

"没有，真的没有，别瞎猜。"

"我跟你说，猪哟！我们还是打结婚证吧？这样就省了很多纠葛。"

"可是，可……是。"

"什么可是可是的，你别担心，我们的结婚证一打，我这房产证马上加进你的名字，即使哪一天我们吵嘴，我就扫不了你出门，这你就放心了吧？"

"我倒不是担心你扫我出门，我就是怕我女儿没父爱，夏云瞎搞乱闹，我这张脸到时无处放。"

"哎呀！你就是前怕狼后怕虎，我的女儿随了他爸，也不是过得好好的。再说，离婚也是一件很无奈的事，有什么见不得光，还怕别人议论什么呢？"

"总之，我的心还是有点放不下，特别是每次看到我女儿，我就觉得愧疚。"

"当初你们离婚又不是你主动提的，你要搞清楚，你愧疚什么？好啦！我知道你善良，但你却犹犹豫豫，这样会害了自己一辈子的。我也不是逼你，你就自己好好考虑吧！"

柯剑准备回几句，晓茵却第一次破天荒地把电话挂了。柯剑知道晓茵有点生气，但却不想再打电话过去，他想安静地捋一捋。

这时，严波的电话打了过来，一开口就问："剑，你知道邵董那小子不？"

柯剑还以为邵董又有什么好事，因为在柯剑看来，邵董走的路都是一路顺畅，甚至可以用一路高歌来比喻，就问严波："哥，你提他干嘛？你不是一直看不起他吗？"

"你是装糊涂还是什么的，那小子前晚被省厅刑警总队直接抓了。"

"啊！问题有那么严重吗？对了，上次我在方位宁日记里，翻了几下，看到过邵董的名字，没想到邵董与方位宁失踪还真的有关联。"

"听说邵董是两起杀人案的幕后操纵者。反正电话里也说不清，你没吃饭的话，顺便到我这来一起吃个饭，带一只板鸭过来就行。"

柯剑风风火火骑着摩托车到了严波所在小区的楼下，把摩托车停好，径直上了楼。严波家的门虚掩着，柯剑推门而入。发现室内除原来的王小刚，还多了两个小女孩。柯剑问王小刚，这两个妹妹是哪里来的？王小刚说，也是爸爸捡来的，说完就跑到厨房告诉严波，来客人了。严波取下围裙，把灶台上几盘菜端上桌，微笑着对柯剑说："先吃饭，边吃边聊。"

严波端起盛满啤酒的玻璃杯，邀柯剑干了。柯剑也不推辞，一饮而尽。严波说："剑啊！做人就是不能太猖狂，也不能太脑残，邵董那小子我早就知道迟早会出问题，但我没想到这次出的问题太大了，听说与命案有重大关联。"

柯剑说："这些天我都去外地了，局里的事没怎么关心，也没有同事打电话告诉我。"

"目前封锁了消息，我昨天到大队去交个医疗保险方面要用的照片，到彭大办公室坐了一会，才听说这个事。不过，纸也包不住火，消息再封得紧，昨天还是有很多同事知道了。不过，具体什么情况目前还不清楚。"

柯剑回道："说真的，我倒希望这是场误会，邵董毕竟是我的同学，虽然他平时不怎么尊重人，甚至有小动作，私欲比较重，但他也是农家子弟出身，十年寒窗苦读考上大学也不容易，要是真出了事，他的妻子、儿女还有父母都跟着遭人白眼，那多令人惋惜呀！"

"天作孽犹可恕，自作孽不可活。"严波说完正了正身子再次邀柯剑干杯。柯剑转移话题问严波："退休后寂寞吗？是不是考虑重新找个老伴？"严波哈哈大笑，说："你这小子，还真想到了我的私生活。嗯，你瞧瞧，我像寂寞的人吗？我一天到晚都忙得不亦乐乎，连寂寞是个什么东西都不知道。"说完，严波指了指已吃完饭正在洗自己碗筷和搞厨房卫生的王小刚，接着又把嘴巴努了一下在边上吃鸭腿的两个小女孩，很满足地说："这三个小孩我管定了，要让他们体面地读大学，还要隆隆重重去结婚。对了，那个刘兰怎么样了，剑，你是不是经常去看看她呢？"

"波哥，早在去年我就没去了，刘兰已经好转出院了，刘强跟姐姐又去了广东打工，相信有刘强在身边会照顾好他的姐姐的。"

"好了就好，我们也就心安了。还有，你去广州的情况咋样？有什么新的收获吗？"

"晓茵对我蛮好的，什么事都为我着想。就是夏云那边我还没有声张，怕她制造什么影响就完蛋了。"

"问题是，你长期这样子担惊受怕也不是办法呀？该解释清楚的时候也要敢于说出来，才是个男子汉，你越怕，到头来还是伤你自己。"

"嗯哪，看来也要告诉她，省得她纠缠不休。"

邵董被自称为"省厅的"几个陌生人带上车时，他看到了车外的局长，正和其中一人握手道别。他正准备喊一下"局长"，喉咙却像堵了什么东西说不出来。邵董也是个明白人，只不过平时他嚣张惯了，这会儿就像一只被铁钩锁住咽喉的大狼狗，想咆哮都吭不出声。

邵董毕竟是干过警察职业的，知道公安例行公事的那一套，姓名、年龄、文化水平等问完后，当问到为什么要带他到省城来时，他装疯卖傻说不知道。办案人员又问他认识方位宁不？邵董顿时脸色大变，他预料的事果然成真。

自从与方位宁打上交道后，邵董晚上常常失眠，一会儿想着做领导的"替罪羊"的后果，一会儿又想到自己升职后的春风得意。这两种反复交替的情绪彻夜折磨着邵董。

为了不影响妻子休息，他就躲到书房里把门紧闭，开着电灯睁着眼到天亮。就在天亮的那一刻，他把手里的烟头往烟灰缸里死劲摁，直到再也看不到一丝丝烟雾才作罢，同时心中的那个歹念在胸中升腾，一双黑莓子似的眼睛射出狰狞的目光。

邵董接下来表现得很平静，说认识方位宁。但对方位宁如今去了何方，只字不谈。办案人员劝他放下侥幸心理，自己做的事要敢于担当，不要执迷不悟。邵董说，你不要随便扣我帽子，我也没做什么坏事，我本身是懂法的人，会干那些见不得人的事么？

看来邵董没见到证据是不会说一个字的，办案人员早就想到了这点。这之前，办案人员早就从方位宁的日记中发现了邵董是个特殊的关键人物。

方位宁在那三位女孩溺水身亡后，写过这样一段话："闵市长知道他的丑闻已被我知道了，就想拉我上他的贼船，我可不能干呀！不过，帮他介绍个人是可以的，最好能和平解决摆平事端才是上上策。我找过了夏东，夏东就把邵董介绍给了我，我就把邵董介绍给闵市长的。哈哈，我只是个二传手。没想到那三位如花似玉的女孩竟被以这样掩人耳目的方式杀害了，也太可惜了吧！邵董这人看上去就是凶神恶煞的，也不是什么好鸟，我得防防他。如果我有什么不测的话，今天的日记就是邵董谋杀我的证据！杀人灭口的事我懂得多。"

"邵董，你不要以为你背后干的事没人知道，你为什么三番五次干预那次溺水事故的调解？还说过，不管多少钱赔偿都要尽量满足死者家属的要求，你应该记得你这样对派出所调解人员说过的话吧？"办案人员直视邵董说道。

"那是怕死者家属抬尸闹访，为了治安稳定才这样的。"邵董振振有词地说。

"你可是管刑事案件的副大队长，怎么就管起这个调解，你说为什么吧？"

"我们重案组勘查现场后，定性为意外坠湖事件，才让派出所组织当事人与死者家属进行调解，我也是为了快速平息事态。"

"好一个快速平息事态，你是怕夜长梦多！"

"你这是什么意思？"

"你心里清楚得很，当然你只能瞒住那些不明真相的人，而且那司机也还活在世上，这你就不知道吧？司机也比你先到省城……"

"司机……他说了什么吗？"邵董结结巴巴地问。

没料想，邵董这结巴的表达已出卖了他内心的慌乱与隐藏的罪恶。

"亏你还是刑警队长？这个能告诉你吗？你还是好好说说自己的问题吧！不要以为你很聪明。聪明有时反被聪明误的！"

沉默……沉默……

十几分钟后，邵董开始昂着的头耷拉了。

"我说吧！再不说也没意思，我也知道你们掌握了很多东西。怪也是怪自己贪欲太重，那司机的确是我雇佣的。是我教了司机，上车后不要系保险带，等到了小西湖转弯处把速度提起来，直接飞到西湖中，……说句实话，那三位女孩死后，我心里也难受过好久，毕竟是三条鲜活的生命。"

"你为什么要用这种看似正常的溺水事件来雇佣杀人？"

"还不是为了帮闵市长杀人灭口。"

"你跟闵市长是怎么认识的？"

"通过他秘书方位宁认识的。"

"你怎么认识方位宁？"

"是我同学柯剑的大舅子夏东介绍的。"

"夏东参与这件事没有？"

"没有。"

"闵市长为什么要弄死这三个女孩？"

"听方秘书说，闵市长喝了酒后喜欢到KTV唱歌，在包厢里还喜欢玩女孩。哪知这次是玩了一个比较烈性的女孩。"

"包厢里只有闵市长和那女孩子吗？"

"不是，闵市长还带了几个手下官员。听说是闵市长把女孩弄到卫生间干的。这女孩是包厢的服务员，被闵市长强行干了后，她心中不服便找了另两个女孩到包厢讨说法要赔偿，结果竟被闵市长手下几个人赶出了包厢。这烈性女孩就报告了KTV老板，老板过来听闵市长身边的人介绍，发现是堂堂的闵市长就嘻皮笑脸赔不是。后来，三位女服务员也知道是市长，歪念就来了，想在市长头上敲一笔。闵市长也曾拿过五十万元赔偿，但还是没有满足这三位女孩的欲望。此后三位女孩多次打电话给闵市长，其中不乏威胁语言，结果惹怒了闵市长。闵市长担心长期这样下去迟早会东窗事发，就找来方秘书商量怎么办，哪知方秘书不太上心，只介绍了相关人员后就溜之大吉了。"

"那方位宁去哪了？"

"方位宁也被害了。"

"为什么不能放过方位宁？"

"等三位女孩死后，闵市长又担心方位宁说出去，闵市长特地把我找了去，指示我千方百计要把方秘书办了……他就埋在西边的树林灌木丛中。"

"闵市长给了你什么好处？"

"给了我二百万，其中一百万给了司机，这是事先说好的。闵市长还作了承诺，一定会提拔我当刑警大队长，接彭大的位子。"邵董说完觉得一身轻松了，接着又补充道，"事情就是这样了，我已吃不到后悔药。"

第二十七章

二〇一一年十一月，夏东的案子终于等来了审判，夏云跟随夏东的妻子及有关亲属一大早就赶到了法院。

庄严的法庭上，法官宣读判决"判处夏东死刑"时，夏东的身子在颤抖，法官接着加了一句"缓期两年执行"，夏东抬头看了看法官，豆大的汗珠从脑壳上滚落下来，浑浊的眼角终于有了一丝光亮。

法官问夏东上诉吗？夏东把头摇得像拨浪鼓，说不了不了，服从判决！

在听众席的夏云听到判决后，高兴得手舞足蹈，她拍着双手自言自语："法官清明！法官清明！"她跑上前想跟夏东道个欢喜，夏东却脱口而出："云妹，这都得谢剑弟呐！"夏云不解，正想问个究竟，夏东就被法警押走了。夏东往后扭转头朝夏云喊："云妹，代我向剑弟说句谢谢！"

望着戴着脚镣渐行渐远的大哥，夏云"哇"的一声哭了。这是开心的哭，是长久压抑之后的释放！大哥终于捡回了一条命，还是柯剑从中起了作用。夏云如梦初醒般扬起了脸，以前自己总是生柯剑的气，跟柯剑作对，特别做得过分的是，还把柯剑踢出了家门。夏云越哭越伤心，夏东的妻子就上前安慰她："云妹，哥哥不是还有生存的希望吗？我们应该高兴才是，走，到嫂子家吃饭。"

夏云从学校接回柯娇，直奔大嫂家。夏东妻在厨房忙碌着，柯娇和夏东的女儿玩起了游戏。夏云成了无所事事的人。她也不甘寂寞跑到厨房，跟大嫂唠了起来。这次夏云心情大好，不跟以往那样，专挑柯剑的坏事唠叨，而是检点自己的不足，说自己不该冤枉了柯剑，让柯剑受了委屈，还提出了疑问，大哥在庭审现场怎么说是柯剑帮了忙，才使自己逃了一劫。夏东妻也表示说，她也不清楚柯剑是帮了什么忙。

夏云吃完饭就带着柯娇到了小区，没有直接回到自己居住的楼房，而是往柯剑的出租屋赶。行至出租屋边上的那条道路，夏云抬头看到了天边的晚霞，是那么绚丽灿烂！再看那黄昏的地平线，霞光与长天共一色。夏云心里开心，不禁自语道，这真是一个美丽的黄昏啊！

柯剑正在网上跟晓茵聊天，听到夏云敲玻璃门的声音，转头一看是夏云，赶紧下了线，招呼都没有跟晓茵打。柯剑开了门，看到夏云很开心的样子，知道也是为夏东没有被判"死刑立即执行"的判决而欣喜。

夏云开门见山地说："今天庭审现场，大哥很庆幸自己的判决，他叫我替他说一声谢谢你！"

柯剑说："那有什么好谢的，我们还要感谢他提供线索呢！不过这事暂时不能向外声张，案件还在进一步审结。"

夏云问："我大哥提供了什么线索才使他保住了一条命？"

"这个嘛，到以后大哥跟你会见时会告诉你的，我暂时还不能说，这是一个很机密的事情。"柯剑很严肃地说。

"那你还是把我当外人一样看待？你也太不把我放眼里了吧？"

"你别这样说，这事关重大，人命关天的事，我能随便说出去吗？"

"好了好了，不说我也不勉强你，走，娇娇，我们走！"

夏云刚出门，像忘了一件事即返回到出租屋，问柯剑："你还打算在这个又窄又脏的小屋里住呀？家里的门锁我一直没有换，女儿也需要你照顾，你为什么还在这丢人现眼？"

"我咋丢人现眼了？我在小区找个出租屋，也是为了接送柯娇方便点。至于你没换锁，那是你的事，与我有什么关系？"

"你还嘴硬？我是可怜你才这样跟你说！"

"谁要你可怜？我装可怜了吗？我不是过得挺好的！"

"你当然过得好，在外面逍遥自在，多快活呀！哪里管得了我母女两个。你根本没有想过我一个女人有多难，又要上班赚钱，又要管柯娇的吃喝拉撒睡。"

"离婚可是你要离的！怨不了我。女儿当初随你，也是你要的。"

"那是你太坏了，不要脸，经常制造桃色新闻让我难堪，我才想这办法整整你！"

"整倒没有？我不是过得挺好的？"

"你要这样说，我今天就不上楼去！"说完，夏云就把门外的柯娇拉了进来，把柯娇按在凳子上，对柯娇说："咱今晚不走了，就在这呆着！"接着怒目怼柯剑："我看你还怎么快活！"

柯剑无语了。他只能像以前那样，在夏云发怒吼叫时保持沉默。柯剑坐在床边沿，呆头木脑的样子。夏云接着唠叨："你也要脸吗？怎么就只顾自己快活，你有人性吗？连自己的女儿都不要。"柯剑辩驳着说："谁不要女儿了？你说话不要太侮辱人！"

柯娇在夏云一阵阵"控诉"下，终于禁不住"呜呜"地哭了起来。女儿的哭声，像一把利剑刺入柯剑的肋骨，一阵阵的疼痛撕裂着他的肉身。柯剑起身向柯娇走去，握住柯娇的一双手，口里低声劝慰着柯娇别哭，而柯娇在看到柯剑的举动后，越发哭得更厉害了。

　　柯剑心里也在痛啊！他们离婚后，柯娇不是没爸就是没妈，再也没有过去那样的开心快乐过，独自一个人做着作业，独自一个人在广场玩耍。没有离婚之前，柯剑总是带着柯娇完成家庭作业之后，再去广场玩耍，自行车、滑板成了柯娇业余时间陪伴她的快乐工具。柯娇也正是有爸爸的陪伴，玩车子玩滑板的胆子才大了起来。

　　在柯剑的记忆里，女儿的童年是快乐的，骑车、滑板，在小区同龄人中骑行速度第一，安全系数也是第一。柯娇还曾是一帮男孩子女孩子的"领头王"，而在爸妈离婚后，柯娇几乎不再下楼。

　　夏云眼角也有了泪花。柯剑知道这样下去也不是办法，就对柯娇说："你回家做作业好吗？听爸爸的话好吗？"柯娇没做声，还在抽抽搭搭地哭。柯剑想想自己，再看着这对母女，不争气的泪水在眼眶里打转，终于忍不住落了下来。柯剑不想让夏云看到，就背对着夏云，嗫嚅地说："娇娇回去吧！回家写作业。"

　　夏云红着一双眼睛，过来一把拉过柯娇，说："柯娇，我们走！"

　　看着夏云与柯娇远去的背影，柯剑心里一片荒芜。

　　愣神这会儿，晓茵打了电话过来，问柯剑咋回事？怎么不打招呼又下线了。

　　柯剑回道："电话里说不清了，下次见面再说吧！"

　　"总是这样说，那下次指的是什么时候嘛？等你，就像等星星盼月亮呦！"

　　"也不是前不久刚从广州来吗？"

　　"那你准备等到什么时候过来，我还等着与你一起逛街买些东西呢！"

　　"去了就去了，具体时间真的难以确定。"

　　"猪哟，你也要照顾我的感受啊！对了，我们打结婚证的事考虑得怎么样了？"

"哎呀喂！你一会儿这事一会儿那事，我一个脑子都应付不过来。"

"我就知道你有点不耐烦，是不是夏云又到出租屋找过你，又让你心烦意乱了？"

"晓茵你长期这样瞎猜疑，我也有点受不了。"柯剑内心可不想让那边的晓茵跟着烦恼，就撒了个善意的谎言。

"好了好了，那我就不说了，总可以吧？你好好料理自己，晚上一定要吃饭，不吃饭人没精神，只不过要少吃点才是养生之道。"

"知道了，嗯，我知道了。对了，你也要保重自己。"

柯剑正在整理本月的案件材料，彭大笑呵呵走了进来，拍了一下柯剑的肩膀说，柯剑你到我办公室来一下。柯剑已半个多月没有与彭大促膝交谈过，心里正犯嘀咕，彭大找他会有什么事呢？

彭大像以往一样拿出一个玻璃水杯，抓了一小撮茶叶，柯剑赶忙自己倒进了开水。柯剑又拿起彭大的水杯准备加点水，彭大说，我自己来。

彭大坐上椅子，抿了一口开水说："最近市局准备把邵董的个案作为违法犯罪经典案例，让全体民警学习与警示，这个活动已安排了专人拟稿，另外，重案组那边已经没副大队长带队，局里也在考虑人选，不过，我已报送了你，局里暂时也没决定，我找你来的意思就是，希望你接下来的工作要继续像以前一样，积极进取，创建佳绩。"

"彭大，这个重要位置我可担不了，还是让局里安排别人吧？"

"你呀，只想安于现状，年轻时不把自己的能量挤一挤，就会平庸，再说，邵董出事后，有很多人瞄着这位子，都想通过这个重要的位置，创造一番业绩来。"

"我还不知道自己几斤几两，我的能力很有限哟，还有我个人方面的事，我也不得安心。"

"你个人方面的事，注意影响就是，不违法乱纪就行嘛！我也很理解你，你离了婚，肯定要找女朋友的，嘴巴是长在别人嘴上的，旁人管不到。走自己的路，让别人去说吧！"

"彭大，这是一个方面，我说的是，我谈了一个广州的朋友，大多的周末我想去广州……"

"广州的？你还真找了这么远的女朋友，是上次夏云到局内所说的这个女子吗？"

"是的。"

"对这个事，我保留意见。这么远，现实吗？难道泉旺市没有你心仪的女子？"

"哎！这缘分都是天注定。她都叫我去广州领结婚证了。"

"你们交往多久了？"

"一年多了。"

"你个人方面的事要慎重考虑，不要当儿戏，婚姻是大事，何况还是再婚。"

"知道了，彭大。"柯剑边说边准备回办公室，彭大接着说："这是个升职的好机会，我还是希望你要把握住。我曾说过，以前都是严波罩着你，现在我觉得我有必要对你的未来负责。别人可以不了解你，我不可以不了解你。"

"谢谢彭大，您费心了。"柯剑轻轻地把茶杯里剩余的水和茶叶倒进垃圾桶，然后把茶杯洗了一下放进橱柜，关上办公室的门就走了。

第二十八章

二〇一二年春节过后，泉旺市公安局召开全局科所队长会议，宣读个别股级干部的工作调整，柯剑果然被安排到重案组，同时职务也被提升为副大队长。

柯剑并没有像其他升职的人一样脸上露出高兴的神情，而是忧心忡忡的样子。他担心自己一旦到了重案组，是不是能独挡一面破大案？能不能跟邵董原来手下的人搞好关系？是不是周末还有时间去广州？总之，柯剑如捧着了一只烫手的山芋。

柯剑要搬到新办公室了，他手下的兄弟们个个沉默，却争着帮柯剑搬资料。柯剑明白这些兄弟们舍不得他走，可组织的安排他必须服从。柯剑心里难受却强装着笑脸说："兄弟们，我们还在一个大队工作，以后虽然办不同的案子，但我们的共同目标还是一样的，多破案多出成绩。你们也要努力啊！"说完分别与每位兄弟握手道别。

柯剑到了重案中队后，第一个会议就是整顿纪律作风，解决有案不立或者懒散不主动等诸多存在的问题，会上他还让每位刑警发言或表态，从而解决工作或者生活中遇到的问题。柯剑的发言只注重实际，不讲大道理，也没有套话假话空话，这种风格让所在中队的刑警感觉焕然一新。

在场的彭大对柯剑的讲话很满意。彭大接过话筒说："最近城区发生了多起'白日闯'盗窃案，给居民的生活造成了严重的恐慌，这伙歹徒可谓猖狂到了极点，大白天公然带着钢筋撬棍暴力砸门撬门入室行窃，这是我当刑警大队长以来，影响最大、市民反映最强烈的系列盗窃案，该是你们出手的时候了。此外，主管重案中队的副大队长局里经过精挑细选已经重新配备好了，这既是局里对柯剑同志的信任，也是对柯剑同志的考验，所以我希望全体重案中队的刑警，要服从柯剑同志的命令听从指挥，打一个漂亮的翻身仗。"

会议结束后，柯剑把案卷调了过来，从案件的作案时间、作案特点及作案规律都进行了认真的分析与研究。当看到一户户居民的防盗门被撬得不像样子的照片时，他更加理解了受害人为什么跑到公安局发泄怒火，又为什么在"泉旺在线网"发布被盗的消息，此刻，柯剑一股怒火升上心头，冲击脑门。他站了起来，用拳头击了一下桌面，随即说道："不抓到你们誓不为人！"

柯剑打电话给晓茵，说自己升职了，以后的担子会更重。

晓茵也为柯剑的进步而高兴，之后就问什么时候到广州。

"中队目前接受了一起大案，特别需要及时侦破才能挽回社会影响。"

"那要是案子没破你就打算不来了？"

柯剑解释说："那倒不是，至少目前没空，我们必须努力破案哟！"

"那我等你的好消息啦！"

两天过后，晓茵没等来好消息，却得来了一个坏消息。

那是一天上午九点左右，她打电话给柯剑，发现了柯剑说话好像刚刚醒来，就问怎么还没上班吗？

柯剑说："我没有上班，在外面。"

这时晓茵听到电话那头柯剑旁边有人在说话，就问："你们是在讨论什么吗？"

柯剑支支吾吾回道："不是不是。"

晓茵感觉柯剑有什么事瞒着她，就问："说话吞吞吐吐是啥意思？"

柯剑不想解释自己在医院，怕晓茵担心，就说："我哪有吞吞吐吐。"

晓茵还是不放过，接着追问，柯剑就烦了起来，干脆把电话挂了。

发现柯剑电话不正常后，晓茵接着又拨，柯剑一连摁了三下拒接键。

当晓茵打来第四个来电时，彭大把柯剑的电话抢了过去，摁了接收键。彭大不等晓茵说话就说："你好美女，我是柯剑的同事，他受伤了，正在医院治疗呢！"

"啊！那伤势严重吗？"

"左手骨折了，估计少说也要一二个月才能恢复。"

"柯剑为什么不愿告诉我呀？"

"那是他怕你担心才不想告诉你，好了，你也不要担心，除了左手骨折没有其他地方受伤。"彭大说完把电话给了柯剑。

柯剑接着说："晓茵你别担心，没啥大问题，这段时间我不能去看你了，你保重哟！"

"那我抽空去看你！"

"不要，路途遥远，你一个女人不方便。"

"有什么不方便的，我经常出差呢！好啦，你安心养伤，我挂啦！"

"看来这晓茵蛮倔犟的。"彭大微笑着说。

"是啊彭大，什么事总要弄得一清二楚，还说要来看我，你说如何是好。"

"你们还是朋友关系，她都要千里迢迢来看你，说明她是真心待你。"

"嗯哪，她就是那种待人实诚的，否则我不会跟她交上朋友的。还有，彭大，她要是真来了，还要请您帮忙招待她吃一个饭，安排住一个宾馆，对了，这里有几百元钱，请您先收下。"柯剑一说完就把被子底下的几百元钱要交给彭大。

彭大断然拒绝了，知道柯剑被子底下的钱是亲朋好友看他送的，就说："我会安排好的，你是因公负伤，我作为你兄长，用点小钱应该的！"

柯剑说什么也不肯，要把钱给彭大。

彭大接着说："你既然把我当大哥，就听我的！"

夏云听说柯剑受伤了，也在次日中午带着柯娇去了一下医院。柯剑见到夏云，有点小意外，毕竟懂夏云爱洁净，就一直催她回家，并说只要把柯娇照顾好就行了。夏云本身也特怕到医院，她认为一旦到了医院就会遇到各种各样的病人，也会沾上各种各样的细菌，所以往往到了医院后不会坐医院的凳子或者病床什么的，更不愿意久留。夏云正好借柯剑的话带柯娇回家。

就在柯剑与晓茵通电话的当天晚上十点半，晓茵出现在柯剑的病榻边，此刻柯剑已进入了浅睡眠。在边上护理的柯剑同事从一张自带软床上翻身坐了起来，开始以为是护士换药，后来觉得不太对，估计是从广州过来的柯剑女友，就默默点了点头打招呼。晓茵也招手示意，接着用手势表示不要惊醒柯剑。晓茵就这样坐在病榻边的小凳子上，想等柯剑醒来。

柯剑的同事趿着鞋站了起来，用手在床尾抓了抓柯剑的脚板。柯剑睁眼发现了晓茵，感到非常的吃惊。柯剑想坐起来，却被晓茵按住了。

"晓茵你怎么真的来了啊？"

"嗯哪！我一听说你受了伤，心里就着急，也不知你的伤到底有多重，当即就订了下午的机票，然后转了几路车就到了这，很顺利啊!"晓茵说完用手抚摸了一下柯剑的腮帮子,接着看柯剑的左手问:"你的左手很痛吧?"柯剑说:"已经做过手术了,麻醉过后有点痛,现在好多了。"

晓茵说完眼泪滴了下来,她把早已准备好的餐巾纸擦了一下,然后又哽咽着问:"左手是怎么骨折的?"

"是被一个持撬棍的家伙砸的,他被我们发现后,想逃跑,我追在最前面,结果那家伙被我追上后,他反转身甩了我一棍,不过我中队其他小伙子随后也赶到了,就摁住了那家伙。"

"那真危险,要是打到了头部那就不好办了。"晓茵无不担忧地说。

"那家伙甩撬棍估计也是逃不掉的情况下狗急跳墙,根本来不及想打我哪里,我是用左手挡那撬棍才被砸的,我的头部肯定要保护好。"柯剑伸出右手握住了晓茵的左手,晓茵蹲下来还在流眼泪,柯剑就用右手往晓茵脸上擦去,接着说:"不要哭,我不是好好的吗?"

柯剑接着说:"晓茵,告诉你一件高兴的事吧!"晓茵嗯了一声。柯剑说:"在我们城区肆无忌惮作案的'白日闯'几个家伙已被我们全部抓获了!"

"'白日闯'是什么呀?"

"就是白天趁房屋内无人之机用撬棍破门入室盗窃,我上回跟你打电话时,不是说有个大案需要及时侦破吗?"

"那现在好了。"晓茵破涕为笑。接着说:"可是你受伤了。"晓茵双手抚摸着柯剑的右手,在手背上反复摩挲着。

"干我们这行,受伤是常有的事,只是平时要加强训练,出警时要注意就行。"柯剑说完,转头问晓茵对面自己的同事:"彭大知道晓茵已经到了么?"那同事说:"柯大,我刚刚已经报告彭大了,他估计马上就到。"

不一会儿,彭大赶来了。他看到晓茵这形象这气质,特别是这么远赶来探望，就知道柯剑为什么会舍近求远，为什么困难重重也要一往情深去爱一个人。

晓茵着一身浅棕色长裙，披肩的长发，清澈明亮的瞳孔，弯弯的柳眉，长长的睫毛微微地颤动着，白皙无暇的皮肤透出淡淡红粉，薄薄的双唇如玫瑰花瓣娇嫩欲滴。

彭大心想，这哪是一个女人，分明就是天生尤物。彭大十分高兴地说："晓茵你来了，可快哦！"边说边与晓茵握了握手。

柯剑说："彭大，晓茵一路急促，请您带她吃点东西找个宾馆住下吧？"

彭大说："我都准备好了，这就带晓茵下去先吃东西。"

这时严波也赶来了，他见到了晓茵，禁不住嘴巴说了一句："好一个大美人呐！"

柯剑听严波夸奖了晓茵，内心也很有自豪感，赶忙指着晓茵对严波说："波哥，这就是我常跟你说过的晓茵。"

严波哈哈大笑地说："刚刚彭大在电话里告诉我了。"

"波哥你来了正好，你就陪陪彭大带晓茵吃个东西。"柯剑接着说。

波哥伸出手与晓茵握了一下，说："美女路上辛苦啦！"

晓茵笑了笑说："大哥，不辛苦！"

严波转身对彭大说："彭大，我们走吧！去吃夜宵，我请客。"

晓茵却说："两位哥哥，我不想吃了，今晚我就在这陪陪他。"

柯剑瞪着眼睛对晓茵说："那怎么行？一夜长得很，这里有我的同事陪我就行，你回去！"

晓茵说："不嘛，我就在这！"

"你一个女人在这不方便，再说你今天赶路也累了，求你听我的，行吗？"柯剑近乎哀求着说。

"哪有什么不方便的，你就依我嘛！"

这时严波发话了："晓茵，你就听柯剑的，你要是在这里，柯剑怎么能休息好？"彭大也说："晓茵，你就听大哥哥的话没错，走吧！我带你去吃我们泉旺的家乡菜！"

晓茵还在犹豫。柯剑坚定地说："你要再不听话，我决定以后再也不去广州了！说话算数！"

晓茵这才没再做声，跟着彭大和严波出了门。

柯剑见晓茵的一个背包还在床头柜上，就喊："晓茵还有一个背包呀！"

晓茵说："我吃完东西再上来。"

"不行，你吃完东西就去住宾馆，明天再来！"柯剑说完把背包提起要往晓茵那边扔，晓茵赶忙跑过来接住了背包，然后低声嘟囔着："真是一头犟驴！"

柯剑这才笑着说："做头驴都可以，你听话就行！"

第二十九章

次日凌晨六时，晓茵起床了。她推开窗户，天空浅蓝，一股清新而又芳香的空气扑鼻而来。晓茵深深地吸了一口气，才发现对面有座山，山上影影绰绰一片翠绿，山下边朦朦胧胧有座湖，像一幅山水画卷展现在眼前。有几只小鸟儿在屋外边一棵高耸的梧桐树上清脆地鸣叫，那叫声像在呼唤着恋人，又像在卿卿我我谈着恋爱。

晓茵心情好极了。她收捡东西的时候，看了看那张自助早餐券，供应时间为7点到9点，她笑了笑，自言自语：还有一个小时哟！我可一分钟都不愿意等。于是，她吻了一下早餐券，然后放在房卡一块。她很快在前台找到了服务员，当她准备结账时，服务员说："早有人结好了账，你只需把房卡留下就行。"

晓茵拎起背包往医院的方向走去。彭大选的宾馆离医院只有一华里左右，晓茵内心有了小感激，这小城市的人也会这么细心周到，这么体贴她，她未曾料到。

前面有一家早餐店，门口有人排队，水蒸汽不时从店内往外飘扬。晓茵近前才发觉排队的人在买肉包或菜包，而店内人满为患，根本找不到座位。晓茵也站起了队。她背上的背包格外引人注目，每每经过这里的人都会观望一番。她陡然觉得凸起的背包会影响后面排队的人，就放了下来，拎在手里。她买好了几种不同夹馅的包子，还买了滚烫的豆浆。

推开病房的门，室内还是寂静一片。晓茵小心翼翼把手中的早餐放到床头柜上，又把背包放在柯剑的床脚边。她弯腰上前看着柯剑英俊而又有些憔悴的脸，周身一片沸腾。她连自己都搞不清，面前的这个男人，为何能令她寝食不安，又为何能让她如此牵肠挂肚。她千里迢迢赶来，明明知道不能跟他牵手走在花前月下，也不能同他在宽敞的席梦思床上度过那美妙销魂的夜晚，可是心里就知道一定要来，一定要见到他。她有些无聊，打开手机看自己临出发时发给柯剑的短信："爱你是独倚窗前隔山隔水的牵挂，念你是走过千山万水那匆匆相见的时光。"

还是护士开门惊扰了还在酣睡的他们，柯剑睁眼就见晓茵。晓茵问："剑哟！你昨晚没睡好？"柯剑说："你怎么这么早哟？晓茵，昨晚你走后我一直在想，你为什么要对我这么好，而我利用你对我的好变得这么蛮横，譬如昨晚我当着那么多人的面威胁你，好像你晓茵除了我这个男人外，世上再也没有另外的男人爱了。我很后悔那样对你。"

晓茵笑着说："别想那么多，没事。我去盛水给你洗漱，我带了早餐过来。"

柯剑说："不要盛水过来，你扶我起来到卫生间就行，我还有右手。"

晓茵就叫柯剑的同事先去洗漱再吃早点，柯剑这一边由她照顾好。

柯剑问晓茵请了几天的假，晓茵很歉意地说："领导只批了我三天的假，毕竟财务上每天都有人找我，一时又找不到合适的人替代。"

"今天又到了第二天，你明天必须赶到广州过夜，才能赶上后天的班呀！"

晓茵回道："这我知道，等下我买好明天的飞机票，不会误事的。"晓茵接着问："你大概什么时候可以出院，出院恢复是个关键，能否到我那里去，我可以照顾好你，煲你喜欢喝的冬瓜排骨汤，正好可以让你的伤早些愈合。对了，昨晚我还在网上查过，喝羊蹄汤对骨折恢复有好处，我们那里很容易找到。"

"等出院了我会打电话告诉你，一切听医生的。不过到你那儿去，感觉太让你劳心了，你也要上班，不忍心。"

"那我中午就不在单位上吃了，回家烧菜做饭煲汤，有你在身边我就高兴呀！"晓茵说完，蹲下身子，把柯剑的右手拿起放在自己的面颊上，然后又故意绕过嘴唇，说："猪哟！没想到因你受伤才来到了泉旺，我曾幻想有一天，我穿着洁白的婚纱与你并肩走在你们泉旺最豪华的酒店最宽敞的红地毯上，可是却没想到在泉旺医院的病床上见到你。"

晓茵说完，眼眶溢满泪水，泪泪而流。

"唉呀！你又哭什么，你一哭我的心就如刀割。你不要想得那么多，到时再说吧！"柯剑用右手摸了摸晓茵的脸庞，为她擦去泪花，接着说："不哭，好吗？"

"我要你答应我，你出院了就去广州，行吗？"

"到时再说，我虽然左手不能拿任何东西，但我右手可以帮左手做事，还有我一双腿也蛮结实的。"柯剑笑微微地说。

"你的意思，出院了还要跑到单位上班？"

"嗯，中队毕竟是我领头，而且我一个人闲着闲着也会心慌的。"

"你就知道管你的工作，你也要考虑考虑我的感受，难道你们警察果真像电视剧里的主人公那样，不顾家，不顾爱人，不顾一切？"晓茵有些嗔怒。

"顾顾顾！谁说我不顾，至少我会顾你。"柯剑用右手握住晓茵的右手，然后发力捻了捻，放松又捻了捻，如此反复几下。晓茵"哎哟"了一下，缩回了手，说："你个猪！手咋还这么有力，捏痛了我。"

柯剑的同事洗漱完后，晓茵拿出买好的早点递给他，然后让柯剑吃早餐。晓茵对柯剑的同事说："兄弟你今天不用在这，由我护理好了。"柯剑的同事把目光投向柯剑，似乎在征求柯剑的意见。柯剑说："你回去吧，就听晓茵的。"

护士给柯剑打上点滴后，晓茵坐在病床边上问："你那前妻到底是怎么回事，离婚是她提出的，现在好像想复婚，你到底是咋想的？"

"复婚？你听谁说的？"

"我是猜的。"

"她嘛！我分析过了。一是认为以前对我过分了点，但又不愿意承认自己；二是因为女儿没爸爸，属于单亲家庭，对孩子成长不利；三是她目前没有找其他男人的打算。所以她求得心里平衡，也不让我找女朋友。"

"可是你偏偏又找了。"晓茵笑嘻嘻地说。

"是呀！就偏偏找了一个大格格！还是大都市的，还是大美人一枚。"

"你就知道哄人，你这个猪。对了，你出院就到我那儿去，那样的话，我就天天可以见到你。"

"你对人太好了，跟她完全两样，我弄不不明白，同为女人，为什么会有这么大的不同。"

"你心里还在惦念她，你为什么口口声声还是她？"

柯剑知道晓茵生气了，也知道晓茵从他的话语里听出，自己还在对夏云的不好而埋怨，从而让晓茵判断，自己还在念着夏云，哪怕是念着夏云的不好。可自己有了晓茵这么好的一个女人，为什么还会念叨着夏云，而且是在晓茵面前，柯剑自己也觉得奇了怪了。柯剑打破沉寂的气氛，对晓茵说："我讲个故事给你听，愿不愿意？"晓茵点了点头说："当然愿意，你讲！"

"我女儿出生后摆'满月酒'，我老爹从乡下赶到城里来了，夏云并未表现得很高兴。当天晚上，我老爹因多喝了一点酒，我没有让老爹当日返乡，准备把他安排到书房休息，可夏云死活不肯，说家里不能有老人的气息。当时我听后非常气愤，与夏云理论了很久，她不管不顾地说，一定不能带到家里住，可以带到宾馆去住，至于住宿费由她负责都可以。没办法，我只好带老爹住了宾馆。"

"那你陪老爹住了？"

"没有。"

"住宿费谁掏了？"

"我掏的。我不会要她掏。你想想啊，如果让她掏了，等于默认了她的做法。"

"那不就风平浪静了吗？"

"没有。后来又发生了更难堪的事。"柯剑说完，翻了一下身子，无奈摇了摇头。

"你快点讲，卖什么关子，要我亲你一口吗？"

"次日大清早，我老爹没要我去接他，就到了我家门口，他说昨晚没睡好，把腰睡痛了。我问老爹怎么一回事呢？老爹说，平时在家睡硬板床，宾馆却是席梦思，没习惯，腰就睡痛了。我就说了夏云几句，夏云听后暴跳如雷，说我找的是差宾馆，好宾馆的席梦思绝对不会那么软。我老爹见我两人吵得不可开交，他赶忙说，崽呀！我去赶车了。我说，您还没吃早餐呀？我老爹说，我去车站买，说完老爹弓着腰慢慢下了楼。我赶上前准备去送下，老爹却摆摆手说，不要，你回去！夏云那边你让一让就没事了。我转身回屋，见夏云还是那凶神恶煞的样子，嘴里还在尖声唠叨，不仅不知错，就连对老爹的一句客套话都不说，气得我把一个开水瓶砸了。夏云瞪眼嚎叫着说，你如果有量就把家里所有的东西都砸了！那时我气得七窍生烟呀！"

"你后来怎么办？"

"我出了家门，赶上我老爹，老爹问我后来没吵吧？我强压怒火地说，没有。老爹就说：女人让一让就过去了，没什么大不了的，我回家好好休息一二天腰就没事。"

"我佩服你的控制能力！夏云那样了，你都能忍受过去，我就知道你是刀子嘴豆腐心的那种人。你嘴里凶狠狠地说咋的咋的，心里却一样也做不出来，你这叫……"晓茵笑呵呵地闭口，也不接着说下去，似乎在还柯剑的"卖关子"。

"这叫什么？你说呀！"柯剑边问边摇晓茵的手。

"这叫：好狗嚎得越厉害越不是咬人的狗！"

"你这乌鸦嘴！我捏死你。"柯剑用右手大拇指和食指做成"钳子"捏晓茵的左手背，晓茵痛得"哎哟哟"叫了起来，柯剑赶忙松了手。

晓茵看了一下手背，竟然绿了，眼泪流了出来。柯剑说："捏痛了，不该不该！"晓茵说："你以后不要这样。"柯剑回："我保证，从今以后。"说完，柯剑把晓茵的左手扯过来，用嘴唇轻轻地吻了吻手背，说："味道不错！"晓茵这才破涕为笑。

柯剑并不希望晓茵这样长时间地守候，总是催她下楼到城里的街道、广场溜达溜达，晓茵却寸步不离，讲着她单位的人和事，特别是说到那些追捧她的那帮人，晓茵眼神里有一种异常警惕的光泽。柯剑偶尔泛起一丝担忧，他怕晓茵经不住诱惑就调侃式地试探，晓茵却把嘴巴一撇，说："我才不会上他们的当呢！"

柯剑问晓茵："知道我为什么告诉夏云的那些糗事给你听吗？"晓茵摇了摇头。柯剑接着说："夏云实际上是一个不懂我的人，或者说，没有情商。你想想，我老爹从乡村来，也是想和儿子多聚聚多说说话，而夏云只顾着自己，不顾我的感受。也就是说，我们不是同一个频率的人，就看不见彼此的内心深处所想所念，也就带不来彼此之间那舒服的情与爱。"

"那我带给了你舒服的爱？"

"我开始接触你，并不是因为你是大城市的，也不是因为你的美丽，而是觉得你有懂人的一颗心，我就打消了跟你保持距离的念头。人生伴侣嘛！找一个懂你的比找一个爱你的更重要。"

"看来你学了很多哲学思维？"

"没有没有，我是慢慢悟出来的。"

"其实我与夏云结婚之前，也有过一个初恋，不过也只是遇见了一下，并没有很深的交往。用一句时髦的话叫：有缘无分！"

"那为什么没有交往下去？"

"是因为我这方面的原因。"

"什么原因？"

"我的职业。"

"职业咋了？不是很光荣的职业吗？"

"一言难尽。"柯剑说完，摇了摇头。

晓茵见柯剑不打算说下去，就摇了摇柯剑的右手。

柯剑说："好吧！我本打算保留，看来还是留不住了。"柯剑指了指床头柜上那杯晓茵倒的热水，晓茵把热水递给柯剑，柯剑喝了一口，接着说："那时呀，我风华正茂，青春年少，穿着一身警服更加英姿焕发……"

晓茵打断柯剑的话，很严肃地说："你不要只顾吹牛，就直入主题嘛！"

柯剑哈哈大笑地说："好！我讲！我上警院的头一年回乡过年，到商店买东西，遇到了一个绝世美人，我打量她，她也打量我，眼睛对接时似乎要擦出火花。我那时从没谈过恋爱，见到女人脸就红，心儿也跳得欢。哪知道，那美人倒也大方，见我穿了警服就问我是解放军吗？我说是读警察学院的。一来二回，她就伏在柜台和我交流起来了。至于当时聊的什么东西，我早已忘了，但有一句，那美人问我哪个村的，还主动问我晚上一起到乡电影院看电影不？我没答应看电影，但在那美人的房间吃了一餐晚饭。你说这多奇妙不？我可从来没接触过女生，何况是那样一个美人。"

"你口口声声美人美人的，你还怀念她吧？"晓茵有些吃醋地问。

柯剑一心只顾着表达，却没想到自己的破嘴巴会伤着晓茵。柯剑意识到了自己的不妥，马上转口道："那美人美是美，但没有你美！"

"啧啧啧！瞧你这哄人的嘴，你吃了蜜糖吧？那你吃过晚饭就直接上了她的床？"晓茵一改刚才的醋意笑呵呵问道。

"可能吗？刚刚接触，那时年轻根本不懂得什么男欢女爱的事。"

"那后来呢？你还没讲到主题呐！"

"等我慢慢说嘛！你越心焦我就心越慌。"柯剑又喝了一口水，接着说："那晚呀，我到夜晚十一点多回家，她给了我一把手电筒和一把小雨伞，临走叫我次日送她回家过年。那晚很是兴奋，睡到床上还在甜蜜地幻想着未来。到了次日天刚蒙蒙亮，我洗漱一番后打开家门准备出发，哪知外面一片白茫茫，天下大雪了。想着昨晚的承诺，我没跟家里人打招呼就往店里赶，她正等着我呢！没有客车，我们就踏雪而行。一路说说笑笑，还唱着爱情的歌。你说那时我傻蛋一个不？口袋里没装一分钱，也没带一样零食，那时就是完全不懂事的人。我们走过了一个乡，又过了一个镇，又累又饿又渴，路上也碰到过小商店，但并没有买点小食品充饥的念头，就这样步行到了她家。以后我们的故事就结束了。"

"送到家就结束了？那不太可能吧？"

"这有什么不可能！她没有让我进她家的大门，她说怕她老爸骂她未经父母同意谈恋爱，只能先问一下爸妈再说。我返回时正好有一部客车往我的乡镇走，我就招手上了车。我那时穿了警服，售票员也没叫我买票。我身无分文，如果售票员叫我买的话，我打算说一句谎话：天下大雪忘记带了。还好，售票员并没有叫我买票，但总感觉有一双眼睛在盯着我，也感觉自己做了一件坏事似的，头不敢乱转动，悄无声息地坐到了我的乡镇，再步行回家了。"

"后来呢？"

"等过完年她上班，我一张笑脸换来了一张阴沉的脸。她把我给她的一张明信片还了我，满脸愧色地对我说："剑哥，我爸不同意我找警察。"说完就进了商店里她的住房。我跟在她身后想问个究竟，哪知她进了房内就把门轻轻关上了，从而阻止了我进去。从此我们没再往来。不过，次年上半年我在警察学院收到过她的一封信，信里只有一句话，剑哥对不起！"

"真的就这么简单分开了？"

"其实也算不上一场恋爱，几乎没有多少的开始就结束了，也只不过是我生命中一朵小小的浪花而已，并没有击起我情感湖泊的涟漪。你说是啵？"

晓茵嗯嗯点了点头，长舒了一口气，似乎对柯剑没有过多亲昵的交往感到满意。

一天的光景似乎过得太快，两人的话好像还没说够，白天的时光差不多已挥霍。柯剑要晓茵回宾馆休息，晓茵把双手一摊说："宾馆早退啦！今晚我就在这行李床上陪你。"柯剑说："那怎么行？"晓茵说："不行也得行。"柯剑拿起手机准备打电话给彭大，可被眼疾手快的晓茵夺了去。

此时，窗外一片清澈，刚刚喧嚣而浮躁的城市已变得安静了。

晓茵站起来伸了个懒腰，心里叹道，今天够充实哟！一点也没有浑浑噩噩地虚度啊！她想起在广州的生活，孤独的肉身囚禁在那冰冷的水泥钢筋筑成的居室里，一天两点一线的枯燥生活像一潭死水，无滋无味，也曾努力去激起波澜，却总弄不出丝丝涟漪。她对自己今日的守护感到前所未有的愉悦感，而柯剑整天像一个负罪的小孩，只好翻出过去的初恋或者夏云的什么事哄一哄晓茵。

黎明醒来的时候，晓茵该走了。她轻轻走到公共洗手间洗漱后，回到病房，再看着熟睡中的柯剑，有点后悔自己之前撒了谎，说吃过早饭再动身去赶车，而现在就要出发了，不争气的眼泪又出来了。

她掖了掖被单，转身又回头，再转身，再回头，最后下定了决心，缓缓走出了病房。

第三十章

柯剑醒来不见人，就喊晓茵，可无人应答。柯剑拨打手机，电话很快接通了。晓茵说："剑哟，我差不多到机场了，我怕吵醒你就没告诉你。"

"呵呵，我还认为你被人拐跑了，没事就好，一路平安！"

"记得出院后考虑来广州，这里很方便，听到没有？"

"知道啦！你都说了好多遍，耳朵都磨起了茧。"

"那我挂了，你保重自己……"

柯剑表面不太在意晓茵已离开，但心里像熬了一锅粥，沸腾翻滚不止。想起晓茵一路风尘仆仆的辛苦，柯剑心痛极了。柯剑知道，晓茵到底爱不爱自己，无须去问，只要用自己的心去感受，答案就有了。那种懂得与陪伴，也曾是柯剑可望而不可及的幻想。如今，晓茵那温柔的语气，满眼的在乎，令柯剑有了从未有过的自信与满足。可自己给了她什么呢？物质？承诺？什么都没有。就是在一起吃个饭，大多都是晓茵找各种理由买单。在柯剑看来，现实生活中这样的女人太少了。

在夏云到出租屋闹过之后，柯剑的心里也矛盾过。他怕万一不能和晓茵在一起，就会伤着晓茵那颗善良的心，于是想暂时和晓茵保持适当的距离，然而意外发生了，晓茵偏偏在他住院时来到了泉旺，不但没有减缓两人的爱情进度，反而加深了双方的了解和感情。

柯剑整个上午脑子里都是晓茵的影子。他在心里有些怪自己，昨日一整天怎么就没问一下晓茵上飞机的时间呢？甚至还怨自己多嘴，不仅说了夏云那一堆杂事破事，还把自己第一个所谓的"初恋"也说给了晓茵，根本没有考虑晓茵听后的感受。

就在柯剑胡思乱想的时候，晓茵打来了电话，告诉柯剑已下了飞机，在赶往回家的途中，叫他不必担心。晓茵接着笑嘻嘻地说："昨日的收获大，很开心。"

柯剑说："我正在怪自己乱说呢！惹了你不开心。"

晓茵说："真的没有，你告诉我你的过去，是你相信我。"

两人正有一句没一句聊的时候，柯剑的手机突然被夺走了！柯剑扭头一看，是夏云。

夏云夺过手机后，尖声地对着手机话筒吼叫着："你是广州女人吧？你臭不要脸的，竟然来到了泉旺！幸亏你走得早，否则有你好看的！"

柯剑翻身下床准备抢手机回来，但药水瓶扯着，只好在原地说："夏云，你不要乱来！"

夏云冷笑着说："是我乱来还是你乱来？你这不要脸的家伙，还把女人引到泉旺来了。"夏云说完，把柯剑的手机往病床上扔去，由于用力过大，手机掉落在地上。

柯剑捡起手机放到耳边听，可已听不到任何声音。柯剑转而问夏云："你凭什么抢我的手机？"

夏云吼叫着："就凭我是柯娇她娘！"

"我们已经没有关系了，你又凭什么骂我不要脸，还骂晓茵不要脸！"柯剑理直气壮地说。

吵闹声惊动了护士，两个护士跑过来劝夏云，这里是病号区，不能大声喧哗！夏云哪听得进去，开口骂不要脸，闭口还是骂不要脸。

柯剑干脆不做声，以沉默抵抗。

恰好柯剑的同事过来了，知道这里发生的情况后，就对夏云说："嫂子你可要注意影响，这儿是病号区，再者你们都离婚了，柯大交女朋友也是正常的事。"

夏云怒目横对，说："你晓得个屁！我们离是离了，但之前有约定，等女儿考上高中后，双方才可以再婚。"

"你瞎编！我们什么时候约定了？"柯剑赶忙补了一句。

"你还不承认！我还不是为了女儿有一个完整的家。"夏云说完呜呜地哭了起来。

柯剑的同事赶紧上前劝她冷静冷静，有什么事等柯剑的伤好了再说。夏云这才慢慢走出了病房。

柯剑余怒未消，低声吼道："真是岂有此理！"

夏云前脚出门，严波后脚就到了。

严波看到柯剑发怒的样子，心里已明白了几分。

严波说："夏云到医院来之前，跟我打了电话，告诉我，你把女朋友都引到了泉旺，问我算不算太猖狂？是不是太不把她当人？我从夏云的口气里发觉她定会到医院来闹事，就马不停蹄赶来了，本想劝劝她，没想到夏云发泄一通后就走了。"

柯剑叹了一口气说："真搞不懂她为啥这样无理取闹！"

"这还不简单，她就是不希望你找人，想复婚哟！"严波以肯定的语气说。

"那开始又为什么要坚决离婚？把婚姻当儿戏吗？"

"这个事我知道点，她打过电话给我，说她误会了你很多，还说她哥哥的事并不能怪你，知道你也是工作需要，而他哥哥后来立功也是你从中做了许多工作。所以她想跟你复婚，而又不愿意从自己嘴巴里说出来，就采取这一种暴力手段。"

"她误会也好，不误解也罢，反正我们分了就分了，我不能丢下晓茵。"

"这是你慎重考虑的事，我说的话，你只能参考。"

柯剑说："哥，我知道孰重孰轻，不必你操心。对了，哥，我还有一件事想与你沟通，不，不是沟通，是想请你帮忙。"

"你只管说。"

"我想出院后到你家休养几个星期，我想班照样上，吃饭的问题就到你那蹭，伙食费嘛！肯定要付，好兄弟勤算账嘛。"

"可以！只要你不嫌弃，你只管去，伙食费嘛，随便，不拿也不是什么大事。"

"那先谢谢哥了。不过，我的右手也可做点家务，到时不要让我一个人闲着。"柯剑接着说："哥，那晓茵几次叫我出院后到广州养伤，我觉得还没跟人家结婚，就没答应她，可她是真心。"

"这你就对了，大是大非面前可要慎重，不能意气用事。"严波点点头说。

柯剑打电话给彭大，为了不影响重案中队的警力，不需要再派人护理，还有一只右手可以料理自己。

一晃半个月，柯剑出院了。柯剑到了严波家后，就打电话告诉了晓茵，晓茵听后很不高兴，责怪柯剑不去广州。

柯剑说："我没那么多假，一边养伤一边还可以工作，上次我不是告诉你了吗？"

"那你再休养半个月就到广州来，总可以吧？"晓茵近乎恳求地问。

"好吧！到时看情况再说，只能说争取。"

"你又是再说，从来不肯定一个，唉！我服了你。"

"或者说，情况好的话我没有半个月就去了，给你一个惊喜不是好吗？"

"对对对！我怎么没想到呢！"晓茵终于开心地咯咯笑了。

　　二〇一二年三月的一天，清风徐徐，春意正浓。新世纪露天广场上，人头攒动，热闹非凡，许多穿着藏青蓝制服的警察们在忙碌着。他们把收缴过来的摩托车、电动车和手机、电脑等赃物统一摆放整齐，有几位领导坐成一排回答前来问询的群众，几位民警帮攒着手续前来认领的群众核对被盗物品信息。这是泉旺市公安局返还赃款赃物大会的现场，局领导钦点柯剑参加。大会上有不少记者拍摄了柯剑的"光辉形象"，同时还采访了柯剑关于破获系列撬门入室盗窃案的经验和作法。柯剑毕竟干过十多年刑警工作，也知道哪些可以说，哪些不能说，采访与被采访自然顺理成章圆满完结。

　　接着，刑警大队召集班子成员会议上，讨论评功授奖事宜，大家一致推荐柯剑，而柯剑坚决不接受。柯剑的理由是：功劳是大家的，我只不过是带头的，评功就评我们重案中队的全体普通刑警吧！希望大家不要认为我受了伤，就拿个三等功对我进行弥补，我认为这就不够科学，也不能深入人心，实际上这系列盗窃案能及时破获，还是我中队刑警能吃苦耐劳肯打硬仗的结果。最后彭大表态说，柯剑同志说得在理，要么就给他的重案中队记个集体三等功，大家说怎么样？彭大的话一说完，大家都鼓起了掌。

　　夏云是在当地有线电视上看到记者采访柯剑的，她一激灵，心里有些愧疚。自那次到医院质问了柯剑之后，一直没再去过医院。一是服装公司靠她一个人主持实在太忙；二是对柯剑心里有怨气，认为柯剑与广州女人一定有过肌肤之亲，广州女人才有如此情分不远千里来；三是柯娇还要人接送，"初升高"已到了关键时期，如不好好照料，那就误了柯娇一辈子。

　　夏云没再去医院，柯剑倒也觉得清静，但也担忧柯娇的学习和出入学校的安全。要是以往，柯剑还可以打电话询问，而现在他是特殊的情况下，还是忍了一把，免得夏云多心，是为了跟她"疏通说和"才会给她电话。

　　晓茵倒是每天傍晚给柯剑打电话过来，极少的情况下，是柯剑拨过去。说到那次夏云骂她不要脸的事，晓茵表现得很大度。她说："别人过分是别人的事，我可不跟她一般见识。再说，我要跟她纠缠，那我不也成了她那样的人。"

柯剑赔完礼后，就表扬晓茵识大体、有风范，值得人敬佩云云。

说到最后，晓茵还是问："什么时候来广州？"这句话已成了晓茵每次聊天时必问的内容。

离晓茵所说的半个月还有三天，柯剑就买了去广州的卧铺。一觉醒来，次日上午九点火车就到了广州东，柯剑没有一点心思观看街头的风景，只是一古脑儿往公交站奔去，他想给晓茵一个惊喜。柯剑下了公交，在街道拐角转弯的鲜花店里买了几支玫瑰，一路小跑，兴致盎然地敲响了晓茵的住房门。敲了几下没动静，柯剑猜这星期六应该在家，或者上街买菜去了，于是再次敲了几下，然后干脆在一边的空旷处坐下等候。

柯剑左等右等，还不见晓茵到来，也想过给晓茵打个电话，但他心里有个小旮旯儿，想给晓茵来个突然袭击，或许还能发现晓茵的秘密呢！譬如她带着男朋友一起乘电梯回家。当然，这是柯剑最不愿看到的。他就这样稀里糊涂想着心事，不知不觉打起盹了。

也不知过了多久，柯剑感觉被人抱住了，嘴巴也被什么软乎乎的东东堵住了。柯剑睁开眼，熟悉的气息沁人心脾，他知道是晓茵，于是也放下手中的包袱猛地吻了起来。

良久，晓茵推开柯剑，心疼地问："你这头蠢猪，怎么不打我电话啊？"

柯剑牵着晓茵的手站了起来，拍了拍屁股说："想给你惊喜呀！"说完把刚刚放到旁边地上的那束玫瑰捡了起来，说："晓茵，生日快乐！"

晓茵哽咽着说："剑哟！谢谢你还记得，走，进屋去。"

第三十一章

柯剑环顾室内，地板、家具的表层洁静如新，一台崭新的电视机赫然挂在客厅中央。

"买了电视机？"

"你不是喜欢看武林风吗？原来的电视机屏幕太小了，换了个50寸液晶的。"

"给客厅添色不少啊！"

"早就该换了，你看这空间都节约出来了。"晓茵指了指摆放在柜子上的那两盆绿萝，接着说："这两盆绿萝生机勃勃，好看吧？代表着我们的爱情。"

说完，晓茵绕到柯剑背后，要帮柯剑脱外套。

柯剑说："我自己来。"

晓茵走到房内，拿出一套浅橙四方小格子睡衣放到卫生间的衣架上，并对已差不多脱完衣服的柯剑说："剑哟，你洗完澡就穿这套睡衣。"

柯剑问："上一次的那一套呢？"

"那套在那里，手感没有这一套舒服，你试一下就知道了。"

这边是哗哗的水流声，紧挨的厨房就是晓茵弄早餐的叮叮当当声，那飘出来葱花炒鸡蛋的香味儿，也令饥肠辘辘的柯剑来了食欲。

柯剑穿上那套四方小格子的睡衣从卫生间出来，晓茵一瞧脱口而出：“剑哟！太好了，很得体！”柯剑笑了笑。晓茵接着说：“我的眼光嘛！就是不错！”柯剑呵呵地笑道：“王婆卖瓜，自卖自夸。”

晓茵把一双筷子递到柯剑手里，叫柯剑快点趁热吃。桌上有刚磨的豆浆，还有面包、三明治、肉包、鸡蛋、水果。晓茵夹起一块三明治，边吃边说：“我现在逛街，不跟以前一样，喜欢买自己的物品，一买一大堆。而是什么呢？你猜猜。”

柯剑低声回道：“不买自己喜欢的东西，那就是在大街上瞧人呐！哪个男人长得帅就把哪个男人请回家，是不？”

“你个笨猪，叫你猜，你就瞎说，与我所想所做的相距十万八千里！”

“那我猜不到，我做不了你肚里的蛔虫。”

“那我就告诉你啦！每次逛街，一看到那些男装店，我就想进去，看哪一件适合你，喜欢的就帮你买下来。哈哈，那些大老爷们看到我，仿佛在说，一个女人家，怎么跑到男装店里来了。”晓茵说完，起身从书房里把几个袋子提了出来，接着说：“这都是我昨天逛街的成果，都是你可以穿的外衣和内衣。”

“你怎么乱花钱买东西？不经过我的同意。”

“这无须经过你的同意，又不要你掏，是我自愿买给你的。”

“这……也不要浪费钱呀！需要的就买，不需要的就不要买。”

“我懒得跟你说，瞧你那样，人家还不要开店呢！”

晓茵说完又从橱柜里取出一个小盒子，打开后是一对金灿灿的手表。晓茵郑重地把其中一块手表套到柯剑的手上，说：“这是我前不久跟出版社的同事去了香港，看到这一款情侣表不错，就买了两只。你一只我一只。”接着又笑吟吟地说，“你知道这是什么寓意不？”

“又要我动脑筋，这不是伤脑筋的事么？”

"我说你是笨猪一点也没错，连手表戴到你手上都不知道什么寓意！"

"真的不知道，那你说说嘛！"

"你的手腕已被手表套住了，也就是被我锁定了，现在懂吧？笨猪。"

柯剑挠了挠头，说："还真没听说过个这寓意。"

"抓紧吃吧，不说了，你的'神圣任务'还没完成呢！"晓茵似乎对柯剑的笨拙有点不可思议，但同时又把柯剑的木讷和幽默揉合在一起，就觉得很有意思。晓茵接着说："男人手上戴了手表，男儿的气质就出来了，而女人呢？手上戴了手表，就表示已经有了男朋友或已婚，其他男士也就不会想入非非了。"

"真有些讲究，还是头一次听你这么说。"柯剑从桌上扯出纸巾抹了一下嘴唇，准备坐到沙发上整理一下刚刚晓茵所说所想的，可晓茵不让，她从柯剑后背突袭，双手温柔地抱住了柯剑的腰，柯剑一转身张开有力的双手，捧起晓茵的头，再用有点油腻的嘴巴堵住了晓茵那滔滔不绝的嘴唇……

柯剑被一阵铃声吵醒，一看来电竟然是夏云，柯剑毫不犹豫地摁掉了。夏云又连续拨了几个，都被柯剑拒接了。柯剑把手机铃声调为静音，刚放下手机，就收到了夏云的短信息："柯娇的下巴摔破了，需要到医院缝针，你来帮忙带柯娇到医院去！"柯剑一骨碌爬了起来，套上下身睡衣赶紧小跑到了书房，他知道夏云不会把女儿受伤当成一个谎话来骗他，神经一下紧张起来。

柯剑主动拨打了夏云的电话，可夏云没有接。柯剑反复几次打过去，夏云才接了，说："柯娇受伤的口子比较长，需要按压止血，还必须缝针才会愈合，你快点过来帮忙。"

柯剑轻声地说："我不在泉旺，我到外地出差来了。"

"你是不是又去了广州？找那个臭不要脸的女人去了？"

"不是不是，我真的一时三刻赶不去，你就耐心帮柯娇处理好，我回去了就马上过去看她。"柯剑说完主动把手机挂了，他担心晓茵听到他与夏云的对话。

越担心什么，什么就会来。柯剑心里正慌乱间，晓茵披头散发推门而入。

晓茵问："你跟谁打电话呀？这么神秘兮兮的。"

"是给夏云回拨电话，女儿摔破了下巴，我问一下情况。"

"不是吧？若是正当理由，不必躲到书房呀！"

"我怕打扰到了你。"

"你有亏心事，才会偷偷跑到这。看来，你们夫妻还是夫妻，是我不该插足了！"

"你说哪里的话，女儿的事，我不得不过问，何况是受伤的事。"

"那是借口！就骗我这头笨猪！"

"夏云不是那种骗人的人，她也是直肠子的人，绝对不会拿女儿受伤当谎言骗人！"

"你就是脚踏两只船，你这个伪君子！"晓茵说完"哇哇"地哭了起来。

柯剑呆坐在床头一言不发。一方面他不知道柯娇到底伤得怎么样，另一方面不知道如何解释如何安慰晓茵。

晓茵见柯剑不做声，认为自己判断得没错，越发愤怒地唠叨："你怎么这样对待我，我可是一个真心真意待你的人！你的良心被狗撕了去吗？"

"晓茵你听我说，不是你所想象的那样。"

"你还嘴犟，还不承认，你为什么要骗我？"

"我真的没有骗你！"

"你嘴犟，我让你嘴犟！"说完，晓茵把自己的手机往地砖上摔去，接着用脚蹬手机。手机屏幕破了，里面的"肠子"都流出来了。晓茵泪流满面，心儿也碎了，她侧身躺在床上一言不发，只是"唉唉"地哭着。

柯剑起身捡起那个被踩碎的手机，准备往垃圾篓里扔去。晓茵这时也起来了，忙说："还有手机卡要取下来。"

柯剑找来一根牙签，把手机卡取出后，扔掉了手机，同时对晓茵说："今天都怪我接电话，这手机我赔你一个，等我回去电汇钱给你。"

"谁稀罕你赔钱？"

"那不算赔，算我赠你的总可以吧？"

"也不要你赠！我自己买。"

"你的意思，是跟我划清界线咯？那这手表我也不要了。"柯剑说完就把手表取下放在桌子上。

"哪个说的？我又没说划清界线！"晓茵口气软了下来。

"那你一定要接收我赠你的手机款，否则我就什么都不带走。"柯剑斩钉截铁地说。

"好吧！就算你给我买个礼物作个纪念吧！"晓茵把"纪念"两个字说得特别重，一说完，竟然嚎啕大哭。一滴滴泪珠从面颊滚落下来，似乎漫过红尘里的沧桑，诉说着委屈与悲戚。

闻听晓茵如此决绝的话语，柯剑心中不禁叹道，难道就这样：分分合合世间爱，缘起缘灭一场空？

柯剑一遍又一遍抚摸着这个善良又真诚的女人，再也控制不住自己，呜呜地抽泣起来。热泪一滴一滴划过脆弱的眼眸，苦涩的嘴角都溢满了落花般的幽怨。

执手相看泪眼，竟无语凝噎。

还是晓茵先开口了："我已感觉到你前妻后悔了，想跟你复婚。她说得也没错，毕竟有个女儿，给女儿一个完整的家也是每一位母亲的希望。而女人一旦有了这个希望，就会勇敢地创造，会奋不顾身，还会不惜牺牲自己的人格尊严或个人利益。”

"可是我跟夏云的裂缝太大了，我们很多方面绝对不着一个调。我明白了一个道理：饭要和有缘的人一起吃才香，日子要和懂你的人一起过才甜。"

"你说得倒是有道理，但很多矛盾可以隐忍下去，慢慢磨合，再去追寻那共同的目标。譬如对待你女儿的成长，就是你们都要面对的共同目标。"

"晓茵我知道你是善良的，但你说得不一定全对。你是为了一份亲情而去牺牲崇高的爱情，这是一种成全和苟且。但我想过，人来到世间一趟多不容易哟！如果不能为了心中那份爱勇敢去争取，而选择苟且偷生，那跟一堆骷髅有什么区别？"

"剑哟！你说是这样说，但你的行动不能按照你说的想的去做！我心里其实也很矛盾，我要是狠心放下你也容易，时间也许会给我疗伤；而如果这样发展下去，我就会担心你前妻会找你闹事，特别是你心软还挂念着女儿，这样你左右为难，也让我不安。不过，我有一句坦诚的话想对你说，我自以为在这个世界上，我是最爱你、痛你、在乎你的那一个，绝对找不到第二个像我这样的女人，而且我敢保证，假如有一天你真把我弄丢了，你的心里会从此愧疚一辈子，会一辈子念叨着我对你的好！你信不信？"

"我信，绝对相信。"柯剑边说边把晓茵搂在怀里，吻了又吻，此时好像又回到了第一次两人相见的快乐时光，晓茵仍像那乖巧的小羊，顺从地躺在主人的怀抱里。

两天的时光很短暂，柯剑又要回泉旺了，晓茵又变得忧伤起来。出门的那刻，晓茵喃喃地说："也不知道这是我们最后一次不？反正我心里糟糕极了，隐约感觉到你不再属于我一个人！"话还没说完，晓茵的眼泪就涌了出来。柯剑揪心地难过，他想了又想，自从与晓茵结识后，并没有给晓茵太多的快乐与幸福，相反让晓茵的泪水倒是出了不少。

晓茵拿出上午刚买的新手机，一看离火车出发时间只有一个小时，就无奈地说："走吧！再不走就晚点了。"晓茵牵着柯剑的手下了电梯，走过那条小街，直接打了一个的士直奔火车站而去。

柯剑走在上火车的人流里，扭头发现晓茵还站在原地，就往边上靠，停了下来，边挥手边喊："晓茵，回去吧！回去！"晓茵挥了挥右手，左手却拿着纸巾擦了又擦，根本没有回家的意思。柯剑再次高喊："晓茵，我走了，你保重！"可晓茵只点了点头仍站在原地。当上火车的人流只剩下柯剑最后一个人的时候，晓茵转身低着头往回走，柯剑也只好目送晓茵，然后迈开大步追上那一趟人流。

柯剑刚把行李塞到行李架上，晓茵就打电话来了："路上记得吃东西、喝水，食品袋子里有我炸过的鸡翅，还有新鲜的面包。"

"晓茵你别想那么多了，你要快乐啊！"

"你好好处理你那边的关系，不管你怎么做，我都听你的！"

"我知道啦！你要保重哟！"

柯剑的电话刚挂掉，严波就打了电话过来。柯剑马上告诉严波，自己刚刚坐上火车，要次日早上七八点才到。

严波说："剑呐！夏云刚从我家走，下午我们聊了很多，反正在电话里也说不清，等你到了我们再好好聊一聊。"

柯剑在火车上反复想着，严波与夏云会聊哪些呢？

次日清早，柯剑到了泉旺市，就直奔严波家。柯剑叫了一声"哥"后，就到房内找银行卡。

"剑弟，这么着急干嘛？"

"我要去邮政局汇一笔款，哥你等着我！"

当柯剑一脸轻松到了严波家的时候，严波已准备了早餐，叫柯剑坐到桌上来。严波一边吃一边说："那邵董真不是个东西！真的是个人渣！你说说，他凭什么破坏你跟夏云的关系？凭什么要害这么多人？"

柯剑不解地说："哥哥，你说得我不太懂，邵董他干了什么呀？"

"那人渣呀！坏事做绝。我不知道他为什么那么坏哟！"

"到底是什么事嘛？他跟夏云有不正当的关系？你说不出口？"

"你只说对了一半，你们离婚后，那邵董经常打电话给夏云，约吃饭唱歌，夏云去过一次就没再去了。"

"这是夏云亲口告诉你的？"

"当然！"

"那夏云为什么要相信邵董呢？"

"夏云说，她哥哥夏东被拘捕以后，她经常去刑警大队打听情况，碰到了邵董。夏云还说，以前并不认识邵董，是你带了邵董和你大舅哥在一起吃饭，而夏云那次也去了，你把邵董介绍给夏东的时候，说邵董是你的警院同学。你是不是还记得那一次？"

"记得记得。"

"邵董见到夏云后，知道夏云是打听她哥哥的事，就说夏东的问题很严重，估计要杀头，接着把夏云带到办公室悄悄告诉夏云，夏东之所以被抓到，全是你提供的线索，还说，你早就知道夏东是泉旺的'大毒枭'，只不过了干出成绩往上爬才亲情不认。而夏云听后，全相信了他，于是一怒之下要求和你离婚，目的是让你独身，受到惩罚。"

"唉！这个邵董怎么这么坏哟？我可从没亏待过他。"

"邵董第一次请夏云吃饭，就对夏云动手动脚，夏云心里感觉邵董不像个正经人，于是草草吃了一餐饭后就立马回家了。后来邵董涉嫌雇佣杀人，夏云这才醒悟过来，幸好自己没有顺从邵董，警惕性比较高，否则后果也难以估量。"

"哥哥，我就是弄不懂夏云为什么要告诉你这些？这都是过去的事嘛。"

"你应该懂夏云，她是那种人前不肯低头的人，我估计她的意思是让我劝劝你，谅解她一次，你重新回家。"

　　"那……广州的晓茵我无法交差，毕竟她对我是真心的。再说，夏云的性格跟我也合不来。"

　　"我就知道你根本拿不定主意，那你先放一放，等考虑清楚了再决断。"

　　"嗯嗯，只能这样了。"

第三十二章

继续在严波家搭伙食，柯剑觉得有点不自在，加之左手也好得差不多了，就向严波提出，重返出租屋。

严波也不挽留，笑着说："你柯剑来去自由，悉听尊便！"

中午时分，柯剑刚到出租屋，就打电话给夏云，想问一下柯娇的下巴啥情况，夏云在电话里说，等吃完中饭就带柯娇到出租屋。

夏云一到出租屋，就问柯剑吃饭没有？这是破天荒头一回听到夏云的客套话哟！柯剑点了点头，心里也纳闷。他起身走向柯娇，低下身子瞧见柯娇的下巴，密密地缝了三针。柯剑心里难受的时候，又生出不少的愧疚。

柯娇有些气愤地说："谁叫你跑外头，只顾自己，根本不管我和妈妈。"

夏云接着说："你长期往广州跑有意思吗？你认为外面的女人对你就是一片真心？"

柯剑对柯娇说："宝宝，不是我不管你，是你妈要分开。"说完柯剑要柯娇先到一边玩会再过来。

等柯娇走远，柯剑转身问夏云："你的意思是，你对我真心？"柯剑并不认可夏云在严波家里所说的那些反思言语，反问道。

"我对你咋不真心？"

　　"你真心个屁！我腰椎间盘突出你扶过我到医院吗？我腮腺炎想喝口粥你煮了没有？还叫我想吃自己煮。我因公受伤在医院你才去过两次，其中一次还是找我麻烦，侮辱我，骂我不要脸。你说说，我怎么可以容得下你这样待我，我好歹也是个男人，也有个人尊严，我们是离了婚的，你凭什么可以侮辱我？就是夫妻，也不能这样侮辱人！"柯剑一口气说了出来，心里像卸了担子一样轻松。

　　"你只记得我对你的不好。"夏云嘟囔着回了一句。

　　"你也想想别人的感受吧！你说等三个月办离婚，我就听你去等。那三个月里，我每次把柯娇送上楼，你有过一次笑脸对我吗？你又有过一次叫我吃饭吗？想想你的心真的够狠哟！"柯剑觉得没必要忍下去，有的话不说出来，心里憋得难受。

　　"谁叫你在外面有女人？"

　　"你紧锁房门，枕头底下藏着一把剪刀，早已把我当成敌人，换成任何男人都会找出路！你整天一副苦瓜脸，好像我柯剑欠你三百斤啊！"

　　"我就是要让你难受，让你生不如死，让你接受惩罚！"

　　"夏云你这样狰狞的面目，我觉得悲哀啊！当初我对你一片忠诚，却换来你冷漠又无情，至今你还是这个样子，算了！我不说了，我们不要再谈了。"

　　"我也不稀罕跟你谈！但是我可以告诉你的是，我要是再发现你不管女儿，跑去广州快活的话，我就跑到你局里去，问你们的领导，这样做爸爸合格不？"

　　"你没资格管我的人身自由！知道吗？"柯剑吼了一句，他已经忍无可忍了。

　　恰此时，晓茵打了电话过来，柯剑忙跑到出租屋后边的公路上接电话。晓茵告诉柯剑，食品袋里底层有一个钥匙，是广州房子的开门钥匙。柯剑"嗯嗯"了几声。晓茵问："你怎么不说话？"柯剑只好如实相告，夏云就在旁边。这时夏云小跑了过来，尖声叫道："又是广州那个不要脸的吧？"柯剑说："你才不要脸呢？还骂人家。"夏云听后脸儿变了形，疯狂地往柯剑这边扑来，柯剑把电话挂了，把手机藏进口袋里。柯剑站在原地，就看看夏云能弄出什么动静来。

夏云过来就抢柯剑的手机，她想接过电话骂晓茵，就像上回在医院抢了柯剑的手机骂晓茵那样痛快。柯剑甩开夏云的手，躲避她的双手乱挠。夏云见无法拿到手机，就用她长长的指甲抠柯剑，柯剑的颈部、手背都被挠破皮出了血痕。

柯剑只好往出租屋跑。这时柯娇走了过来，看到夏云追柯剑，就知道爸爸妈妈在吵嘴、扭打。柯娇一下抱住了夏云，说："妈妈，不要打爸爸，你越打爸爸越不回家。"

夏云声嘶力竭喊道："今天我就和你拼了！"柯剑关了出租屋的对开玻璃门，夏云拍打着玻璃，说你不开，我就砸，柯娇就拉夏云回家。见柯剑躲进了卫生间，觉得再嚷也达不到目的，夏云哼了一声说："下次再见到你，看我怎么收拾你！"

没再听到门外的尖叫，柯剑知道夏云走了，就从卫生间走出来，翻查晓茵所说的食品袋，果然在底夹层发现一把钥匙。柯剑立即把钥匙串到自己一套钥匙里。柯剑躺在床上，脑袋还是胀胀的晕乎乎，他弄不明白夏云为什么离婚后还这么嚣张？而自己又为什么这么软弱？

柯剑把玻璃门开了一条缝，让出租屋内的空气能南北对流，随后又躺到床上想心事。

迷迷糊糊中，柯剑睡着了，就连夏云已到了出租屋也浑然不知。

夏云见到柯剑眯着眼睛躺在床上，那双没脱鞋的脚还在床边沿悬浮，鼻腔有了小呼噜，就确信柯剑不是装睡。她看到柯剑颈部和手背的指甲抓痕，陡然心生怜悯，脑子也清醒过来。她心里念叨，不能这样蛮干，不能这样暴力，得用一丝温柔感化柯剑，这样硬怼下去也绝对挽回不了柯剑的心。

夏云在电脑桌边坐了下来，想等着柯剑醒来跟他说些和谐的话，但她此时发现了电脑桌上的一张汇款回执单。她一看，汇款金额是三千元，还有晓茵的手机号码和单位地址。夏云如获至宝，已忘记了刚刚要"和谐"的闪念，马上拿出手机记下了晓茵的手机号和相关信息。

夏云没再停留，溜出了出租屋，临出门时还把对开的玻璃门合上了。柯剑醒来后发现玻璃门合上了，就慌乱起来，不过他看到电脑依旧在那里，悬着的心像石头一样落了地。柯剑苦笑了一下，自言自语道："我这出租屋还真好，不怕偷不怕抢，就怕某人来逞强。"

"滴滴"手机短信响了，柯剑打开晓茵的来信："中午觉得你有点不对劲，我担心夏云又到了你那儿，不知咋的，我的心里一直担心你，可我也不知道你心里是咋想的。我们遇见多不容易呀！有人说过：五百年前的回眸，才换来今生的一次擦肩而过。但我们不是擦肩而过，还在一起了，就已经不再是五百年了。我们多不容易呀！夏云这样蛮横的闯入，又让我不知道，我们还能不能在一起？还能一起走多久？剑哟！真的，我快撑不住了。"

柯剑回道："晓茵，我们遇见是不容易啊！我也天天念着你，没有给你带来快乐幸福，还给你添了这么多烦恼，我于心不忍。我劝你也不要过多去想，越想脑子越乱。你要照顾好自己，晚上不要睡得太晚。下午我还要去上班，先这样了。"

柯剑把重案中队的同志召集到会议室，讨论当前发生的重大案件，对未破获的案件进行分析研判。柯剑善于调动大家工作的主动性，各人分派的案件都要具体负责到底，同时对疑难案件进行剖析、探讨。

中队同志正在一个一个进行汇报时，柯剑的手机铃声响了。柯剑一看是晓茵的，马上摁掉了。晓茵再拨了过来，柯剑还是摁掉了，同时发出了一个短信："开会。"晓茵回："你开完了会给我来个电话。"

一个小时后会议结束了，柯剑把电话拨给了晓茵。晓茵一接通就说："那夏云打电话给我了，问三千元汇款是怎么一回事？"

"你怎么说的？"

"我说是你汇给我的手机款呀！"

"那她不是发怒了？"

"夏云在电话里骂我，说我为了掏你口袋里的钱才跟你交往，我只是笑了笑。可是我还不能笑，夏云就骂我不知羞耻，还说，过两天就到广州我的单位来找我，你说她乱扯不？"

"她真是个有点乱扯的人！"柯剑插了一句，脸上的肌肉绷紧了。

"我跟你说，剑哟！你可要阻止她来广州，要是她真的到了我单位，被我同事或领导知道，那我的面子往哪挂？"

"这个嘛，我估计她只是说说而已，不可能这么大老远地去你那。"柯剑估摸着说。

"反正阻止她来广州你要做在前头，否则等来了就难办了。"晓茵很着急地说。

"我等会儿问问她，看她到底想咋样。"

"好吧！另外我问你，她是怎么知道我的手机号的，是抢了你手机看到的吗？"

"不是，我估计她是看到我桌上的汇款回执，感觉中午她来过我出租屋。"

"啊！那你们还是长期来往，大白天都去，那晚上也肯定往你出租屋跑！？"

"你误会了，出租屋长时间没住人，里面有一股馊霉气味，我把对开的玻璃门开了一点缝，想通点风，我迷迷糊糊睡着了，醒来却发现玻璃门全关上了，我就猜想是夏云来过。"

"嗯嗯，我希望你没有骗我。对了，我准备明天换个手机卡，免得她打电话骚扰。"

"你把她手机号码拉黑不就可以了？"

"仍然可以收到短信息呀，我到时换了新号码再发信息给你。"

"嗯，好的。中队还有事，我先挂了。"

下班后，柯剑回到出租屋，弄了一碗水煮面，煎了两个荷包蛋。吃完就打电话给夏云，问她为什么要打电话给晓茵。

夏云一听到柯剑"晓茵晓茵"那样的称呼，气不打一处来，就开骂了："真的不要脸！还一口一个晓茵，她是你什么人呢？"

"我怎么称呼她是我的事，关你什么事呀？"

"反正怪我瞎了眼，没看清你这个忘恩负义的家伙！"

"不管怎样，希望你以后不要打电话发短信骚扰人家。"

"你是听那女人说的吧？谁骚扰她了，我是劝她不要破坏我们这个家！"

"我们不是已经离了这么久吗？你怎么这样不讲理？"

"你再这样说，我明天就到你局里去，找你的领导们，看他们说，你该不该管女儿？"

"你这样威胁我，并不厚道！"

"我是为了女儿有一个完整的家！"

"那以前你为什么要提出离婚，又为什么那样绝情？"

"这都是因为你在外面乱交女人。"

"你又来了，我要被你气死哟！"柯剑想想这样争执下去也没啥意思，根本解决不了问题，就决定改变一下策略。

柯剑缓和了一下语气，阻断夏云对自己的辱骂，提高了一点嗓门说："夏云，好歹我们夫妻一场，你若真把我弄垮了，柯娇在学校都没有好名声，还会影响她在同学中的名声，而且到时你也被别人说三道四的，你认为呢？"

"这个我也想过了，但我毕竟是为了给女儿一个完整的家，才被迫这样做。如果你还要往广州跑，我还是决定要去你局找你的领导！对了，上天都关照我，你那张汇款回执单被我看到了，广州那女人的单位我也知道了，到时我也会去的！"

"夏云，你到底想要我怎么样，你才不这样乱闹？"

"除了你答应我，不再去广州！否则我一定干到底！"

柯剑犹豫了一下，随后接过话茬说："那我答应你吧！"

"这就对啦！"夏云在电话的口气，柯剑听起来是对自己的表态很满意。

挂了电话后，柯剑转而打电话给晓茵，告诉她不要担心"夏云去广州"这个事，而晓茵根本不清楚柯剑已在夏云那儿作出了"不再去广州"的承诺。

晓茵问柯剑是怎么做通了夏云的工作，柯剑撒了一个谎，说找了夏云的一个闺蜜，才把夏云说通了。

柯剑觉得当前这样应付一下，是权宜之计，已解决了三方的纷争，无非是牺牲了个人一些欲望。柯剑接下来思考的一个问题是，晓茵那边，要是发觉自己长时间不去，生出什么疑问的话，那又如何应对呢？实际上，这对于柯剑来说，又是一个非常难于说服晓茵的伤脑筋之事。

第三十三章

已到了人间四月天的好季节，远处的山花开得烂漫，那花丛中的虫子又在欢快地鸣叫，布谷鸟的叫声也从很远的地方渺然传来，阵阵微风轻轻拂过杨柳，杨柳也随风跳起了妖娆的舞蹈。

可所有的这一切，都拨不动柯剑的那一根心弦。

泉旺市的东湖、西湖的水面上，荡漾出无数条翻滚的细纹。柯剑呆坐在清晨的湖边，看这美丽的春色悄无声息地滑过，滑过指缝，滑过梦想，也滑过了寂寞与忧伤。

这个季节难道只适合做梦吗？柯剑一遍又一遍问自己。

那些在生命里经过的欢喜与快乐已变成了丝丝缕缕的疼痛与哀愁，流淌出来的诗行似雾、如梦又像风，铺展成了一条蜿蜒曲折的心路。

每一次电话或QQ之后，晓茵依然问柯剑："什么时候来广州？"柯剑总是拿出"案子太多"或"身体不舒服"的理由延缓去广州的日期，而在每一次说过之后，柯剑的心里便滋生出无限的悲哀：自由已被束缚，活着还有啥意思？柯剑想，人如果有两条生命，情愿牺牲一条，再用另一条生命鲜活地自由地行走，那该多好啊！

这时督察老查的来电惊扰了柯剑的思潮，老查请柯剑上午上班后去督察室。柯剑一想这次老查用了一个"请"字，另外还"柯大柯大"的称呼，觉得老查的态度变了，变得比以前更尊重人。不过，这大清早接到这样的电话，柯剑有点不舒服。

柯剑有点不耐烦地问："老查，又是什么重大的事非要到督察室去谈，是不是很久没有看到我出洋相，现在又想整个？"

老查说："柯大，你别误会，我也是奉命行事，你到了自然知道这个事不是小事。"说完不容柯剑回话就把电话挂了。

柯剑到了局里，把中队长叫来吩咐了一下中队的工作，然后忐忑不安地来到督察室。老查正在用抹布擦桌子、椅子，看来是摆好了一个场面，专等柯剑的到来。

见柯剑到了，老查打了一下招呼，把抹布挂到房门背后挂勾上，接着从桌上一串一次性水杯中取出一只，用手撮了一点茶叶放进水杯，然后把已烧开的水倒入水杯中，递给柯剑时说："柯大你先喝水。"

柯剑接过水杯说："老查不必客气，有事直接讲，我们中队还忙得很呢！"

"是这样的，柯大，我们督察室昨天收到一封举报信，举报你破坏他人的婚姻，拆散人家的美好家庭，致使一对夫妻离了婚，所以今天找你谈话，组织上必须要弄清楚，希望你给予配合，把问题讲清楚。"

"没有哇！绝对没有做过这样的事。"柯剑想都没怎么想就大声申辩。

"你不要把门封得太早了！记得上次我们也找过你，那是夏云反映的，你也清楚，但这次并不是夏云，而是一个男人的举报，总不要我们把话讲得太明白吧？"

"这是从何说起？我自己都搞不清楚。"

"别装了！夏云都告诉过我们，你在广州有个女人，你心里清楚哟！"

"不错！我在广州有个女朋友，很正常，她离了婚，我离了婚，成为异性朋友也属于正常。"

"这你只说对了一半。请问，广州女人是怎么离的婚？你在其中扮演了什么角色？"

"她怎么离的，我真的不清楚，只是她离过之后，我们才有了更深的交往。"

"我知道一个警察的思维能力很强，何况你还是一个刑警，更知道哪个可以说，哪个不能说，我希望你端正思想态度，男子汉敢做敢当，做了的事就不要怕说出来，否则你就不是一个男子汉了。"

"老查，我说的每一句话都是真实的，也希望你不要'想当然'犯'主观臆断'的错误！你们督察应该保护民警的合法权益，而不是随意给民警乱扣帽子！"柯剑说这些话的时候有些激动，他自认为没做亏心事，就不怕鬼敲门。

"我不是'想当然'，也不是'主观臆断'，你可不要扣我帽子。柯大，你要搞清楚，此举报人说过，如果我局包庇你，不处理你的话，他就会到全国性的论坛网站发布你的丑闻，到时不仅影响你个人的声誉，我们局也会受到影响。昨天我就向局长报告了这个事，局长也叫我们先弄清情况，所以我们必须要慎重处置这个事。"

"我确实没做过如举报信中的事，如果你认为有，就直截了当指出来，可以吧？"

"你还在装糊涂，实话告诉你吧！就是这晓茵的老公举报你！"

柯剑听完老查这句话，一时怔住了。缓过神之后，柯剑心里在想，难道我与晓茵早在QQ上聊天的时候，晓茵的老公就知道了，是不是晓茵主动说了出来。柯剑正了正身子，说："老查，我跟晓茵在QQ上认识，那时她说她老公在惠州，过了五六个月左右她才告诉我，她与老公离了婚，之后我们才加深了交往。期间我真的没有劝晓茵离婚，更别说'破坏'这个词，我问心无愧，你们还可以向晓茵取证。"

"晓茵这个人我们肯定要找的，当然，晓茵目前跟你打得火热，估计也不会说你从中破坏了她的婚姻，所以嘛，这个事还要做进一步的调查。要么这样，你把晓茵的联系电话告诉我，我来联系一下。"

"那晓茵的老公怎么没有提供晓茵的联系电话？"

"她老公知道，即使提供了晓茵的电话，也问不出什么情况，所以干脆不说。我猜想是这样的情况。"

柯剑把晓茵的号码报给了老查，老查就用局里的座机电话拨了过去。

晓茵见到区号"江西"的座机电话，马上接收了。晓茵刚问是柯剑吗？老查就表明了身份，请晓茵如实回答。晓茵以为柯剑出了什么事需向她求证，忙跑出办公室到走廊接电话。

老查操着浓重的家乡口音，叽哩咕噜说了一阵后，晓茵并没听得很清楚，只大概听清了意思，问自己为什么离了婚，是不是有人干预或从中引导她而离了婚。晓茵当即明白，泉旺市公安局督察大队是想问清楚自己离婚是不是柯剑从中作梗把夫妻拆散了。晓茵当即表态，她离婚是因为夫妻关系已破裂，早已分居多年，与柯剑没有任何关系。

老查笑了笑，对柯剑说："晓茵这样说，我们早就料到了，她肯定要保护你。"

"事实也是这样的，我真的没干那缺德的事。"

"现在是这样的，主要当事人你和晓茵，我们都例行公事找过了，并不符合举报信中所说的'破坏'，所以我们还要找晓茵的前夫再核实，再做相应的处理。柯大你先回去，有事我们再找你。"

柯剑站起来，握了一下老查的手说："谢谢老查，我说话粗鲁你别见外。"

老查说："我还是那句话，不冤枉一个好人，也决不会放过一个坏人。"

柯剑哈哈大笑地说："对对，你说得对！"随后老查也哈哈大笑起来。

柯剑回到办公室不久，晓茵就打了电话过来，问柯剑怎么一回事，柯剑只回了一句，我正在上班，有什么事我们中午再聊。

柯剑刚刚挂掉电话，彭大就过来了。彭大依旧拍了拍柯剑的肩膀，柯剑赶紧站了起来，跟在彭大身后，往彭大办公室走去。

彭大仍然泡茶喊坐，但面部表情看起来很沉重。彭大说："剑哟，听说那晓茵的前夫写了举报信过来，我深深感到吃惊，更为你感到担心，要是真如举报信那样，你可是要接受纪律处分的，所以我今天叫你来，听听你的想法。"

"彭大，你放一万个心，我绝对没有破坏晓茵他们夫妻的关系，他们离婚的事我根本没有插手，更别说'破坏'，我可以对天发誓，我没干这个缺德事！"

"问题是那男人咬定你破坏了他们的婚姻，还说，要到大网站论坛发贴，这就麻烦了。我的想法是，倒不如让晓茵做做她前夫的工作，或者让晓茵提出复婚，这样就让她老公满意，从而不再对你纠缠不休。我们以组织的名义，给晓茵的老公做工作，估计也是鸭背上浇水，一点也起不了作用。你说呢？"

"他们夫妻水火不容，都分居几年了，连过年过节都不在一起，只不过法律手续连着他们，法律上他们是夫妻关系。这是晓茵告诉我的。现在她老公来这一手，估计也是给晓茵'使绊子'，不让晓茵过得好。"

"问题是你掺和其中了，你是国家公务员，不比其他企业白领。"

"彭大你说让晓茵给前夫示弱，做做工作，倒是可以试一试，而让晓茵提出复婚，我估计晓茵情愿去死也不会提出复婚。"

彭大微微一笑，说："你倒是希望晓茵不复婚，你正好跟她哟！"

"所以我也不会跟晓茵说，你去跟前夫复婚呀！这样说会伤着晓茵的。"

"这晓茵对你倒是一片真心，我们都看得出。但目前遇到这样的问题，我劝你还要冷静下来，至少事没处理好，就不要去广州。"

"彭大，你说得对，夏云那边也限制了我，所以我暂时是不可能去广州。"

"夏云怎么限制了你？"

"她以女儿需要一个完整的家为名，要求我不再去广州，否则到我们局散布我不管女儿的影响，另外还要到广州晓茵的单位去吵闹，说晓茵破坏了我们的夫妻关系。事实上，我们离婚是夏云自己提出来的，不关晓茵半个事。"

"那先这样冷静冷静，你注意一下就行了。"

"嗯嗯，我知道了。"

第三十四章

柯剑一回到办公室，晓茵的电话就来了。柯剑说："晓茵，我不是跟你说过，我上班的时候你不要打电话过来，这会影响我的工作纪律。"

"我是有重要的事要告诉你，才拨你的电话。"

"哪有什么重要的事？总比我违纪的事要轻吧？"说完，柯剑把电话挂了。

晓茵在那头，可气着呢！上班难道不能接个电话，有那么严格吗？晓茵肚子里有些委屈，她把桌上一堆等待整理的账单捡起、扔下，又捡起、又扔下。

时针刚指到十二点，柯剑就把电话拨给了晓茵。晓茵还在生气呐！摁了拒接键。柯剑接着拨，拨到第四个的时候，晓茵终于接了。

柯剑首先检讨自己，要晓茵原谅，可晓茵却认真地对柯剑说："剑哟！你不要认为是一个小事，实际上也能反映你对我上不上心。"

见晓茵这样认为，柯剑就哄着晓茵说："中午我们又不是没时间聊，何必在上班的时间偷偷摸摸的，再者上班时间聊，也聊不了很长的时间，现在我打算中饭都不吃，就听你大格格的指示，这总可以吧？"晓茵终于在电话那头咯咯地笑了。

晓茵说："剑哟！我上午问过我前夫，他根本没有投过什么举报信，至于你是什么人，哪里工作，他一点都不清楚。"

"晓茵你傻啊！他做的事会承认吗？"

"凭我跟他五年多的交往，他是比较好色，'桃花运'不断，我们性子上也合不来，但我想，他倒不是那么有心计的人。再者，我跟他离婚，他没多说过一句话，离婚后，我们都没有打过一个电话给对方，更别说他想跟我复婚。"

"可我们的督察大人硬说是你的前夫写的举报信呀！"

"这就怪了，为什么要这样害你呢？是不是夏云请了人写的？"

"应该不是，夏云可没那个心计，是个不打折扣的直肠子'男人婆'！"

柯剑爹打电话给柯剑，说二十多天前开的药吃完了，现在又要开药。

柯剑说："爹，你吃完了药要过一周以后复查，如果血常规和肝功能正常才可继续开'卡培他滨'，而且吃了这种药后，身体没有异常才可以复查，否则就要停药。"

"这个情况我清楚，我已吃完那一个疗程，也过了一周多，再者说，每次吃完药之后都要检查，这是不是太麻烦了？你就跟医生说些好话，我行动不方便，把药开来就是。"

"爹，这个我不能作主，这是当时的医嘱，如果我们不遵守，可能会出问题。再者，您不记得吗？有一次我帮您开药，医生没有见到你做血常规和肝功能的单子，就是不开药，我只有请您来到市里做完检查才开了。"

"说到底又要我跑市里，这两天我就去了，到时你抽空带我去医院吧！"

"爹，您最好今天下午坐个客车来比较好，明天来的话，说不一定我有事又走不开。"

"那好，我跟你娘说一下就去。"

柯剑向彭大请了一个下午的假，就骑着摩托车到车站接老爹。

经医院做完检查，等了两个多小时，结果出来了，一切正常，柯剑爹比较高兴，柯剑也开心极了。

想起老爹能够不懈地与病魔抗争，已取得了初步成效，柯剑想，老爹今天的状况还好得益于保密工作做得好，不知就无畏，同时，柯剑也认为老爹的身体素质挺硬，虽然年已古稀，但仍有着旺盛的生命力。

开完药，柯剑爹担心儿子没空陪他，就提出回家，柯剑再三挽留老爹住一晚再走，可柯剑爹坚持要回乡村。

柯剑把老爹送到车站时，发往乡下的一班车刚刚走了，要等半小时发下一班。父子俩就在候车室聊了起来。柯剑爹问儿子跟晓茵咋样了，是不是进展顺利。柯剑并不想告诉老爹，怕他老人家担心，但看到老爹满腹的疑问，就把夏云干预自己找女朋友的事说了出来。

柯剑老爹听完很生气，提出不下乡了，要去会会夏云，还说把这老骨头搭了她，看夏云还凶不凶。

柯剑劝了又劝，叫老爹不要担心他，更不要掺和他们的事。

"那她不让你去广州，你就准备不去了？"

"爹，我这不是在想办法嘛？难道她叫我不准去就不去，那是不可能的事，我只不过看在女儿的份上，让一让她。"

"唉！是倒是，要不是柯娇在她那儿，我这就去吼她几句。"

柯剑听完老爹的话后，突然像被点化了一般，对老爹说："爹，我有办法了！"

"什么办法？"

"就是带您一起去广州，到时夏云没见到我在出租屋，就会打电话给我，我就把电话让您接，您就说到了某地某地看病。"

"嗯，这是个好主意，正好我也可以去广州玩一玩，我还没去过广州呢！"

"好了爹，就这么定了。"

送走老爹后，柯剑身心有了小轻松，感觉既开好了老爹的药，又想出了去广州的计谋。

二〇一二年五月的一天周末，柯剑带着老爹坐上了去广州的列车。晓茵提前半小时到了火车站。当见到白发苍颜却又健步如飞的柯剑爹时，晓茵笑盈盈迎上前，叫了一声姨爷后，上前挽起了柯剑爹的右手，俨然像一个正宗的儿媳妇。

等柯剑和老爹休整片刻，晓茵就把早已弄好的早餐摆上了桌。她喊柯剑带老爹过来"饮早茶"，柯剑爹心里说，早餐都没吃，还喝什么早茶。见老爹一动没动仍坐在沙发上，柯剑笑着对老爹说："广州人把吃早餐称为'饮早茶'，我开始听晓茵说饮早茶，也误以为是喝茶水，还闹起了笑话呢！"

晓茵把奶黄包、马蹄糕、虾饺等点心夹到柯剑爹的碗里，柯剑爹笑得合不拢嘴，连声说："吃不了吃不了。"晓茵还准备夹，柯剑拦住了，说："俺爹不能吃得太多，有个六分饱就可以了。"晓茵懂得柯剑的意思，就往柯剑碗里夹点心。

晓茵边吃边问柯剑："我们吃完了，再去白云山玩玩吗？"柯剑转头问老爹："愿意去白云山玩不？"老爹说："要爬山吧？"柯剑"嗯"了一声。晓茵说："姨爷可能爬不上去。"柯剑马上"翻译"了晓茵的普通话。柯剑爹听后毫不在乎地说："可以爬得上去，我在山上斫柴，也要爬山，比这要吃累得多呢！"柯剑说："爹，那就我们一起去。"

白云山的绿植沐浴在五月的阳光里，风儿轻轻地从耳边吹过，柔柔的，软软的，像那天上的白云轻拂着蔚蓝的天空。

果然，柯剑爹爬山一点也不落伍。正如他自己事先说的，你爬多快我就有多快！

　　晓茵穿一身运动装，青春阳光，活力四射，脸庞洋溢着欢笑。她只要和柯剑在一起，心里就充满着无限的快乐。

　　到达开阔处，许多人围坐在一棵大树下唱革命歌曲，柯剑爹提议在这坐会，柯剑牵着晓茵的手在周边转悠。

　　晓茵擦了把汗，笑着问柯剑："怎么把老爹带来了？"

　　柯剑说："老人家在家闲得慌，也从没出过远门，想带他见识见识外面的世界，享享福。"

　　晓茵说："是蛮好的，多陪伴父母给予孝心，以后就不悔了。"

　　正说话间，夏云的电话来了，柯剑"嘘"了一声，就跑到老爹那儿，把老爹叫到偏僻处，柯剑这才接了电话。

　　夏云电话中听说柯剑带了老爹去了外地，就叫柯剑把电话拿给老爹接。柯剑爹接后，按照开始想好的"套路"去说，果然闯过了夏云那一关。

　　晓茵这时走了过来，问柯剑，接个电话还这么神秘兮兮的，弄不明白。

　　"是夏云打电话来的，我让老爹接电话，是为了证明我们到外地了，带老爹检查这个事，夏云总管不了吧？"

　　"啊！我知道了！难怪你就这样带了老爹过来。"

　　柯剑点了点头。

　　晓茵接着说："你们这样下去也不是办法，难道你现在每次来，都要带着老爹吗？不过我要说清楚，我倒不是嫌弃姨爷过来。"

　　"目前也没想到其他的办法，只能先这样。"

　　柯剑无奈的神色让晓茵也心酸。晓茵说："其实问题很简单，我们打个结婚证，不就解决了问题。夏云再怎么闹，你是合法地跟我来往，有法律作保证，也奈何不了你。"

　　"到时可能会影响到女儿，柯娇马上要考高中，女学生变数大，情绪又不稳定，所以我觉得还是忍一忍为好。"

"我也只能听从你的意见，万一按我的意思走，到时柯娇没考进高中，还认为是我们结婚影响了她，那我这罪名也担不了呀！"

"这就是我的软肋，晓茵你理解我就行。不过，好饭不怕晚嘛！你晓茵我已决定迟早要把你娶进门。不过……"

"不过什么？"

"我也担心守不住你，你就钻到别人的被窝里啦！"柯剑边说边笑了起来。

"你个笨猪，我们从相识到相知、相爱也有两年多了，你应该了解我这个人，一旦被我认定的人，我是不会放手的。"

"可是天各一方……唉！"

"你们公安不是有个'团圆计划'吗？"

"你怎么知道？"

"是我闺蜜林之芹告诉我的，她弟弟找了一个外地警察老婆，前不久调到广州一个派出所，夫妻虽不在同一个局里，但在同一个城市，分居问题解决了。"

"嗯哪！那是多么好的美事呀！"

"可是你又不跟我领结婚证，本来早领证早报告。"

"这或许是我的梦想！我也想过，要是真跟你结了婚，也可以走这条路。"

"路就在远方，梦想就在我们脚下！我想凭我的努力，为我将来的老公找到一席之地。不过，你到时要是调到广州来了，可不能嫌弃我去找小情人。如果你也跟我前夫一个德行，我可要整死你哟！"

"哈哈哈，千万别这么说，我柯剑可不是那种见异思迁的人。"

柯剑爹也是个明白人，他看到儿子跟晓茵聊得火热，就独自一个人围着那伙唱歌的一堆人走走停停，偶尔张望一下柯剑，把柯剑和晓茵纳入自己的视线范围。

听够了，看够了，中饭的时候就到了。晓茵找到一家饭菜馆，点了三菜一汤，特别嘱咐服务员，菜里不要放辣椒。柯剑知道晓茵是为老爹着想，打心里佩服晓茵的细心。

刚吃上饭，晓茵陡然瞥见一女子，忙站了起来打招呼。晓茵指了指柯剑，忙着介绍说："这就是我常跟你聊的江西警察。我男朋友！"

那女子倒也大方，伸出手同柯剑握了握，并自我介绍，我是晓茵的闺蜜林之芹。

柯剑客套地说："你好你好！"

晓茵叫林之芹一起吃饭，林之芹说她有一帮人，不必了。

等林之芹走后，晓茵说："闺蜜可是个大好人，平时对我很关照，我逢年过节基本都在她家过，跟亲姐妹一样。"

"啊，人生难得一知己呀！你的闺蜜给我第一印象，就是很爽快很真诚的那样。"

"对啦对啦！你说得很对哟，警察的眼力就是不一样！"

晓茵到了结账的吧台，那胖乎乎的老板娘笑着说："已经有人付过了。"晓茵猜想是林之芹付的，就抬眼全屋搜寻，终于在最角落的一桌人群中发现了林之芹。晓茵叫柯剑带老爹到门外等，自己则走到林之芹那边。

林之芹也发现了晓茵，站起来往晓茵这边走来，说："不必客套，你先走！"

晓茵说："那多不好呀？"

"就算我请你和江西警察。"说完，林之芹笑呵呵回了原位。

第三十五章

　　柯剑正为前两天去广州的顺利进展而沾沾自喜，督察老查又打了电话过来，叫他去督察大队。

　　老查严肃地说："你看你看，上次跟你谈了，不要再无事生非，可你又惹事了。"

　　"我惹什么事了？"

　　"前两天你又去了广州吧？"

　　"怎么问这个？"

　　"你正面回答问题！"

　　"我说没去，你信吗？"

　　"别跟我兜圈子了，人家的前夫又打电话过来了，说你上周末去了广州，还去了白云山。"

　　柯剑脑门嗡嗡作响，像是被人击中要害，一时说不出话来。

　　"这样的非常时期，你还要跑广州。人家的老婆被你抢了过来，肯定不服咯！"

　　"你不要血口喷人！怎么这样随意下结论！"

　　"上次就被你糊弄过去了。"老查点了一支烟，吸了一口，继续说："当然，只要没人告状，我们打算也不再追究下去，可现在人家是第二次投诉，你身为副大队长，应该理解我们也是为了工作，也要把事情搞清，否则就是我们督察不作为！"

"我理解，我理解，但是老查同志呀！我实在是被冤枉的！"柯剑说完，无奈地摇了摇头，随后沉默起来。

"你这人就是无可救药！我就想不明白，你为什么还要跑广州，那地方可是个火药桶，一点就着，看来你有'上刀山下火海'的勇气哟？"老查皮笑肉不笑地说。

"老查，你能不能让我看一看上次举报信的内容？"

"你也是执法的人，应该懂得，哪个该看，哪个不该看。"

"哪我问一下，上面举报人的身份，是不是实名制，联系电话、工作单位都有吗？"

这句话倒让老查想到了一件事。老查在调查了柯剑和晓茵后，准备找举报人继续核实情况，可除了落款的一个"张志勇"潦草签名外，什么联系电话、工作单位一个也没有，这让老查也疑虑重重过一段日子。

"你为什么要问是不是实名制？"

"因为我从晓茵那儿打听到，她的前夫根本没有写过举报信，我怀疑有人恶作剧。"

"也有这种可能，下次如果再有举报电话，我会问他的手机号码。"

"这次的电话呢？"

"不是手机号码，是一个座机电话，因为此人打过一个电话过来，只说了你去广州的一些情况，而自己叫什么，哪里人哪里工作都没说，我就打了过去，却是另一个人接的电话，说是公共电话。"

"所以我判断有人恶作剧。"

"不管如何，问题没查清之前，请你不要再去广州了，我是这个意见。"

"老查，我懂，我知道该怎么做了。"

柯剑从督察大队出来，打电话告诉晓茵，说自己上周末去广州，又被人举报到了局督察大队。

"那就奇了怪了，我们去白云山是周末，也只有我闺蜜知道，难道我闺蜜是内奸？不可能，不可能。"晓茵在电话筒中分析着说。

"这确实怪异，对我们的行踪了如指掌，好像有一双眼睛盯着。晓茵，我怀疑有人恶作剧，你也留意身边的人。"

"哎哎，我知道了。"

晓茵一挂柯剑的电话就去找林之芹，林之芹正在制表格，一看到晓茵过来就问："大美女怎么有空到我办公室来呀？"

"之芹，我和柯剑到白云山游玩也只有你看到，可有人打电话到了柯剑的单位，你说怎么回事？"

"那为什么要打这个电话？劳这份心。"

"有点阻止柯剑到广州来的意思。"

"昨天我们办公室聊休闲这事时，我无意中透露了你带男朋友去白云山游玩。我办公室的邹利反复问我，你男朋友是不是那个姓柯的江西警察，我回答是，邹利脸上当时表情很不正常，还嘟囔了一句，癞蛤蟆想吃天鹅肉。我还记起来了，邹利跟我聊天的时候，还问过你离婚的事，以及你男朋友是江西哪个地方工作等事情。"

"之芹，我想起来了，邹利这两年私下找过我几回，什么喝茶、唱歌，或者周末去户外，他都约过我，但我从没答应过他，是不是他故意'使绊子'？"

"这就有很大可能了！你怎么不早告诉我？"

"我都没往心里去。"

"有的人往往没达到个人目的，会记恨在心，一旦遇到合适的机会就会报复。晓茵，我估计八九不离十就是这姓邹的干的。"

"我想找他谈一次，之芹你有空也帮我出出面，我们尽量做到仁至义尽。"

邹利接到晓茵约见的电话喜出望外，但他不知道晓茵是找他

"问罪"的。

邹利喜滋滋来到约见的"怡韵阁"茶座，看到晓茵的同时也看到了林之芹，心就凉了半截。邹利本想利用这次机会向晓茵表白，加深一下感情，然后等合适的机会再进一步加深感情。

等邹利落座，晓茵把早已上好的一杯绿茶递到邹利面前。邹利说了声"谢谢"，晓茵不冷不热地说："邹哥，谢谢倒不要，我想问你一个话，我希望你诚实地告诉我。"

邹利说："晓茵你只管问，我知道的事肯定实话实说。"

"你写过举报我男朋友的信，还有打过电话到泉旺市公安局督察大队吗？"

邹利一听到晓茵开门见山的问话，脸色骤然变了，眼神也开始逃避。邹利突然想到抽烟。他从口袋里掏出一包卷烟，然后又掏出打火机，实际上卷烟和打火机都在上衣一个口袋里。邹利点好了烟，烟雾往晓茵和林之芹这边飘过来，她俩用手掌在自己的鼻子前方扇了几扇，似乎在提示邹利抽烟时注意烟雾的飘落方向。

邹利说："你说哪里的话，你男朋友的事我从来不知，怎么会写什么举报信或打电话呢？再说我与你男朋友素来无冤无仇，犯不着举报陷害他。"

这时林之芹说话了："你别把什么都讲得一干二净，你不是经常问晓茵这事那事吗？还问过晓茵男朋友在哪里工作叫什么名？这我都告诉过你，你装糊涂了？"

邹利见林之芹切中了他的要害，又不想在两个女人面前露出"劣迹"，便干笑了二下说："那是我关心晓茵呗！"

"邹哥我谢谢你关心我，反正我们都心知肚明，以前我们有些事是我对不住你，你也别往心里去。我今天也把事挑明，你没做当然好，如果做了，终究会被知道会暴露的，那以后就要打住，我晓茵也不欠你的，再说一个人要是做了坏事良心上肯定过不过去，不过我相信邹哥是个好人。"

"那是那是，晓茵说得对，以后没事的，没事的。"邹利堆起满脸的笑，显然就是皮笑肉不笑的那种。

晓茵把约见邹利的事绘声绘色告诉了柯剑，柯剑在电话里哈哈大笑，笑自己竟然有个暗藏的情敌，差点被一枪击倒。

晓茵纠正了柯剑的说法："不叫情敌，是膜拜我的粉丝！"

柯剑正在调查走访一知情当事人，接到一个女人的电话，她自称是十多年前与柯剑初恋的"丽丽"，柯剑认为是诈骗电话，搁掉了。丽丽再次拨打柯剑的电话，柯剑问她烦不烦，要骗人也不要找警察做对象。

丽丽说："你还记得那晚在供销社我的住房你呆到晚上十二点才走，我给了你一把手电筒还有一把小雨伞。"

"有这回事。"

"次日你送我回家过年，天降大雪没有车，我们步行一个乡又一个乡，途中我们吃雪比赛，记得吗？"

"记得记得，你真的是丽丽。那你怎么知道我的手机号？"

"这个要保密，我可是动用了在泉旺所有的人脉关系才弄到的。"

"都过去了这么多年，怎么突然想起了我呢？"

"这一生我觉得对不起的唯一的一个人就是你哟！"

"都过去了，再说也没意思。对了，丽丽你过得好吗？"

"过得好我会给你打电话吗？"

"可是，那是你的选择，而我也已经不是过去的我了。"

"我知道我已经不在你心里了，但是我有一些话还是想跟你说。我可是恨死我的爹了，当初是他阻止了我，说警察是个危险的职业，时刻都有生命的威胁，就为我另找了对象。"

"那不是挺好的吗？"

"好？你说好就是好？我那臭男人仗着大经理的身份到处沾花

惹草，还包养了一个情妇，生了一个儿子。我的脸都被他丢尽了。我现在想到死，才是我解脱的办法。"

"呃！那可不能，万万不能！"

"我有几次到了市郊的小湖边，想一跳百了，但我想到还有一番搁在心底十多年的愧疚话没对你说，我就觉得对不住你，就临时改变了跳下去的主意。"

"既然你老公的心都变了，那就分呗！何必吊死在一棵树上。"

"你说得容易，你不知道啊！我不甘心。"

"那你就好好守着他，等他回心转意。"

"我也是这样想，但夜深人静的时候，一想到他抱着那个情妇，我就痛不欲生，无法入睡，真想带两把刀，一刀解决一个，那就痛快了！"

"那不行，你也脱不了干系，到时你的孩子谁管，他情妇生的男孩谁管，小孩毕竟无罪。"

"那我自行了断总可以吧？"丽丽在电话里嚎啕大哭。

丽丽继而哭着说："我只要见上你一面，就足够了，我宁可别人负我，我也不打算负别人，哪怕是一个，我也不会负的。"

"那我永远不会见你！"

"你不见我，我就不知道到你局里找你哟？"

"丽丽，你想想，一个女人跑到一个男人单位，哭哭啼啼的，那不是抹我的脖子，损我的名誉吗？你知道吗？丽丽，我也离婚了，单位上，社会上正议论着我呢！我也要堂堂正正做人，你说是吗？"

"那我可以嫁给你！"

"不行啊！我已经有女朋友了。"

丽丽听完，"啪"的把电话挂了。

柯剑担心丽丽的心结没有解开，于是把电话拨了过去。

丽丽问："你改变主意了？"

"丽丽，我们的往事都已成为过去了，再捡起来就是作践自己，伤害双方，我希望你保持良好的心态生活下去，你不仅活自己，还要为家人活，为父母活……"

柯剑安慰了许久，丽丽这才说："我还是按照你的想法，试着活下去。"

挂掉电话，柯剑胸有热血翻腾。

他想起年少时的往事，那心痛的记忆，那被人抛弃的滋味。

不过，那美好的遇见仍然深藏在心底。

丽丽向柯剑走来的时候，那飘扬的雪花仿佛夏日柳絮，温柔地织出一个美丽的故事；而当丽丽离开的时候，那飞舞的柳絮仿佛冬日的雪花告诉柯剑一个冷酷的谜底。

那相识的日子美丽得无以伦比，那飘扬的飞雪，和飞雪中丽丽美艳的倩影，曾深深镌刻在柯剑的心里。

那时的柯剑为了宽慰自己，总是独自唱着那首童安格的歌，深情无奈的呼唤滑过喉咙穿越天空……"既然曾经爱过，又何必真正拥有你，即使离别也不会有太多的难过……"

第三十六章

　　七月，柯剑所在的村庄出了命案。当日大清早，泉旺市公安局主管刑侦的江副局长带领侦技人员赶赴现场，彭大、柯剑也在其中。路上彭大问柯剑要不要回避，柯剑说："我对村里的情况比较熟悉，找人调查也比较方便，我请求留下来。"江副局长和彭大若有所思点了点头。

　　村里边二一见到柯剑就喊："侄子你来啦，正好，我告诉你一些情况。"柯剑叫了声"叔叔"便示意手下两位同事随边二进了屋。

　　边二说："剑侄也知道我跟城里人一样赶时髦，早上爬起来喜欢走走路，围在村旁的小溪边转转，从西转到东，又从东转到西。当我像往常一样溜达到三角洲时，发现一棵柳树下好像睡了一个人，我走过去想看看是谁，可靠拢才发现是一位少妇。我摇了摇，没反应，再用手一扳，看清了是村里的兰婶，她的眼睛睁得圆圆的，身子也已僵硬了。我双腿顿时发抖，腿像灌了铅，想跑向村里告诉人，费了好长时间腿肚子才挪得动。我知道的情况就是这样。"

　　柯剑说："叔叔，谢谢你，你如果再发现了什么情况，也请告诉侄儿哈。"

　　边二说："剑侄放心，我有什么线索一定会第一时间告诉你。"

　　柯剑爹也来到了现场上，明知道柯剑来了也不去打招呼，他不想打扰正在工作的儿子。倒是柯剑在人群中见到了老爹，就上前把老爹喊了过来。

柯剑爹知道儿子想得到一些情况，便说："剑哟，这兰婶身体好得很，怎么不明不白死在三角洲上，如果拿句迷信的话说呢，就是桂叔去年死了，在阴间过得不开心，担心老婆在阳间受男人欺负，便把老婆拉到阴间作伴。"

柯剑打断老爹的那些迷信话，说："爹您就说说实际的情况，不要扯这些迷信的东西。"

柯剑爹擤了几下鼻涕，叹息地说："去年桂叔在汕头一个工地上吊机作业时趷倒在地上不治而亡，兰婶接到消息后哭了三天三夜，在家里哭，在火车上还是哭，同去帮忙解决的村里人劝也劝不进，直到后来哭不出声来，眼泪也流不出来。协议得到了一笔赔偿款后，村长第一个站出来说话，说这几十万元巨款不能让兰婶保管，要让村里保管，等兰婶的儿子板栗结婚的时候再拿出来。大家心里都明白，村长之所以这样做，还不是怕兰婶改嫁，板栗就没人管。"

说桂叔老实巴交，一点也不错，人穷婚也结得迟，到40岁才娶上了比他小10岁的兰婶。兰婶是离过婚的人，桂叔虽然是头婚，但能娶到这样漂亮的媳妇，已心满意足，因此对兰婶非常好。桂叔出事时53岁，兰婶的儿子才12岁。桂叔死后，兰婶像换了个人，一张漂亮的脸蛋变得憔悴了，身子也瘦了，整天不说一句话。以前喜欢跟她开点玩笑的男人，都保持闭嘴状态，怕兰婶不高兴。

女人脸蛋长得漂亮，身材又高挑，就如一朵花，男人就像蜜蜂一样围着花儿转，吃不到花蕊，哪怕是嗅上几嗅，也感到轻松快活。半夜三更的时候，也有人蹑手蹑脚地跑到兰婶的门口，轻轻捶门，兰婶开始不敢做声，后感觉到大门有被挤开的危险时，才会隔着窗户大声喊："抓贼呀！抓贼！"兰婶四处打听，有没有小狗买，觉得有狗叫护家安全。直到兰婶死，也没看见她家养上一条狗。

兰婶有三亩地，耕、耙、收割、栽种平时都是请人机械化作业，现在桂叔死了，仍是一样请人，但请人需要钱，在校读书的儿子也需要钱，桂叔一死，家里的经济就像稻田突然断了水的庄稼，干瘪瘪的。

柯剑爹接着说："有一次我在村长家里坐，兰婶找村长想弄些钱家用，虽然有一双乌溜溜的大眼睛却不敢直视村长，村长的眼神却在兰婶的脸上扫了好久。听说要扯动赔偿款，村长脸一沉，毫无商量的余地，说：这钱不能动！是留给板栗结婚用的。兰婶当时哀求着说，你就给个四千、五千的也行，缓缓急，家里实在没一分钱。村长说，老桂没死时也每月寄钱给你，不可能用得一分都没有吧！兰婶低下头，声音也是细细的，几近哀求地说：'原来存的几千元早就花光了，这二个月都是借了村里人的钱。'村长眼睛一亮，直盯着兰婶问：'借了人家的？谁把钱借了你？'兰婶没有回答，村长紧紧盯着兰婶有些苍白但看上去美得让人看着很舒服的脸，问了几次，兰婶就是不做声。村长火了，说，你不敢说出来，证明你是编造的！如果不是编造的，那你就继续借呀！兰婶忙回道：'借了钱可是要还，不及时还，人家也不会饶我。'村长说：'你不说出借给你钱的人，我们就免谈！'语气很硬，好像桂叔死的那笔赔偿款是他和村里几个人争来的，使用权就属于他了。说完，村长从裤兜里掏出长烟棍插到嘴上，再慢悠悠地从另一个裤兜里掏出黄烟盒，一边抽着烟，露出一排黄牙，一边数落着兰婶，我都六十岁了，还没见过说谎的人，你也四十多了，说话也要想想说。兰婶像一个做了坏事的小孩，抑郁的脸上愁云片片，站在边上一句话也说不出来。"

柯剑爹读过私塾，擅长讲故事，给警察讲了一个多小时，村长期间有几次到房里，都被警察推了出来。

柯剑爹说完，刚走出门，村长就像小猴子那般灵敏，闪身进了警察临时调查村里人的房间。村长一进房间就说："我们村里出现这样的事情，可是解放以来没有的事。俺村没赌没嫖，更没有偷没有抢，风气是很好的。我怀疑是外村人干的！"

见村长口气坚定，柯剑追问："那叔叔您认为是哪些人比较可疑？"

村长站了起来，走向房门，把房门打开，然后把头探出门外，见没有人，放心地把房门关上。村长说："俺村前些天来过两个人，一个是鼎罐里的汪秃子，一个是下事港的李黑佬。这两个人都跟兰姐接触过，不过，我更怀疑是汪秃子，因为他好色，骗钱，而且人又不厚道，是个狠角色。"

柯剑对村长说："那请叔叔说说汪秃子一些事吗？特别是好色、骗钱是怎么一回事。"

村长爽快地说："当然可以！"

"汪秃子是一个算命先生，60岁左右，经常走村串户，帮一些人算命，看山取财，见人说人话，见鬼说鬼话。他每天只算一户人家的命，说是算多了不灵验，自己的脑筋也不好使。汪秃子帮人算命，算得非常准，哪家什么时候死了人，丢了什么财物，出过什么大事，一报时辰八字就立即能算出来。"

村长喝了一口茶接着说："我是俺村最开始和汪秃子打交道的人，后来发现汪秃子造假，加上经常到兰姐家，以算命为名骚扰兰姐，我就主张正义狠狠骂了汪秃子，最后我们还动了手脚，之后我们一直没来往过。"

一个算命先生还有造假的事？柯剑来了兴致，请村长继续讲下去。

村长苦笑了几下，说汪秃子其实是个大骗子，他到每个村庄帮人算命，都要在那个村里找一个帮手，先打听每户人家的情况，甚至还在帮手的带领下，去察看算命对象的祖坟山埋在哪里、坟头朝向，坟墓周围是否有树木、杂草等诸多情况。掌握了算命对象的诸多情况后，在算命的时候，就能一掐百中，从而让人深信不疑他是个算命大师。

　　村长还打了一个比方，汪秃子在算兰婶的命时，说是桂叔的爷爷坟上长了一棵柳树，就把桂叔克死了。兰婶在汪秃子算完后，赶到桂叔的爷爷坟地一看，果然看到了一棵生长茂盛的柳树立在坟头，当即就把柳树折断了。汪秃子靠的就是"事先踩点"骗取算命对象的信任，达到骗取钱财的目的。

　　说到汪秃子好色，村长满腔怒火，说："桂叔死了还没到半年，汪秃子就想打兰婶的主意，在算命的时候，盯着兰婶的面部不够，还动手动脚的，不仅摸了兰婶好看的面部和丰满的臀部，还摸兰婶胸前的两座小山，兰婶拒绝的时候正好被我看到，我当时就骂了汪秃子不要脸，癞蛤蟆想吃天鹅肉，之后想上前扇汪秃子几个耳光，汪秃子竟骂骂咧咧地跑了。"

　　说到李黑佬，村长也知道了不少。李黑佬虽然黑溜溜的，但身材高大俊朗，五官也特端庄。按说女人们也喜欢这样的男人，但李黑佬凭着在村头开了个小店，手上有几个臭钱，偏偏喜爱上了酒，三天一小醉，五天一大醉，酒后发疯把老婆当靶子，女人当然受不了，前前后后打走了三个女人，从此"黑佬打老婆"的名声传开了，单身离异的女人们一听，纷纷躲得远远的。

　　李黑佬见兰婶死了老公，就托柯剑爹做媒。在李黑佬几乎跪地保证不喝酒不打老婆的前提下，兰婶也动过心，当面没答应也没拒绝。李黑佬大白天也来找过兰婶几回，但后来不知什么原因，一下中断了，直到兰婶死，也没人看到他再来过兰婶家。

第三十七章

柯剑带着几位刑警兄弟干脆吃住在自己家，柯剑从口袋里摸出一沓钱交给老爹，说是办伙食的钱，尽量把伙食弄好一点。柯剑爹也不推辞接了伙食钱。

过了一天，柯剑爹除了买来必需的肉菜之外，还买来几把白晃晃的菜刀。柯剑纳闷，问老爹买这么多菜刀干嘛？还这么神秘兮兮的？

柯剑爹说："村长这几天心神不定，叫我帮忙想法子驱鬼，村里几个驮事的都去了。有人不赞成请道士驱鬼，有人表示试一试也未尝不可。有的人甚至说，活人还怕什么鬼，莫损了我们村里的名声。这样意见没得统一，也就没有结果。现在呢，村长的老婆也病倒在床上，床头床尾都插着刀。村长也许是被老婆的惊吓传染了，手里拿着一根木棍，不时在床沿边上敲，见没有效果，村长又拿出一把刀，在床沿边上不停地拍打着。这些刀就是村长托我买的，免得要借村里其他人的刀。"

柯剑站在家里昏暗的灯光下，埋怨着老爹说："灯泡也不换个60瓦的，这么暗的灯泡能节约几个钱？说了这一年的电费让我出嘛！"

柯剑爹说："你也不容易，开销也大。对了，剑哟，家里种的

300斤黑芝麻还没卖出去，你看看市里能不能卖个好价钱？"

柯剑娘这时插嘴说："前几天村里来了一个收芝麻的，是6元8角一斤，你爹没有卖，一是怕那人的大秤不准确，会少斤两；二是价格较低。你爹说去年都卖了7元一斤，今年至少也要卖到那个价。"

柯剑娘叫柯剑爹吃饭，但柯剑爹并没有马上吃饭的意思，而是把嘴巴凑近柯剑的耳边很神秘地说："村长的老婆前几天在祖厅门口的塘塍边洗菜，看到了兰婶，兰婶穿着一件白色的外套，正从对面塘坝边飞过来，村长的老婆没顾得拿菜篮子赶紧跑了回家。村长的老婆就那样被吓疯了。"

柯剑小声地说："爹您带我去看下村长的家里情况。"柯剑走在后面，柯剑爹走在前面。当走到村长屋边五十米时，就听到村长在吼人："再吵就打死你！"

很奇怪的问题在柯剑脑子里盘旋，村长的老婆在床上不停地掐胡话，偶尔会蹦出一二个"兰婶"的名字。村长一直在旁边，一听到老婆乱喊，就用刀猛烈地拍打着床沿，直到他老婆不再胡言乱语。

柯剑爹疑惑地说："兰婶在生时，并未与村长的老婆有过节，现在兰婶死了，怎么会缠着她不放呢？而且前前后后请过几个道士，施了法，也没见什么好转。"

柯剑爹叹了一口气，接着说："村长是个好人，只不过性子有点急，说话直不拐弯，人心并不坏。"他说这话的意思是，叫柯剑不要怀疑村长。

柯剑正准备回老爹的话，就见边二从一个黑暗的角落里钻了出来，他拉了拉柯剑的手臂，柯剑随即跟着边二走。柯剑爹见此也不好多做声，就独自回家了。边二带着柯剑到了村外一空旷处，东张西望确认无人后，低声对柯剑说："剑侄哟！村长是个大坏蛋，你别忘了告诉你领导，好好调查这个村长，我觉得他是凶手。"

柯剑表示疑惑。边二几乎贴着柯剑的耳朵说："汪秃子到村里算命骗了不少钱，汪秃子是村长介绍到村里来的，而村长就是汪秃子的帮手！两人曾经不知什么原因大吵了一架，还动了手，村长骂汪秃子是骗子、淫棍，汪秃子回敬村长是奸臣、村霸。"

柯剑闻到了一股刺鼻的酒气，边二说得起劲，柯剑没有打断。为了鼓励边二，柯剑从口袋里摸出香烟，烟还没抽出来，边二就伸出手来接，柯剑干脆把整包香烟扔给了边二。

边二更来劲儿了，口里说"不要，不要"，右手却接住了香烟。边二很麻利地抽出一支烟，点了火，发出"咝、咝"的响声，继续讲他知道的事。

有一天傍晚，边二从外面做工回村，远远地看到一个人双手紧紧地攥着兰婶的侧屋窗子钢筋，好像往里瞧着什么。等边二悄悄靠近时，才发现是村长。边二听到里面水流的哗哗声，似乎明白了什么，村长透过窗子右下角一丁点缝隙正看得起劲，边二拍了拍村长的屁股，村长这才发现了边二。村长松开了双手，从悬着的窗口跳了下来，把边二拉到一偏僻处，指着边二的鼻梁，怒冲冲地说，你要是敢说出去，我撕烂你的嘴！边二愣神的那会儿，村长悻悻地走了。

"那么说，村长早就对兰婶的美色心动了？"

"肯定是的，那是我看过的一次，另外没看到的肯定还有。"

柯剑拍了拍边二的背说："叔叔，谢谢您提供了这么好的情况。"

柯剑在调查村里人的同时，也觉得老爹是最关心兰婶是怎么死的人。

柯剑试着问老爹："您对兰婶的死，为什么这么关心？"

柯剑爹一下被问噎了，愣了一下神。柯剑爹说："剑呀！你总不至于怀疑是我杀了兰婶吧？我只是念我和桂叔共一个太公的份上，论辈分也是兄弟，老桂走了，我理应关心关心兰婶呀！"

兰婶在世时，对柯剑爹也确实好，做了米粑会端上一大碗。田地里守水放水，也经常帮柯剑爹。以前柯剑爹在柯剑面前也夸过兰婶。那时柯剑想，您那样说人家好，还不是看到兰婶长得俏。

柯剑又问老爹："您再次估计一下是不是村长干的？"柯剑爹点点头接着又摇摇头："按理说村长不是那种人，虽然嘴巴不饶人，但心还是好的。不过，自老桂死后，村长想跟兰婶好，大家都知道这一点。有一次我在大江洲上洗锄头时，碰到了兰婶，她当时和我说了几句话，骂了几句村长，说村长不是什么好东西。我当时也没细问，兰婶就走了。"

柯剑爹叹息了一声，说："也不知兰婶到底是怎么死的？看外表，什么伤也没有，兰婶的身体嘛，也总是棒棒的，没听说过有什么病，总之就是死得有点儿怪。"

柯剑心里也怪怪的，老爹说兰婶的身体棒棒的，又是怎么知道的呢？

这时候，村长的老婆过来了，手舞足蹈，见到柯剑爹就喊："老寿好色，老寿好色，看到兰花就想睡，真的不要脸！真的不要脸！"

老寿是村长的乳名，但兰花是谁柯剑不清楚，就问老爹："哪个兰花？"

柯剑爹说："就是兰婶嘛！"

柯剑说："前些日子村长的老婆不是病着躺床上吗？今天怎么这个样子。"

柯剑爹无奈地说："上山虎村的道士来过一次，把兰婶放大的照片让她看，结果村长的老婆看后大吃一惊，晕倒了，醒来时就发了疯。道士本想用'激将法'治治村长老婆的病，没想到这一刺激，竟把她逼疯了。村长当时对着道士的屁股揣了几脚，还扇了道士的嘴巴。据说后来通过中间人赔了村长一些钱，才算了事。"

柯剑爹刚说完这些话，村长气喘吁吁跑了过来。见到他的女人，一把揪住头发，像拧小鸡似的往外拖。村长的老婆踉倒在地上，又被村长拽起。村长号叫着："再要要疯，俺就搋死你侬。"

柯剑一直在寻找借给兰婶钱的人，希望从中得到线索。期间，柯剑反复问过汪秃子、李黑佬，两人均反映从来没借过一分钱给兰婶，更找不到要致死兰婶的任何理由，但从李黑佬那儿获得了很重要的线索，柯剑立即报告了彭大和江副局长。

已经过去了四天，还没找到嫌疑人，各种传言甚嚣尘上。

柯剑正在冥思苦想的时候，柯剑听到娘的哭声，于是就赶了过来。柯剑娘说，木楼上藏在箱子底下的钱不见了。柯剑问多少钱，柯剑娘说5千多。柯剑娘还说，除了你爹，没有其他人晓得放钱的地方。

柯剑爹这时过来了，柯剑娘就问，你拿了楼上箱底下的钱吧？柯剑爹摇了摇头说，没有没有。柯剑娘唠唠叨叨地说，不是你拿的那是鬼拿的？外面的人根本不晓得我箱底下放了钱，只有你一个人晓得！柯剑爹侧身坐在一张破旧的八仙桌旁，唉声叹气，一只手在桌上握着一只水杯，另一只手夹着一支劣质卷烟，土屋里散放着刺鼻的香烟异味。

柯剑爹一副被冤枉的样子，气愤地说："你这个孬婆子，再要这样啰哩啰唆，我就跟你拼了这条老命！"

柯剑爹的话还未说完，柯剑娘就放下了手里洗的碗筷，走到柯剑爹的跟前，说："我这老命也值不了几个钱，你拿去算了！"

柯剑忙上前隔离开爹娘，接着说："娘，没搞清的事何必要乱猜疑呢？也可能是贼偷走了，都不一定呢！"

柯剑当日回了一趟市里，傍晚回了乡下。

柯剑问娘："木梯放在哪里？"

"干嘛？"

"我到楼上看看。"

"木梯在床那边。"

　　柯剑顺着楼梯上了木楼，偷偷地把 5 千 3 百多元放到一只大瓷瓶底下，然后喊上：娘，请您也上楼来。娘一步一步爬，每一步都那么的缓慢，柯剑的心揪得一阵阵紧。柯剑在楼梯口，牵到了娘的手，娘的额头沁出了点汗。

　　柯剑问娘："钱是放到哪儿的？"

　　柯剑娘把那只木箱抬起，说："就是放到这底下的。"

　　"您记错没有，还放别的地方没？"

　　"没有，没有，就是这个地方。"

　　柯剑打开木橱，把里面所有的物品摸了又摸，后又打开木箱，逐件衣服地摸，再在一堆瓷瓶跟，逐个打开查看，最后逐个把每个瓷瓶抬起。当抬起第四个瓷瓶时，看到底下一沓子钱。柯剑装作惊恐万状的样子，嗨！这里一沓钱！

　　柯剑娘也惊呆了："啊，放这里了！"

　　柯剑爹在下面，听到柯剑跟他娘说的话，忙问："咋啦？咋啦？"

　　柯剑回爹："钱找到啦！"

　　柯剑把钱捡起来，当着娘的面数了起来，娘也一直盯着柯剑数，直到柯剑数完 5320 元时，柯剑娘说："大概是这么多，是这么多。"

　　柯剑对娘说："楼上放这么多现金干嘛？不安全啊！要不我帮您存个整数？"

　　"那存五千吧，要钱用的时候就叫您爹去信用社取。"

　　看到平静的娘，柯剑如释负重。

　　可柯剑爹在一旁默不作声。

　　柯剑娘笑嘻嘻地说："钱找到了，咋不高兴呢？算我错怪了你，总可以吧！"

　　柯剑爹说："嗯，钱是找到了，找到了。"

　　柯剑爹欲言又止。

柯剑说："爹，钱找到了就是好事，何必再想其他的事呢！一家人开开心心就是好呀！"

"好事倒是好事。"柯剑爹勉强地笑了笑说。

柯剑爹挑了一担粪桶，喊柯剑帮帮忙，柯剑感觉爹有话跟他说。

柯剑爹在前边走，柯剑在后边跟。

柯剑爹一边浇水，一边跟柯剑唠叨。

"鬼崽俚，你这次的损失我下回补给你，你做了一件好事哩！"

柯剑忙说："不要不要，只要和谐，钱不算东西。"

柯剑爹接着说："桂叔在世时，总把我当亲哥哥一样对待。有一次我上山砍柴滚下了涧，昏迷不醒，是桂叔背我下山送我到医院，这个恩我永远记得。桂叔走的那天，我真伤心哭了一场。这一世我只伤心哭过三次，一次是你爷爷过世，一次是你奶奶过世，还有一次就是桂叔过世。"

柯剑说："爹，我知道您是个刀子嘴豆腐心的人，正直、要面子，而且最重要的是，您一生很善良，乐于帮助他人，我做崽的早就心里有底儿了，我是相信您的。所以无论您做什么，我都会信任您。"

柯剑爹此时露出了久违的笑，脸上的皱纹虽然纵横交错，但在阳光的照耀下，看上去非常的美。柯剑感叹，这哪是岁月催人老的皱纹，分明是一道道善良与无私的记载，在引领我的人生路啊！

这时，有两个同事带了几个特警跑过来，跟柯剑打了一下耳语，说完从公文包里掏出一张拘捕证。

柯剑说："走！"

柯剑爹似乎明白柯剑要抓村里的人，就说："剑哟，就让你的同事上前，你不要去！"

柯剑转了一下头说道："我是正常执行公务！爹放心就是。"

"村长被警察抓走了！"边二见人就说，好像别人不知道似的。

"真没想到村长会干这样的事。"村里有人议论纷纷。

"我早就知道村长是个鬼，他坏得狠！他把老桂的赔偿款当成自己家的存款，当成控制兰花的工具，可兰花就是不答应，只可惜，兰花保住了贞节却丢了命。"边二扯开嗓门说。

"边二，你咋知道的？"人群中有人问。

"李黑佬曾经告诉过我，他到俺村时，村长每次都撵他走，还警告他，叫他不要再纠缠兰花，否则就暗地请人打断他的腿！我就捉摸村长怕李黑佬坏了他的好事。李黑佬跟兰花在一起的时候，兰花什么事都告诉他。村长多次暗示兰花，只要兰花依了他，赔偿款随时按每月二千三千的领。李黑佬听后气愤呐，想找村长理论理论，可兰花呢，胆子小，不敢招惹村长，更不敢听从李黑佬的话，去派出所告村长。"

"可就是有这些事，也不能认定村长谋死了兰花呀！"又有人好奇地说。

边二很神秘的样子，接着说："你们不知道吧？兰花死的那天，我在帐篷外缝隙里看到了，法医在兰花的下身取到了什么东西，我猜想那就是铁证呐！"

第三十八章

命案破后，泉旺市电视台在"社会广角"栏目给警方做了个专题报道，柯剑在其中也有几个镜头。

此后，柯剑的手机响个不停，大多都是祝贺的话语。其中有的同学祝贺一番后，话锋一转继而带着羡慕的口气，说："柯剑，这满泉旺市的人都知道你啦，这下你出名啦！就等着看你提拔啦！"柯剑只是笑了笑，说："我工作倒不是图什么名誉，或者什么升迁，我只是站在破案的职责上，总要出点成绩吧！"而那些同学听后，不以为然，私下里骂柯剑"伪君子"装模作样。

严波是第一个给柯剑打电话道喜的。他总结柯剑"新官上任三把火"已经鸿运当头，这是烧的第二把火，还要继续烧下去才好。柯剑不明白严波的意思。严波就解释，第一把火是破获系列撬盗防盗门案件，第二把火就是这命案的破获。柯剑笑了笑说，波哥你虽然退休了，但对局里破案这方面还是了解得比较多嘛！严波解释说，倒不是我爱管闲事，我还有刑警情结，心里不知咋的，总放不下那些大案要案，特别是社会上、网络中关于警察方面的事，我也是格外关注。严波最后叫柯剑有空时去坐坐，不要老呆在办公室或那个出租屋，也要把他家作为常去的"据点"。柯剑对严波的关心表示感激，说等空闲下来一定去看严波。

柯剑一高兴，就想起打电话告诉晓茵。

晓茵在祝贺柯剑工作取得成就的同时，又问柯剑："什么时候来广州？"

柯剑说中队的几起大案还没诉出去，法定期限内必须得办结。

晓茵接着问柯剑："你知道多久没来广州吗？"

柯剑说："差不多一个多月吧！"

晓茵说柯剑故意装糊涂，已经六十二天没来了，是她每天掰着手指头算来的！柯剑觉得有点对不起晓茵的深情等待，就大声表态，等空闲了一定早点与格格相聚！

就在柯剑把中队的事忙得差不多准备去广州的时候，柯剑爹打了电话过来，告之柯剑娘突然左手左腿不听使唤，坐在一个凳子上坐都坐不稳，就把她抱到了床上，神志也不太清。

柯剑向彭大请了假，直奔乡村，跨进家门，喊了声"娘"，可娘没有多大反应，柯剑才知道娘这是大病了。柯剑马上打电话给在医院工作的好友，把老娘的情况一说，好友就说，你娘看来是中风了，赶紧叫救护车。

只过了半小时，救护车就到了。柯剑用双手托娘上担架车，右手伸进娘的背部，左手托娘的臀部，才发现娘已经失禁了。随救护车来的医生说，这是明显的中风症状，幸好发现得早，否则有生命危险。

柯剑娘进了ICU后，柯剑就打电话告诉了大哥二哥。当日晚上，两位哥哥都从外地赶来了，接着三位妹妹也赶来了。惟独大姐没有来。原来柯剑大姐在酒港市从事私人护理工作，是不可以随便请到假的。

柯剑娘在ICU治疗观察三天后就转到了普通病房，接下来兄弟姊妹就护理安排展开了讨论。柯剑娘生了四个女儿，每人值四天轮流下去，三个儿子随"四天一轮流"排班。柯剑三个妹妹知道柯剑工作走不开，纷纷主动顶班。为了平衡姊妹们的劳动，柯剑跑上跑下为他们准备伙食和必需的日用品。

在医院治疗二十天后，医生问柯剑，你娘是不是做"理疗"，柯剑问"理疗"起什么作用，医生说是恢复关节，争取中风后不偏瘫。但柯剑咨询了一下在医院工作的好友，个人认为理疗作用并不太大，不过经济允许的情况下可以尽一尽孝心。兄弟仨一合计，既然意义不大就不做理疗，有那钱还不如弄些好吃的给娘享享福。

直到柯剑娘出院，柯剑大姐也没有来，这让柯剑很生气。柯剑认为，你护理别人是为了钱，连娘中风都不来参与轮流护理，说明还是钱重要！经柯剑一起哄，三个妹妹也同意柯剑的观点。

柯剑大哥就打电话催大姐，大姐却说，这是什么兄弟姊妹，连这个忙都不能帮帮，我又不是不愿护理娘，主要是我请不到假，这个老人也需要我护理，我要是突然走了，谁来管这个老人呢？并说，等这里请到了另外一个护理的换了她，再来护理娘，到时多护理一些日子弥补不就得了。

经柯剑大姐这么一解释，大家也都理解了柯剑大姐的不容易。柯剑姐虽然目不识丁，但很善良有孝心，平时待娘情意不薄。这一次，只不过那服务对象一时还没有找到代替她的护理工，也就无法脱身。

晓茵知道柯剑娘中风在医院，表示要来泉旺市，但柯剑拒绝了，理由很简单，还没过门的媳妇不宜前来。柯剑实际上是照顾晓茵，怕她一个人路上不安全。而夏云那方面呢？柯剑懒得去告诉，他想自己已与她离了婚，已经脱了干系，又何必自作多情呢？

柯剑娘出院后，柯剑的值班日子都是三个妹妹帮忙顶班，柯剑只是偶尔下乡探望。柯剑娘没中风之前，虽然行动缓慢，但好歹也能来去自如，吃饭穿衣煮饭炒菜都能应付，而如今半身不遂瘫痪在床，全靠柯剑爹和女儿们轮流照料，平静的生活被打乱了。

女儿们轮流护理长期下去也不是办法，毕竟女儿们都有一个家，都在外打工赚钱也不容易，柯剑兄弟三人商量，以护理工钱结算的方式解决护理事项，四个姊妹却都不愿意轮流护理老娘拿工钱。理由是，护理老娘是本分事，而要拿兄弟的钱，就失去了姊妹情，还会被村里人嘲笑。

那就只好请保姆。

可保姆还没做到一个月，柯剑爹就大发雷霆，说保姆把轮椅上的老娘带到她的村庄，做自己家的事不管娘，要么一上午，要么一下午，看不到人影子，家里大多的事还是自己做了，坚决要求开除保姆。

保姆走后，四个女儿花钱买车票坐客车偶尔下乡过来料理一下娘。如果当天不住倒没什么，要是住了或者住了几天，柯剑爹就说打扰了他的正常生活。还说，自己掌握了照顾老伴的方法，完全可以胜任。

这下柯剑爹仍然和老伴相依为命。白天倒是好，一到晚上，柯剑娘咳嗽厉害，特别是夜尿多，晚上基本睡不好觉，但柯剑爹还是觉得自己护理好，不要子女们沾手靠拢。大家也清楚，柯剑爹这样执拗，还不是舍不得儿女们。请保姆每月工资至少三千，要儿子们担负，日子一久是一笔大数字；请女儿们护理好是好，但儿女们都有一个家，也都要谋生赚钱。所以柯剑爹想来又想去，还是自己吃点苦，一切都好。

时间进入到二〇一二年十月，柯娇已上了九年级，次年六月要冲刺"初升高"，夏云三番五次责怪柯剑没给女儿一个安全的环境，也很少陪伴女儿的成长与进步，致使女儿学习成绩退步严重。

柯剑觉得夏云所言有些道理，也就不再顶撞，毕竟夏云对女儿的付出比自己多得多，想想忍一忍就过去了。但是忍耐还是解决不了夏云的唠叨。夏云见柯剑这两三个月没有去外地，认为柯剑与广州断了联系，就要求柯剑回家，把出租屋退掉，并冠冕堂皇地说，为了女儿考上高中，你也要助一助力，给女儿一个稳定的家。

回还是不回，柯剑没表态。他在想着再上广州的办法。

第三十九章

华灯初上，柯剑走过热闹的广场、喧嚣的街道，看到车流如织，人行匆匆，那一对对情侣从身边走过，越发想起晓茵，已经四个多月没见她了，也不知她过得怎么样。

柯剑把电话打了过去。

晓茵接电话的声音很微弱，不停的咳嗽声让柯剑以为是晓茵患了重感冒。柯剑得知晓茵不是在家里而是医院的病床上时，顿时惊慌失措。

晓茵说她先一天晚上咳得厉害，才于次日上午来到医院的，医生说是肺炎，已打过五六瓶药水了。听到柯剑在电话里担心的话语后，晓茵还安慰柯剑，不要心急，打几天消炎针就好了。晓茵还说病房里还有别人，不宜多说话，她是跑到病房外接电话的。柯剑就说："晓茵你早点休息，明天我请假过去看你。"晓茵听后很高兴，嘱咐柯剑路上要注意安全。

柯剑挂了电话，就直奔临时火车票售卖网点买好票，接着向彭大请了假，说等回来再补上请假审批表。这次柯剑请了五天的年休假。

可晚上他怎么也睡不着。平时这个点一躺下就会睡过去，现在晓茵生病了，担心、恐慌竟困扰着他难以入眠。

柯剑越想越觉得不对头，心里越烦闷。

就这样迷迷糊糊到天亮，柯剑随便洗漱了一下，就踏上了去广州的旅途。

中午时分，柯剑还是忍不住，拨打了晓茵的电话。

电话接通了，却不是晓茵的声音，而是林之芹的自报家门。林之芹说晓茵在做进一步的检查，等有结果会告诉柯剑。

柯剑想到了那一句"进一步检查"，心就怦怦地跳，难道还有什么难以启齿的病情，要做进一步检查。柯剑的心更乱了。于是每隔半小时，柯剑就电话一次，而每次都是林之芹接电话。

这肺炎病为什么还要反复检查？是不是确诊什么？柯剑恨不得飞过去，探望个究竟。

终于等到下午三点，晓茵主动打了电话过来，柯剑头一句话就问，晓茵你怎么啦？晓茵的声音明显没有以前响亮，她告诉柯剑，肺部有点阴影，有待后一步留观检查，叫柯剑不用担心。说完晓茵又主动挂掉了电话。

肺部阴影？晓茵又不抽烟，肺部能有什么阴影。柯剑在想这个问题，陡然想到了晓茵曾说过，她办公地是一个四人的大办公室，有两个烟鬼，从早抽到晚，火苗不断，烟雾飘绕。难道是吸了二手烟被感染了？

夜晚十点，柯剑到了广州东。柯剑平时喜欢坐公交车节约钱，这回他很大方地打了一辆的士，直奔晓茵所在的医院。映入眼帘的是一排排雪白的房子，雪白的床单还有雪白的墙壁，霎时柯剑心里升腾一种不祥之感。

柯剑通过护士站打听到了晓茵的床位号，他几乎是小跑过去，终于见到了还在打着小药瓶点滴的晓茵。

晓茵见到匆匆赶来的柯剑，脸上露出了笑容，想挣扎着爬起来，柯剑忙说："躺下躺下。"

一旁的林之芹站起来对柯剑说："辛苦啦！"

柯剑说："姊妹你辛苦了！谢谢你守护了这么久。"

"我们是好闺蜜，关键时刻肯定不能掉队！"

"今晚我在这守着，姊妹你回家吧！"

"之芹你是可以回家休息，剑你等我打完这瓶点滴也回家休息，我给你的钥匙也带来了吧？"

"带来了。但今晚我想陪陪你，没关系，我在火车上睡足了。"

之芹见柯剑做好了在医院住的准备，就说："那好，我明天再过来。"

柯剑把林之芹送到门外，林之芹招了招手，意思是想跟柯剑说句话。柯剑走上前，林之芹把嘴巴凑近柯剑说："晓茵肺部感染比较严重，医生怀疑是肺癌，你不要声张。"柯剑脑袋当时"嗡"了一下，像被一道焦雷击中。看到柯剑脸色大变，林之芹说："现在医学发达，很多病可以治愈。"柯剑说："那是那是！"

林之芹道别后，柯剑努力稳定还在怦怦乱跳的心脏，回到了病房。晓茵说："剑哟，那短柜上有口罩，你戴上口罩好点，以免我传染你，你吃晚饭了吗？"柯剑这时想哭，却竭力控制自己不能哭出来，心里难以言状的滋味袭满全身。柯剑点了点头说："早在火车上吃过了。"

柯剑摸了摸晓茵的额头，有点烫，再看晓茵的脸，瘦削憔悴，眼神也没有原来那样清澈，柯剑不由得心头一酸，哭了出来。

晓茵说："剑哟，你哭什么？"

"我就是想哭，这么久没来看你，没想到你竟然病成这样。"就在这一瞬间，悲凉的情绪从柯剑的心底缓缓地扩散开来，像是做过的关于扩散的化学试验，一滴墨水滴进无色的纯净水里，然后慢慢地，慢慢地，把一杯水染成黑色。

柯剑轻轻地抽泣，觉得岁月已变得黑暗，世界也颠倒了方向，过去那美好的时光开始变得荒谬，大地也裂开了缝，前方一片苍凉，泪水不停地涌出来，悲痛无尽地放大，而后，下坠，碎裂，一地的清寒。

晓茵拍了拍柯剑的背，柯剑不想把头部抬起来，这样泪流的脸庞晓茵就不会看见，可柯剑的脆弱还是硬生生地撞击了晓茵的软肋。

晓茵本来对自己的病症有所疑虑，现在被柯剑一哭，心头仿佛觉察到了什么。她用尽全力把柯剑的头托起来，问柯剑："我到底得了什么病？"

柯剑这才意识到自己的失态会影响晓茵，忙说："晓茵，别瞎猜疑，你咳嗽还不是肺部有些问题，医生治疗水平这么好，相信很快出院的。"

晓茵将信将疑，问："剑，你怎么这样伤心哟？"

柯剑慌忙解释着说："是我没有很好地关心你，这么长时间没来看你，觉得对不起你，心上一激动就……"

这时，晓茵干咳了几下说："那没什么，你那边不是很忙吗？工作还是主要的，我也理解你。"

小药瓶已露出了底儿，柯剑捻了按钮，护士取了针。晓茵要柯剑到那张单人小床去睡，接着又干咳了几下。柯剑倒了一点开水要晓茵润润喉咙，这才躺到小床上。柯剑仍然睡不着，失眠的状态似乎回到了跟夏云冷战的那段寂寥无眠的日子，他只能在黑暗中眼巴巴地睁着，怕惊扰着晓茵的睡眠。而晓茵间隙性的干咳，让柯剑感觉是自己在干咳而心痛。

夜漫长，人惆怅，白色的月光穿透病房的窗棂洒在晓茵白色的床单上。这如水的夜色，泛起柯剑心头的往事，侵透着他每一根神经，悲伤已僵持在思绪的空隙中，支撑着满目疮痍的灵魂，茫然的思潮随冰凉的黑暗飘荡在病房内。

他睡了一会儿，却很快又醒了，然后怎么也睡不着。他想以前那个快乐健康美丽的晓茵，想以前与晓茵一起走过的美妙时光。他终于明白了，"夜"不一定专门用来睡觉，也可以用来失眠。

次日上午八点，医生查房问了晓茵几个问题后，最后问谁是家属，柯剑站了起来默认。医生叫柯剑去一下他的办公室。柯剑从医生的白大褂上的胸牌看到，医生叫李一辉。

李一辉示意柯剑坐下，然后告诉柯剑，晓茵的肺病属肺癌早期，需手术，目前先用药消炎，待一切参数正常就手术，要家属做好心理准备。

柯剑问："手术完了就根治了吗？"

李一辉说："那倒不一定，还怕转移，那就难办了。"

柯剑接着问："如果手术，那患者本人知道自己病情严重，岂不加重病情？"

"所以你必须做好她的工作，好好地配合我们，解除她的思想负担。"

柯剑回到病房后，还犹豫着怎么告诉晓茵，这时林之芹到了。趁晓茵还在酣睡的空档，柯剑约林之芹门外说话。柯剑把医生的话传给林之芹，林之芹说："这个情况你我都作不了主，还是等晓茵的父母来了再说吧！"柯剑问："晓茵的父母知道了？"林之芹说："晓茵怕耽误我上班，就打过电话给父母，估计她妹妹过来护理。"

见到晓茵的父母及其妹妹还是头一次，柯剑显得有些拘谨。晓茵的父母从安徽省桐城市老家赶来，柯剑知道两位老人一路辛苦，在医院呆了一个上午后，就带他们到宾馆登记住宿了。林之芹快言快语告诉了晓茵的实际情况，两位老人很是不安，柯剑安慰两位老人，现在的医学很发达，治疗这个病没什么大问题。晓茵的父亲握着柯剑的手，颤抖地说："小柯，那这里你多劳心啦！"

晓茵的手术很顺利，其父母在晓茵手术结束后离开了广州，而柯剑为期五天的假日也到期了，留下晓茵的妹妹照料。柯剑哪里放得下晓茵，他亲了亲晓茵有点发烫的面颊，舍不得离开，心里一片荒凉。晓茵觉察到柯剑的假期已满，心有不舍地催促柯剑回去。

柯剑把晓茵的银行卡交给她妹妹，叫她在医院催费时刷卡。柯剑又摸了摸晓茵的双手，反复摩挲着，可晓茵没有之前那样的配合动作，僵硬在那里。柯剑不得不走了，他深情望着晓茵，心里一阵阵难过，说："等我周末再过来，你不要多想，马上就好了，我们再到白云山玩，再去逛商场，再到美食街饮早茶，可以不？"晓茵点了点头，眼睛紧盯着柯剑，连眨一下眼都要等待很长的时间。柯剑说："你好好休息，我得赶点了！"说完松开晓茵的手，走到病房的门口，柯剑忍不住回头一瞥，却发现晓茵的双眼还是在注视着自己，柯剑再也忍不住鼻子一酸，泪水像决堤的洪水一样涌了出来。

柯剑在火车上给晓茵发信息："晓茵，你别难过，一定要开心，想想我们曾经美好的日子吧！一切困苦或者挫折都只是暂时的，更美丽的日子还在我们的后头呢！"晓茵回："剑，命中有你，哪怕不在身边，我都很幸福！"

"是哟，晓茵，命中有你，这是天意！只要岁月不老，我们的爱永不分离！一生一世我们都会在一起！你一定要坚强啊，加油！"柯剑发去了一串串鼓励的话语。

回到单位，柯剑的心仍在广州，而脑袋里装的全是晓茵躺在医院洁白的病床上的画面。柯剑就找彭大聊天，聊晓茵的身体状况，聊自己的无奈。傍晚闲暇的日子，柯剑主动跑到严波家。有时候，柯剑都讨厌自己是一个"祥林嫂"式的诉苦者。他慢慢觉得，知你懂你的，会同情你说一些安慰的话，而那些不希望听到你诉苦的人，只会敷衍你几句，背后却讥笑着说："谁叫你好高婺远，追求大都市的繁华和美人呢？"

好不容易熬到了周末，可重案中队在周四、周五就接到了市委、市政府院内小轿车被砸碎玻璃的盗窃案。虽然盗窃的数量并不大，但影响很大，市里主要领导专门找到市公安局长，要求限期破案。柯剑知道这是非常时期，本人作为掌管重案中队的副大队长，周末加班加点是常态化，蹲守、摸排或者调查走访、翻监控，这都是要做的工作。柯剑在电话中反复解释，晓茵低声回应表示理解，叫柯剑安心工作，并告诉柯剑再过个十天左右自己就可出院了。

努力是有回报的。周日的晚上接近零时，当一个蟊贼趁夜色掩护来到一家银行大院内时，负责看监控坐镇指挥的柯剑发现了这个"熟悉又陌生"的影子，他马上通知在附近守候的三位刑警火速赶到可疑地点。

那"影子"刚刚砸完一辆轿车的玻璃，正在车内翻找财物时被刑警逮住，至此系列砸碎车窗玻璃盗窃财物的案子破获了。

柯剑松了一口气，他揉了揉血红的双眼，猛喝了一口茶水，径直往办案中心赶去。

第四十章

接下来的周末，柯剑坐上了去广州的火车。深秋的黄昏，远处天际漂浮着灰蒙蒙的云朵，那一层层凝重的灰色雾气，折射成微弱可怜的光芒。

想起这些天，心头总有一种潜伏的压抑感，像一株嫩芽，被灼热的空气烤焉。两点一线的状态固化了柯剑的生活，出租屋里没有新鲜的空气，没有鲜活的心情和晨露，生存的空间被一次又一次缩小又缩小，就连个窗台也没有，根本无法眺望远方的山远方的水，总被一种无形的力量牵扯着生疼。而与晓茵的执手相见，也成了柯剑梦里的奢望，广州就成了魂牵梦萦的远方。

晓茵的精神状态有所好转，医生说，再过一周就可以出院了，柯剑露出了久违的笑。柯剑为了逗晓茵开心，牵着晓茵的手走在空旷的走廊里。柯剑说："晓茵，我们唱首歌好吗？"晓茵说："好啊！那唱什么歌？"柯剑说："就唱你最喜欢的那首《天下有情人》吧！"

......

柯剑：爱是一生一世一次一次的轮回 / 不管在东南和西北

晓茵：爱是一段一段一丝一丝的是非 / 教有情人再不能够说再会

柯剑：爱是迷迷糊糊天地初开的时候／那已经盛放的玫瑰

晓茵：爱是踏破红尘望穿秋水／只因为爱过的人不说后悔

……

柯剑紧紧地把晓茵搂在怀里，肆意流淌的泪水成了他们彼此送给对方最好的礼物。那一刻，冰雪融化，阳光铺开，心不再孤独，身体也不再流浪。

原来，快乐的理由很简单，那就是和挚爱的人，一起牵着手，一起唱首歌，你笑着看我，我笑着看你。

原来，幸福的理由很简单，那就是你懂我的内心，我懂你的温柔，即使对方有困境，也会不离不弃，也愿终生为你守候。

快乐的时光总是短暂的，柯剑总是害怕离别的那一刻。在一起时，是最幸福的时刻；分别以后，是最深的思念。有一种心酸，总是在离别之后，心里满载着太多的深情，有许多的话儿还没来得及说，就必须分开。

转眼就到了二〇一二年年底，柯剑的工作进入繁忙阶段，而晓茵的病情开始恶化。她又进了医院，不时地发烧，不时地昏迷，还不时地咳嗽胸痛。林之芹在电话中告诉柯剑，晓茵昏迷的时候偶尔呼唤着"剑！剑"，断断又续续。

医生称晓茵属于小细胞肺癌，恶性程度比较高，癌细胞已扩散到其他器官中，即使进行化疗，存活的时间也很短。柯剑突然天昏地转一般，觉得天已经塌了下来。他发疯似的问医生："三个月前不是做过手术吗？怎么突然就变成这样子了。"他低垂着头，像孩子一样哭了。他用拳头击打着雪白的墙壁，哽咽着：苍天啊！你怎么能这样呢？病区走廊发出沉闷的撞击声，夹杂着柯剑低沉的抽泣声。

林之芹抹干眼泪，拍了拍柯剑还在耸动的肩膀，柯剑抬起那双哭红的双眼，知道不能这样下去，他还要面对死亡线上挣扎的晓茵，还要强装笑容，可晓茵的意识已不再那么清晰了。

晓茵那张灿烂的笑脸已憔悴不堪，健美的身体也变得衰弱，她似乎换成了另一个人。

柯剑满目都是凄凉。

晓茵时而昏迷，又时而清醒。晓茵的每一次疼痛，好像痛的不是晓茵，而是柯剑。柯剑蹲下身子紧紧握住晓茵的手，想给她温暖，想给她力量，还想控制住那没有节制的咳嗽，可是并不能改变病魔对晓茵的折腾。这种感觉让柯剑体味到，什么是肝肠寸断，什么是撕心裂肺。

夏云的电话依然打来，柯剑不拒接，也不主动去接，就让铃声"自生自灭"去吧！他心里变得坚强起来，这份对晓茵的情分不想有半点被打扰，更不愿受到一丝伤害。

然而，世间的爱并不因为你的情真而注定会永久，也不会因曾经的誓言就会等到海枯石烂，相反，天意弄人，命运无常。

二〇一三年三月下旬，正是江南烟雨迷蒙、柳絮飘扬的时候，晓茵终于坚持不住了，带着对柯剑的无限爱恋离开了人间。呼吸机取了下来，床单掀开了，可柯剑紧紧握住晓茵的双手不舍得放开，他目光呆滞，眼泪已流干，咽喉嘶哑说不出话，可他还是死死地抓住晓茵的双手……

跟随晓茵的亲戚办好了晓茵的后事，柯剑又踏上了回泉旺的火车。临上火车时，柯剑不禁悲从中来，再也没人送他上站台，再也没人朝他挥手说再见。

火车将柯剑与晓茵的灵魂拉开，以往的日子、以往的快乐再也不会有了。火车上柯剑打开空空的行囊，再也见不到饮料、面包和用可乐炸好的鸡翅，再也收不到晓茵发来想念他的短信。

一个人走出站台，一个人乘着客车回家，柯剑早已心乱如麻。他看到那些手挽着手的情侣，说说笑笑走着回家的路，又想起了晓茵和他走在广州的街道上，柯剑瞬间周身凄凉，再也无法坚强起来，他蹲坐在地上呜呜地哭了起来。很多路人瞧见，不知为什么，甚至有人以为这是一个流浪汉渴望温饱的无奈，男儿有泪不轻弹，男儿的心在滴血，就会有泪花溢出来啊！

回到逼仄的出租屋，仿佛依然有晓茵残存的气息留在身上。他躺倒在床上，任泪水悄悄地顺着脸颊轻轻滑下来。用尽所有的力量，想将残存的晓茵的气息贪婪地装在心里，可想到今生再也不能与晓茵牵手相拥，心里的那种痛就撕裂开来。

上天似乎在跟柯剑开着一个大玩笑，让晓茵遇见他，让晓茵毫无顾忌地喜欢上他、爱上他，而他开始并不怎么知道珍惜，还把晓茵的爱当作一个天大的问号，如今阴阳两别，曾经的誓言，曾经的爱恋，都无奈地付之风中，就像这三月的残花，跌落满地，随风而逝。

柯剑无法忘记，关于晓茵的回忆，关于晓茵的一切，如罂粟一般沉迷。晓茵买的衣物，他穿在身上，痛在心扉。从休闲服到西服，从背心到短裤，从衬衣到袜子，哪一件不是晓茵准备得好好的？现在，柯剑舍不得穿那些晓茵买的衣物，他想留下来保存，保存好了，似乎就保存了那段美好。对了，还有晓茵亲手给他的那把广州房屋的钥匙，他有空时就摸一摸、亲一亲，觉得就是跟晓茵的肉体接触了，跟晓茵的灵魂始终在一起。

或许，人的一生可以爱很多人，但是那种出自内心掏心掏肺去爱，然后又变得撕心裂肺的，老天爷也许只给每个人一次机会了。

柯剑的生活又回到了从前，只是越来越弄不懂自己，现在还想什么，人走了，心不是已经空了吗？他还是想了又想，心其实没空，它装满了晓茵所有的样子，晓茵的欢喜，晓茵的悲伤。

清明时节，小雨一丝丝落下，就像柯剑的热泪一滴滴流下来。柯剑在去广州的火车上想好了几句话，他要一笔一笔工工整整写在冥币上，然后在晓茵的墓碑前一张一张地烧掉，让晓茵每一个字都能看到，每句话的意思都能体会到。柯剑一字一句地写道：

春雨成丝，丝丝成线，在天空织成一幅密密的雨帘。

思绪成愁，愁愁成结，在心里垒成一道累累的伤痕。

晓茵你为何让我挂念？又为何让我日夜难眠？

谁的狼毫舞乱了一纸颜色？谁的草书撩起了尘封的怀念。

如泣如诉，幽幽如唤，你总是拨乱我的心弦。

一声叹息，跌落了前世的失意，

两滴清泪，流不尽今生的微愿。

看到柯剑总是那痛不欲生的样子，彭大、严波也很难过，总是在工作之余劝慰柯剑要想开，把过去的人和事都忘了吧！毕竟人去了，是不会复还的。

可柯剑学不会遗忘，一颗心依然为晓茵守候。

严波就告诉柯剑一个好办法，想要忘记晓茵，那就找另一个人来代替吧！柯剑默默地摇了摇头。

接着，严波又为柯剑出主意，这样忘记晓茵吧！先忘了她的样子，再忘了她的声音，忘了她说过的话，最后忘了你们的誓言。

柯剑还是说，我做不到，哥哥你就放过我吧！一说完，泪水就溢了出来。一旁的严波手足无措，他湿润的双眼紧紧盯着柯剑。严波轻轻地拍了拍柯剑的后脑勺，声音低沉地说道："剑哟，你不要这样好吗？再这样下去我也受不了，你振作起来吧！"

柯剑抬起头，泪眼朦胧，扑向严波："哥哥，我不哭，你也别难过，可是我心里还是有说不出来的难受！"

严波抱紧柯剑说："剑哟！我何尝不难过，你嫂子多好的一个人呀！也不是离开了我。这是命中注定，没办法呀！我们一定要好好地活下去，我们不仅仅只有爱情，还有子女，还可以追求更幸福的人生。我们不要辜负光阴，不要辜负时代，我们还有我们热爱的事业，我们是国家的人！我们不仅仅是为了个人而活着，还有他人，我们的初心呢？我们的誓言呢？剑哟！你没忘记吧？"

　　柯剑听完，擦了擦眼泪，惭愧地说："哥哥你说得对，我们都要坚强！"

　　柯剑慢慢变得冷静、沉默，终于明白，爱不一定要拥有，缺憾有它存在的意义。也许人们总是无法释怀曾经的忧伤，无法忘记那些美好的回忆，但忽略了一点，其实并不是每一份感情，都能走向永恒，每个缺憾的背后依然有美丽的东西在等着你，老天不让你得到什么，那么请相信命运总会有更好的安排吧！必须要想开，要接受现实。

第四十一章

　　夏云每次经过柯剑的出租屋，总要提前把车窗玻璃打开，把车子停上十几秒，侧目瞧一瞧柯剑。如果柯剑在的话，就按一下喇叭，意思是喊一下柯剑，女儿接来没有。如果女儿已在车里，就把车子停下来，让柯娇出出租屋玩一下再上楼。趁着空隙的时候，她会嬉皮笑脸地问："现在怎么变得这么乖了？是不是广州的女人把你甩了？"柯剑听到后，愤怒地回道："放屁！"说完就保持沉默。可夏云不依不饶，继续幸灾乐祸地说："我可不是放屁，事实摆在这呢！你们不是打得很火热吗？"柯剑吼道："你少管闲事，小心嘴巴生褥疮！"夏云虽没原来嚣张，但还是一副泰山压不倒的架子，尖声尖气地说："我倒是关心你呢！不识好歹，可是你别忘了，女儿马上要中考了，你最好不要外出，好好陪陪女儿，你做爸爸的责任可要担负好，否则有你好受的！"说完，猛踩油门，车屁股青烟喷发成一条蛇形，扬长而去。

　　经过一段时间的观察，夏云觉得柯剑确实变"老实"了，她内心感到很高兴。但她的好奇心又生长了，想弄清楚柯剑为什么近来根本没有去广州的迹象？她把电话拨给了严波，她知道严波对柯剑无所不知。

　　严波对夏云的来电习以为常，知道她又是在打听柯剑的情况。

严波是一位老刑警，对夏云关心的话题，哪个该说，哪个不该说，拿捏得比较好。他通过夏云问话的意思，也粗略知道夏云想要的答案。这次夏云问了柯剑为什么不去广州的问题，严波想了一下，还是要考虑柯剑的感受，要事先征得柯剑的同意才说实话，于是他含糊其词，说不知道。

夏云很不满意，又把女儿搬了出来，还说，之所以关心柯剑，是想给女儿一个完整的家，也希望严波成全成全。

严波改口说："那等我了解一下柯剑的情况后，再告诉你吧！"

柯剑接到严波的电话后严肃地说："哥哥，这个事不要告诉她，到时她又会羞辱我。"

"不过，夏云的话也有些道理，一是你女儿马上中考，二是晓茵已走了，你再这样下去也不是办法，不如回头，家还是原来的家，妻子还是原来的妻子，女儿还是原来的女儿。多好呀！"

"我不想这样，晓茵会知道的，她在天堂有一双眼睛会看到我的！再者，我若回去，到时整天要被她羞辱，岂不是更糟糕的事吗？我不想戴这样的枷锁！"

"为了女儿，你可以牺牲一点自尊，你说是戴枷锁，我不太赞成。问题是夏云还愿意接受你不？这还是一个大大的问号！"

"所以还是这样井水不犯河水，互不干扰比较好。"

"下次夏云再打电话给我，我来套套她的话，了解了解她内心的想法。"

"最好别，别，哥，我想清静会。"

夏云又发现了柯剑很不正常的状态，那就是出租屋里的柯剑已经不再那么精神了，有点无精打采的味道，还有一个别人"欠他三百斤"的样子，这让夏云百思不得其解。她偶尔看到柯剑那个可怜甚至很忧伤的样子，竟然也会生出一丝怜悯的味道，有时想想，柯剑活成现在这个样子，不就是自己把他赶出家门造成的吗？

夏云改变了对柯剑的态度，总是笑呵呵地表示对柯剑的关心。

但柯剑的警惕心很高，他担心夏云要什么花招，那可应付不了。柯剑依然那个沉默寡语的样子，不主动也不拒绝与夏云说话。柯剑的心里还在想着晓茵，严波叫他想忘记晓茵的话，先忘记她的样子，可是晓茵的影子总是缠绕在身上或者心里，挥之不去。

夜，黑漆漆的时候，思念的那种痛，总会蛰伏在每一个角落，趁人不备时跑出来，柯剑如穿肠般刺痛。他打开QQ再也见不到晓茵的头像闪亮，更听不到一声信息"滴滴"声，他一咬牙，把QQ从桌面移除。接着又把博客设置对外永久关闭，只是偶尔实在熬不住的时候，再打开博客，再看看晓茵的博客，那笑得灿烂的脸蛋儿，还有那充满活力的身体。他偶尔会在卫生间里，把洗澡喷头开到最大的位置，让哗哗的流水声带走他的长吁短叹。他还会在周末点燃一支烟，用酒精把自己灌醉，让飘浮的身体和麻醉的灵魂在逼仄的出租屋相互撞击。他耻笑那些被自己捣乱的夜晚，独自在小区的尽头跌跌撞撞，随心所欲地痛哭一场，宣泄满心的悲伤，就像化蝶的蚕茧抖动着翅膀，带着痛并摇摆地独舞。

而在大白天，到了办公室看到中队的兄弟们，柯剑就会精神抖擞，与昨晚那样的癫狂状态完全判若两人。

刚进入六月，天空蔚蓝，阳光明媚地撒在泉旺市的土地上。柔风轻轻地飘进柯剑的出租屋时，夏云闯了进来，她满脸欢笑对柯剑说："你女儿考上普通高中了！终于可以放松一下啦！"她上前准备拥抱一下柯剑，可柯剑像触电般从木椅上站了起来面对夏云。夏云也反应过来了，柯剑已不是当年的那个男人了，他已不再听从她的一切召唤，她的吸引力已经减弱甚至丧失。

夏云有些懊恼，她一屁股坐在柯剑坐过的木椅上，气呼呼地说："我知道你变心了，你也够狠吧？我这么等你，你竟然这样对我。要说你报复我，也已经够本了，你的心肠为什么这样硬呢？"夏云说完，眼角有了一滴滴热泪。

"我的心肠硬还是你的心肠硬，你想想就知道了。"

"我知道你还记仇，可你把我哥害得这么惨，你良心总过意不去吧？"

"谁害了你哥？你可不能长期这样说！"

"邵董说的有假嘛？反正总有一个人说谎。这事过去了，我也不想再追究，波哥也跟我解释过，你没有干过对不起我哥的事。但我心里还是有疑问！"

"假如被我查到了大哥也夹在其中，我也必须要报告，否则我也是失职的。不过，我发现了重要线索后就转禁毒大队了，这是铁的事实，现在告诉你也不迟。"

"过去的事就别说了吧！柯剑，还有一个事，不知你可以帮到忙不？"

"什么事？"

"我大嫂前两天问我，等柯娇成绩出来后，是不是去一下大哥所在的监狱，探望一下？我大哥的死刑缓期执行也差不多满二年了，要改判的话，还要看表现，表现好的话才能转为无期徒刑。我跟大嫂商量了一下，想请你一起去，路上有个帮手开车，来回三百多公里也就不疲劳了。"

"嗯哪，这个可以考虑，为了大哥有个好心态，好好改造，我还是愿意陪你们走一趟！"

"那到时叫上柯娇，还有大嫂、侄女，我们一车五人刚刚好。这个事落实了我也就安心了，这样吧！你每天晚上就到家里去吃饭，顺便陪陪你女儿说说话，这总行吧？"

"夏云，吃饭的事你就别管了，这几年我在外面吃饭习惯了，回你那楼上不太合适，左邻右舍看到不是闹笑话吗？"

"你的意思就是不上去啦？你也不要认为我夏云没人要，追我的人还有一大把，不说别的，我至少不要男人供养，再者我的相貌也没那么差吧？你既然这样，我就打算放下你，去接受那些追我的建筑老板或者单位的公务员、会计什么的，你到时可不要后悔！"夏云把话说完，腾地站了起来，径直往门外大踏步走去。

一行五人到了夏东改造的监狱，夏东见到亲人们很高兴，互相寒暄过后，夏东跟妻子说了一大堆话，之后转向夏云和柯剑。

夏东说："云妹你性格要放好点，剑弟也是个很不错的人。"看来，夏东并不知道夏云与柯剑离了婚。

柯剑也明白，不能给夏东添忧愁，要让夏东没有任何心理负担改造自己，于是笑了笑，表示感谢夏东对自己的夸奖。

"哥哥，我会慢慢改性格，我知道你希望我们过得幸福平安，你就放心好了。"夏云诚恳地说。

夏东接着说："幸好那时我时时都记得，决不把柯剑拉进来，就是那个闵市长找人帮忙，我也感觉到不靠谱，尽管有很大的诱惑，帮了闵市长会有巨大的回报，但我还是决定没有叫柯剑，这也是我感到比较庆幸的事。"

柯剑说："哥哥，这也是你的那根底线留得好，否则哪有人帮你去查你举报的问题，而你或许判了极刑哟！"

"那是那是，剑弟说得对，那时我就想，人命关天的事就是不能干，这是个底线，不能踩。"

"哥哥，柯剑我可能有点冤枉他了，最开始我还认为是他把你送进了监狱。"

"这个不能怪剑弟，他有本职工作，必须去做，何况不是他的事，假如是他查出了我，我也心甘情愿，谁叫自己不走正路去犯法呀？"

"哥哥，谢谢你这么理解我，以前你对我的好，我也时时记在心上，你就安心吧！保重自己啊！"

"你既然记得哥哥的好，也要对他的妹妹好，哥哥你说是啵？"夏云赶紧补上一句。

"云妹，剑弟会对你好的，你不要多说嘛！"夏东对夏云说。

"好不好，你问柯剑自己！"夏云努了一下嘴。

"哎呀！不要扯多了，我们今天来看夏东，说点高兴的事不就得了，何必扯那么多？"夏东的妻子在旁边说。

第四十二章

趁着中队还没有大要案的空隙，柯剑每周六都骑摩托车下乡看看爹娘。柯剑到了村里时，那些村里人都夸他是个"孝子"，还有人问起村长如今咋样啦？柯剑说："这故意杀人哪能有机会出来哟，只有等着法律审判吧！"

在柯剑的心里，生他养他的父母一生并不容易，现在双双都得了严重的病，如不好好孝敬孝敬，等到以后可就没机会了，还会留下遗憾而良心不安，他可不是为了让自己得到别人赞美。

柯剑走到乡村过道大老远就喊"娘"，可并没有回响，却听到那一阵阵犬吠。到了家门口，却见娘呆坐在轮椅上，一束呆滞的目光投向柯剑。柯剑赶忙上前，把手中从医院开来的止咳糖浆扔到桌子上，然后蹲下身子，伸出右手准备把娘踩空的左腿搬到轮椅踏板上，但由于娘的左腿僵硬、沉重而无法搬上，柯剑再用左手协助才把娘的左腿搬上了踏板。娘的左手像一根枯木耷拉在大腿上。柯剑叫了声"娘"，娘嘴里没吐出一个字，沟壑纵横的脸庞也没一丝笑容，她只是目光迟钝地望着柯剑，好像不认识他似的。柯剑知道娘不是故意的，娘现在不知道生气，也不知道高兴。不过，柯剑想到，娘在中风偏瘫之前，也极少生气，村里人都说娘本分、善良。

这时，柯剑爹从屋侧边的菜园地走了过来，柯剑叫了声"爹"，柯剑爹就问柯剑："今天怎么有空来？"柯剑说："这几天还好，要是有大案就来不了啦！"

柯剑爹就唠唠开了，说："你娘总不听我的话，一个晚上要拉四五次尿，忍都忍不了，等多些尿来了再拉，不是好吗？这样下去总是让我睡不好。"柯剑解释着说："医生不是说过了，娘的肾有些问题，已不再有储备多尿的功能，所以一尿急就要拉，每次拉总是拉一小点儿。"柯剑爹接着说："你娘晚上长期咳得厉害，一天到晚从不主动喝一口水，口干舌也燥吧？我劝你娘喝，她就象征性呡一口，真是没办法哟！"柯剑指了指桌子上开的药，叫爹在晚上临睡前给娘喝一口，有止咳效果。

柯剑跪在娘的膝下，一遍遍抚摸着娘那青筋暴露布满褶皱的双手，再看着娘无助的眼神，心里一阵绞痛。

"你娘倒是一个老实本分的人，这附近找不到第二个像她这样的。你奶奶也总说你娘好，相处四十年婆媳没红过一次脸，这是一件很难得的事。"柯剑爹笑了笑说。

"娘是本分人哟！带大我们兄妹七人可不易，吃了很多的苦，可是到老了还得这样的病，真是命运不公啊！"

"你奶奶在临终时都嘱咐我，要对你娘好，不能再像年少时那样冲动打人。"

"说到打人，我记得有一次，你用扁担打娘，我上前护娘，都一起被你打了，头上身上都长了包啊！"

"记得啊！那时我性子急，看到别人家的农事都做好了，而我们的还没做完就着急，你娘又是个缓性子的人，雷都打不动，做件事是别人翻倍的时间，所以那时我就动了手，现在想来真有点不应该。"

"娘那次被你打了以后就到娘家去，经过那口池塘，娘说，要不是看到我们没长大就跳塘了，现在想起来真的可怕，要是那一次我没跟上娘，娘也许一时没想开就跳了。"柯剑接着说："娘那年冬天做了结扎手术，被人放在一张竹床上抬着，破旧的花布棉絮裹着娘的羸弱身子，刚好那时我放学，看到了娘双目紧闭苍白的脸色，可把我吓哭了。"

"剑儿，那个年代多苦哟！你娘生下你们几个哪有月子坐，几天就下地干农活，别说大鱼大肉，小鱼小肉都没有，没奶水就喝点红糖水，我偶尔下港抓些小鱼改善一下生活。我现在都不知道是怎么熬过来的。"

"爹，您还记得不？有一次外婆来了，拿起扁担想'还礼'打您，是娘跑上前夺下了外婆手里的那根扁担呀！"

"记得啊！所以现在我要对你娘好，是我还你娘的债的时候哟！是惩罚我过去犯下的错，给我机会回报你娘的时候。"

柯剑一下惊呆了，老爹可是从不认错的人，现在竟然悟出这样的道理来。

柯剑爹随即演示着，如何让娘坐在轮椅上吃饭，如何刷牙，又如何帮娘擦洗身子，如何抱娘上床睡觉……

看到老爹推着轮椅，尽管老娘还是呆板的模样，老爹还是幸福地笑起了皱褶，内心藏着那种善良，眼里透着无限的光芒，柯剑悬着的那颗心落地了。

柯剑骑着摩托车，掠过炎热的风，心中禁不住感叹：老了，就是要一种陪伴，其他一切都是浮云！

傍晚六时许，柯剑到了出租屋边，有邻居告诉他，有几个人找他。柯剑打开手机一看，里面有两个未接电话，他想了一想，许是案子方面嫌疑人的家属找他，了解一些情况。但柯剑早给自己定了规矩，一旦有人找他聊案子方面的事，请到大队办公室那里谈，出租屋决不接待一个人，不管多熟的人包括什么亲朋好友，他都做到一视同仁。在这方面，他可得罪了一些人。那些被他拒之门外的人，常在外面说他的坏话，什么装逼呀！神气呀！冷漠呀！很多的坏词儿都沾上了边。柯剑始终不为所动，按自己的原则去执行。

　　柯剑想过，他的同学邵董落了那么个下场，不就是平时放纵了自己，把名利看得太重，才走上这样一条不归路吗？这个教训是深刻的，邵董的反面典型教材，在全局乃至全市都是一个鲜活的教育人、改造人的案例。正思忖间，严波打了电话过来，叫柯剑到他那儿吃晚饭。柯剑推辞，可严波说，还有事相商，柯剑才答应过去了。

　　房门虚掩着，柯剑推门而入，里面热闹非凡。一个小伙子跑过来，叫柯剑"叔叔"，柯剑一看，这不是刘强吗？柯剑握住刘强伸过来的双手，问："刘强你怎么来了？"刘强说："叔叔，我刚刚去了你住的地方，还打了你的电话，可都没见到你的人，这不我就到了公安局找了值班的人，才问到了严波爷爷的电话，是严波爷爷把我和我姐领到这里的。"说完，刘强指了指坐在木沙发上还在愣神的刘兰。刘兰可没有听到刘强说什么，呆头呆脑地坐在那里一动不动。

　　柯剑知道刘兰的病情还没有完全好转。

　　但当刘兰看到柯剑时，她的眼睛一亮，随即就站了起来，喊："新新哥！"柯剑怔了一下，随即上前握了握刘兰的手，刘兰一下倒在柯剑的怀里。柯剑顿时惊慌失措。穿着围裙忙烧菜煮饭的严波过来了，细声对柯剑说："刘兰的病情很不稳定，你多哄哄她。"柯剑把刘兰轻轻地往木沙发上推，劝刘兰："兰兰，听话哟！等下吃饭我夹红烧肉给你，行啵？"刘兰说："好！新新哥你也在这边坐。"说完也把柯剑拉到沙发那边坐下。

　　"叔，俺姐不知怎的，那个病就是不断根，偶尔发作，我姐有时还跑得不见踪影。在广东有几次失踪，都是多谢当地派出所把姐交到我手里，幸好我在她裤袋里放了我的手机号码，否则派出所真的不知怎么找家属呢！"

　　"那现在怎么打算？送她去医院还是在家里吃药治疗？"

　　"我毕竟也要打工赚钱，我现在也是成年人了，我和我姐的生活费全靠我去挣呀！所以我想帮俺姐找个落脚的地方，一边落脚，一边吃药治疗。"

柯剑听完刘强的话，再看刘强那张年青而又有些苍凉的脸，感觉这真的是个可怜的孩子，本该享受父母给他带来幸福快乐的年龄段，却过早地承受着生存的悲哀与痛苦，心头不禁一阵辛酸。

柯剑说："刘强，你别担心，我们一起来想办法，你坚强起来就是好样的！"

刘强说："叔叔，我肯定要坚强，'瞎子都要过烂板桥'，更何况我还是四肢健全、头脑清楚的年青人。"

"嗯嗯，好样的！"柯剑拍了拍刘强握他的手。

小刚把一个又一个菜端上桌，并叫两个小女孩把凳子摆好，这样一张八仙桌一下子坐满了。严波乐得合不拢嘴，他早已把小刚和两个女孩当成自己的子女。而严波在学校做老师的儿子也很支持父亲的做法，偶尔还过来给三个小孩辅导作业，把三个小孩当成自己的弟弟妹妹。

严波边帮小孩夹菜，边劝柯剑和刘强喝啤酒，严波的额头布满汗珠，这与他当刑警中队长时的形象完全不同。严波有一次和柯剑喝多了点酒，喜欢说他过去"风光"的历史。他总爱把自己胖乎乎的外形当成"吹牛"的资本。有一次，严波和一名副局长到汕头出差，开了警车过去，严波下车走得快，忘了副局长还在后头，那些汕头警察见到严波大摇大摆走过来，加之他沉稳的外表，就以为他是局长，上前握住了严波的手，说："局长一路辛苦了！"严波刚刚扬起的笑脸立马僵住了，忙指着身后的副局长说："不好意思，这是我的局长！谢谢你们看重我！"严波继续展开他的笑容，幽默风趣的话语一下把尴尬化掉了。再后来，严波又褒又贬说自己："我严波有局长的风范，但没当局长的命！"

两瓶啤酒下肚，严波对刘强说："刘强哟！我想了一下，要么这样，你把刘兰放我这，你放心去广东打工。"

"那怎么行啊？爷爷。"

"我也只是多煮刘兰一个人的饭,再者我平时好好开导她,等她完全好转了,我就打电话告诉你,柯剑你也多利用些空余时间陪陪刘兰。"严波说完把眼光投向柯剑。

"只要我有空,我就多过来,开导开导她。"

"严波爷爷,到时每月我寄一千元钱过来。"

"你先不要寄,等我的钱很紧张时,你再寄!目前还能应付过去。"

"那要寄,严波爷爷也不容易,我能赚到钱。你们这么帮我已经足够了,钱上不能要您负担!"刘强站起来端起酒敬严波,一饮而尽。

柯剑默默算了一下,包括严波自己,他家吃饭已经五个人啦!

第四十三章

时间已进入二〇一三年秋天，风儿变得有点凉了，而柯剑的心绪偶尔还会飘向远方。

他还会想起晓茵，特别是看那清风落叶满地时，又惆怅又沉痛。

而到了夜晚寂寥时，思念又会涌上心头。对面街头不知是谁还在高声放着那首《思念谁》：你知不知道／思念一个人的滋味／就像喝了一杯冰冷的水／然后用很长很长的时间／一颗一颗流成热泪……你知不知道／痛苦的滋味／痛苦是因为想忘记谁／你知不知道忘记一个人的滋味／就像欣赏一种残酷的美……

他望着歌声飘来的远方，瞪视凝听。此刻，柯剑已泪流成河。

有人劝柯剑重找一个吧！或者说看在女儿份上与夏云复合，毕竟人生苦短。可柯剑只是摇摇头，不作任何表态。

严波有时也劝，柯剑被他劝烦了，就顶他："你劝我再找，你又为什么不再找？"严波不慌不忙地说："我这一大把年纪，还找个屁？再者，有谁会看上我这个胖成猪的老人家？"

柯剑说："那不一定，弯刀切菜，各人所爱嘛！"

"剑哟，我现在过得很充实，每一天都不知时间去哪了，确实，每个人都需要有一个信念去支撑，否则将会碌碌无为。"

"哥，你这是做对社会有意义的事，可不是一般境界的人能这样坚持下来的！所以我深深地向您致敬！"柯剑站了起来，郑重其事向严波弯腰鞠了一躬。

柯娇读高一，不再需要父母接送，她骑自行车的水平硬着呢！不过，柯娇读书的学校与夏云所在的小区有四五公里的路程，柯剑心里总是担忧着安全问题。严波听到柯剑的担忧后，劝柯剑要敢于放下心来，不要把子女长期挂在腰带边，面对子女的成长，要经常让她得到锻炼，这才是智慧。

夏云偶尔还到柯剑的出租屋晃荡晃荡，也会说上几句讥讽的话。可柯剑好像没听到一样，任由她唠叨。业余时间，柯剑不再上网，而是读一些名著，充实自己，偶尔去严波家，或者看一些谍战片，丰富一下思维。

时光如水，一晃就到了二〇一四年冬季，鄱阳湖出现了严重的低枯水位，属历史上罕见。裸露的湖滩上，开满了一片片、一簇簇鲜艳红花，方圆十多公里，当地人称之"花海"，可谓气势磅礴。

这一片花海，吸引了许多游客慕名而来，就是为了看这冬日暖阳下那娇滴滴的花朵铺满在湖床上。拍照的、搭蓬吃吃喝喝的、仰卧让阳光沐浴的……

柯剑好久没有户外旅行过，这个周末他想放松一下。和着鄱阳湖吹来的阵阵暖风，闻着这清纯幼嫩的花香，再远眺那宽阔无际的花海，柯剑的身心不禁陶醉起来。

就在柯剑欣赏美景的时候，一位穿着白色长裙的高挑女郎从柯剑身边飘然而过。

"这不是晓茵吗？"柯剑脑门一亮，站了起来想看女郎面目，那女郎却一阵风似的扬长而去。

柯剑目送那背影，暗地叹道："这是晓茵的化身啊！"

突然，有人喊道："有人陷泥泞了！有人陷泥泞了！"柯剑从思潮中回过神，向发声音的地方望去，刚刚从他面前经过的那女子已陷进了泥泞中不能自拔。柯剑本能地一个箭步冲了上去，跳到泥潭中把那女子拉了上来。

等上岸一对视，柯剑惊呆了，这不就是晓茵吗？只是比原来瘦了点、黑了点。柯剑正想喊："晓茵！原来你也在这里呀？"

那女子对柯剑说："警察同志，我们又见面了！"

"你不是晓茵吗？"

"我哪是什么晓茵！你真是贵人多忘事，我是贾梅！"

"贾梅……"柯剑口里念道，心里还在想着晓茵。

"你不是帮我送过一袋米上楼吗？我就是那个贾梅！"

"啊！我记起来了。"

两人不约而同来到远处一水坑边，清洗鞋子和裤跟。柯剑再打量贾梅时，有了奇特的发现，她那乌溜溜的大眼睛、丰满而修长的身材，加之那美得让人心醉的一颦一笑，倒真的像极了晓茵。贾梅见柯剑盯着自己看，倒也大方得体，笑哈哈地说："看什么看，我这朵花都快谢了！"柯剑说："你很美！你很像我过去的一个女朋友！"

"你一个女朋友？有我这么漂亮吗？"贾梅扑哧一声笑了。

"比你还要白一点，还要丰满一点，你说有你这么漂亮吗？"

"你们男人总爱吹牛，显摆自己。"

"没有，没有，我说的是真话。"

"我说句实话，从你帮我扛米上楼那次起，我就觉得你是个好警察！而且是帅哥一枚！"

"谢谢你夸奖，你有一双慧眼！"

"你怎么不谦虚点啊？我一表扬你，你就接受了。"

"哈哈，你是奉承我，是吧？"

"不是奉承，我说的也是真话。"

"对了，你那次夜晚借我手机打电话给你朋友，可把我害惨了。"

"此话怎讲？我怎么害你呢？"

"我回家后，你那男朋友打电话给我，质问我是你什么人，我说只不过借了手机给你打了一下，没想到你男朋友不相信，我正解释时，我前妻听到了，就抢了我手机接你男朋友的电话，结果造成误会了。"

"哈哈，这么巧！我记起来了，我男朋友提过这事，还与我吵了一架。他那个小心眼，鬼都不愿跟他打交道，我们早就分了！"

"我本来想找你，让你跟我前妻解释一下，又怕越抹越黑，就打消了这个念头。"

"你口口声声前妻前妻的，你们离婚了？"

"嗯哪！离了。不说了，走吧！回家！"

"警察同志，慌啥？还早着呢？等袜子干了一点再走也不迟。"贾梅几乎恳求的口气。

"那好吧！等会儿也行。"

"你们不是好好的，为什么离婚呀？"

"你怎么知道我们好好的？一言难尽哟！"

"好像你有一个外地女朋友？"

"你怎么知道？"

"有一次我散步，经过你出租屋后面的公路边，正好你打手机和一个女人聊天，你说的是普通话，电话筒里我听清了是女声。你们当时聊得可欢呢！我都好羡慕。"

"啊！那你也太细心啦！可以跟我一样做个侦查员。哈哈。"

"真的吗？那我就做你的侦查员！"

"做我的侦查员？那是咋说法？"

"就是……我们是战友的那种嘛！"

"说着玩呢！我可没资格聘你当侦查员。"

"那……我们做个朋友，可以不？"

"可以考虑，就凭你像我那个朋友。"

"对了，你外地那个朋友呢？断了？"

"唉！她走了。"

"去哪了？"

"天堂！"柯剑说完，泪水溢满眼眶。

贾梅说："别难过，人死不能复生！她是怎么走的？"

"肺癌。"

"唉！保重。"

"我们回去吧！差不多了。"

"好！你的手机号没换吧？我那次从我前男友的手机里，把你的手机号要了过来。"

"没换！不会换的，一生都不会换。"

落日余晖渐渐暗淡，晚霞不再鲜艳时，游客渐渐离去了，柯剑与贾梅并肩走在鄱阳湖里的花草上，软绵绵的，轻飘飘的。旁人瞧见，像一对爱恋已久的情侣。柯剑觉得很愉悦，他经很久没有和异性这样敞开心扉聊天了。今天这个意外，他自己都觉得有点荒唐。

晚上刚刚躺到床上，柯剑就收到短信："警察大哥：我是贾梅呀，晚安！"

"晚安！"柯剑礼貌性回了。

等把手机放下，柯剑觉得不对，自己怎么跟贾梅聊了一个下午，还把什么隐私都告诉了她，这有点不可思议！贾梅还曾让夏云误会了自己，按说应该排斥，如今怎么还跟她保持手机联系了？我这不是对不起晓茵吗？

"必须把贾梅拉黑！"说干就干，柯剑翻身拿起手机，把贾梅的手机号拉进了黑名单。

周日上午八点已过，柯剑因晚上没睡好，就赖床望着出租屋顶，回忆昨天下午与贾梅聊的事，觉得很多事不应该跟贾梅说，隐约感觉，贾梅对自己的过往有些了解。

正在胡思乱想的时候，一陌生电话打了进来，柯剑估计了一下，难道是贾梅拿了别人的手机打他的电话？柯剑又怕与案件有关的电话，犹豫了一下接了。

果然是贾梅借人手机打过来的！她责怪柯剑拉黑她，不够意思，还说："我又不会吃人！你一个警察还怕我一个老百姓吗？"

柯剑笑了笑，觉得贾梅有点像晓茵行事的风格，于是把黑名单解除了。接着柯剑又接到贾梅的短信："好多男人都想做我男朋友，我都懒得理了！"

柯剑权衡再三，决定不回短信。他觉得，如果贸然和贾梅一来二往发短信，那岂不成了聊天的朋友。何况对贾梅的情况一无所知，要是整来个是非那就等于把枷锁往自己颈上套。再者，聊天聊多了，了解也就多了，说不定彼此就会有贪念，那就有麻烦了。

柯剑越是置之不理，越会引起贾梅的好奇。贾梅身边从不缺乏追求者，她不是照单全收，而是有选择性地交往。从那次扛米上楼就对柯剑有好感，现在终于有机会接触柯剑，而柯剑不冷不热地待她，竟燃起了对柯剑追求的欲火。

她总是隔三差五地打电话或发短信向柯剑问好，也总是关心柯剑的饮食和作息时间。日子一久，柯剑就把贾梅对自己的关心与晓茵那般的关心等同起来。本身，一个生活在尘世中的人，处在情感缺乏孑然一身的情况下，往往也需要温暖和关心的，就像一朵鲜艳的花，如果得不到雨水的滋润，也会慢慢枯萎。

两人就这样也不见面，有一搭没一搭在手机上聊个天，或者偶尔互相打个电话问问好。这样的日子过了一个月，鄱阳湖里的蓼子花还铺在那里不消失，贾梅就打电话问柯剑，什么时候有空再去"花海"转一圈，柯剑把"口袋"封得很严，断然拒绝了她。这是因为，他把贾梅还定为"认识的陌生人"，除了知道贾梅是一位幼儿园幼师之外，她的家庭情况、为人方面一概不知，怎么能随便成双成对去外面玩？

　　这时候，微信作为聊天工具走进了时髦男女的天地。柯剑对微信了解一番后，生出感叹："要是早两年有这微信，我与晓茵就可以在手机上天天见面了，也不需要一定要跑到广州才能见上面。可是她已经走了，有了微信也见不到她了……"柯剑不禁心酸好一阵子。

　　夏云给柯剑发来微信，说她哥夏东因表现好，"死刑缓期两年执行"已改判为"有期徒刑二十年"，希望柯剑在有空的时候再去夏东所在的监狱，鼓励鼓励一下夏东，让他安心改造。柯剑对夏云这方面的要求从不拒绝，这令夏云觉得柯剑还是她的男人，还在她手心里像抓住的鸟飞也飞不走。

第四十四章

时光如一江春水向东流，一去不复返，那些风那些雨，还有那坎坷的去途，在回忆中已变得忧郁和沧桑。

柯剑掐指一算，晓茵已走了两年加一个月零五天。

在二〇一五年四月樱花开得正烂漫的一天，他又跟去年那个清明时节去广州的计划一样，踏上了去广州的火车。

旅途中，柯剑总会想起曾经去广州的往事。虽然忧伤，但他从不后悔，毕竟曾经爱过。柯剑除了到晓茵的墓碑前献上她喜欢的玫瑰花，还买上晓茵生前喜欢喝的可乐、鸡翅、面包、牛肉包，晓茵喜欢吃的水果当然也不会少一样。

柯剑还会去拜会晓茵的父母。晓茵走后，她的父母从安徽省桐城市来到了广州。这对老人不是来养老，是来帮忙照料晓茵正在读五年级的女儿，晓茵的前夫已再婚，还生了一个胖小子，已无心抚养晓茵的女儿，就把这个担子给了晓茵的父母。

柯剑呢，每次去，也会给晓茵的女儿买些玩具，需要什么就下楼带她去买。晓茵的父母劝柯剑："柯剑哟！晓茵走后的两个清明节你都来了，这都是第三个了，路这么远，以后就别来了。你把晓茵放心里就可以了，天下没有不散的筵席。"柯剑握着两位老人的手，哽咽地说："伯父伯母，虽然晓茵走了，但我仍然把她当我的爱人，只要我还在人间，我每年的清明时节一定会来的！这个事请别多虑，你们保重自己！"

从广州回来之后，柯剑像完成了一项特别重要的任务一样开心，他的内心觉得对得起晓茵。这时贾梅竟然意外到了柯剑的出租屋门边，敲了敲柯剑的门。柯剑正在卫生间，出门一瞧竟然是贾梅。他上前开了门，贾梅没等柯剑准允就进了出租屋。

"前两天没见到你的人影呀？又是会新女朋友去了吧？"

"不是，我去了广州，祭奠一下我的前女友。呃！贾梅，你到这来干嘛？不怕别人说三道四吗？"

"这大白天的，又不干什么见不得人的事，这外边的卷帘门和玻璃门都是大开呀！怕什么？"

"那你有事？"

"没啥事，来看看你不行吗？警察同志，你还怕我这个女人？"

"我们在同一个小区，这样并不好，上次帮你扛米都被人乱扯了，嘴巴长在人家嘴上，爱说什么就说什么，人言可畏呀！"

"那有什么！我偏这样，看哪个敢说。"

"你不怕我怕，大小姐，你……"

"假正经！"贾梅说完，怒气满面风风火火地走了。

柯剑去关门的时候，看到路边上来回都有几个人走过，他心里一哆嗦，这回又要被人谗言了。

傍晚时分，夏云跑进了出租屋，对柯剑吼道："你当初还说跟那女的没事，现在总印证了吧？"

"哪个女的？"

"就是那个贾梅，都有人告诉我了，她今天中午到了你这里，出门的时候她很生气都被别人看到了。你们没有事，还会吵架呀？"

"我跟你真说不清！她来了一下就是有事？真是岂有此理！"

"不管怎么说，你要想想，明年你女儿就要参加高考，要多陪陪她，可你还在这谈情说爱，要不要脸？世上的女人哪爱得尽呀？你难道想做猪郎？再者，这贾梅你还不了解她吧？她可是泉旺有名的交际花，利用自己的姿色在男人堆里'摸爬滚打'，要风得风，要雨得雨，你这个混世魔王！连这个你都不知道吧？"夏云唠唠叨叨一席话，像当初骂老公那样放肆。

"你又随便骂人？我哪跟贾梅呀？再说，我就是跟了她，你也管不着！"柯剑气愤至极，顶撞夏云说了一句。

"你这个不要脸的家伙！又来顶我，好！我跟你拼了！"夏云说完又来撕打柯剑，柯剑这回不让了，他抓住了夏云两只手不让她的指甲发挥作用，夏云就用脚蹬，柯剑就扯着夏云的双手满屋转，夏云一走动，她的腿脚就发挥不了作用。

足足几分钟后，夏云挣扎累了，就喊："你放手，我的手被你捏痛了！"

柯剑就说："放手可以，你还动手不？"

"你先放手！"

"你回我话！"柯剑见夏云的嘴唇已发紫了，怕她真的发晕，就放了手。夏云用右脚踢了柯剑的大腿，接着又准备踢，柯剑逃出了出租屋。

"我看你还寻花问柳不？"夏云对已跑远的柯剑吼道。

柯剑打电话告诉严波，说这日子没法过了。严波听出了柯剑在电话中的哭腔，赶紧安慰柯剑，说自己马上赶过来。

严波到了出租屋，见到还在生气的夏云，就听夏云单方面的"诉说"，柯剑见严波过来了，也进了出租屋。

严波弄清情况后，公正地指出夏云不能这样做，并问夏云到底想怎么样？夏云这时觉得机会来了，就要求柯剑今天就滚回家，否则明天就到局里告柯剑"到处寻花问柳"！

看到在一旁呆若木鸡的柯剑，严波肚里难过极了。严波整理了一下情绪后，对柯剑说："剑哟！你这样下去也不是办法，晓茵都已走了两年多，你就忘了她吧！我建议你还是回到夏云那边去，妻子还是原来的妻子，女儿还是原来的女儿，房屋也还是原来的房屋，多好呢！"

柯剑一时没想好就没表态，这时夏云说："波哥说得对，你连哥的话都不听？"

柯剑说："我去可以，为了女儿高考有个稳定的情绪，你可不能跟以前一样凶我、猜疑我，甚至羞辱我！"

夏云听到柯剑这样表态，马上绽开了笑脸说："我保证改变自己，你也不要再到外面寻花问柳就行！"

"谁寻花问柳了？"柯剑显得很冤枉地回了一声。

"那就这样定，今天傍晚你就回家去，需要我帮忙剑你说一声！就这样定哈！这样定！"严波边走边对柯剑使眼色，柯剑不明白，严波说："见好就收啦！免得到时你又是满城风雨！"

柯剑等夏云走后，心里一直在想，如果回去了，就等于背叛了晓茵，于是满心愧疚、难受。从柯剑的内心来说，他心里已装了晓茵，再也容不下夏云了，尽管夏云为他生了一个女儿，他觉得那是繁衍后代的生物行为。

夏云从柯剑带来的纸箱里翻找柯剑的衣物，放在卫生间里，她还把自来水调到 60 度的温度，试了试水温觉得有点烫，就再调整，然后喊柯剑洗澡。

柯剑洗得差不多的时候，夏云强行闯了进来。她以命令的口吻要求柯剑重新用肥皂在裸露的健壮的身体上打一遍，还把水温调高。柯剑不肯，夏云就按住水龙头。柯剑只好胡乱地涂抹了一下，岂料夏云把水温升高了，柯剑被水烫得哇哇叫，可夏云说："该好好洗洗你这个脏身子！在外面不知沾了多少个女人。"

柯剑一听，脑门一轰，缓过神来后，说："你别这样侮辱人好不好！"

夏云把淋浴喷头抢了过来，对柯剑说："我射水，你自己好好再洗一遍！洗干净，不留一丝污垢！"

"你出去！你洗澡也不让我进来，现在怎么变得这样不害羞呢？"

"我就是要让你洗干净，否则我不会让你上我的床！"

"你的意思，今晚让我睡你的床？"

夏云拍了一下柯剑光溜溜的屁股说："废话！"

夏云挑逗的香吻和主动拥抱是罪魁祸首，而那裸露的光滑而富有弹性的身体是冲破柯剑对晓茵愧疚的子弹，柯剑曾经的所有的誓言竟被自己的机械动作彻底粉碎了。柯剑长叹了一口气，仰望洁白的房顶和雪白的墙壁，似乎此刻就躺在广州医院的病床上，晓茵仿佛睁着眼睛盯着自己。他再也无法控制自己，呜呜地哭了起来。

夏云翻转身问柯剑："哭什么？难道现在不满意吗？"柯剑翻了一个身，背对着夏云说："没什么，睡吧！"

"我睡不着，我们好久没这么亲热过，有点兴奋，我们说会话好吗？"

"嗯哪！那你说吧！"

"客厅里你的衣物不少，都是你一个人买的？"

"也有是晓茵帮我买的，时髦一点的 T 恤和外套基本上是她买的。"

"今晚按说你应该高兴，怎么哭呢？"

"这个……我说出来怕你不高兴。"

"你说吧！我争取高兴，反正你已经回来了，也没什么。"

"我觉得我对不起广州的晓茵，我今晚背叛了她！"

"你们还那么好？可这两年来，我没看到过你去广州呀！"

"每年的清明我都要去！"

"为什么单选这个日子去？"

"你用脑子去想吧！"柯剑接着说："睡吧！时间不早了，以后再聊！"

夏云霸道地爬到柯剑的身上，用嘴巴咬住柯剑的嘴唇，继而用含糊不清的话语问："你说不说？"

柯剑一翻身，夏云重新回到原位。柯剑感觉到嘴唇已被撕咬得辣辣地痛，就说："总是强人所难，留不到下次吗？睡了。"

"哎！不说算了，扫兴！"夏云把屁股还给了柯剑。

第四十五章

次日中午吃完饭后，夏云吩咐柯剑洗碗，自己则开始清理柯剑带来的衣物。哪件是自己买的，哪件是那广州女人买的，区别之后分成两堆。

柯剑洗完碗筷后，看着忙碌的夏云，弄不懂这样把衣服分类啥意思。

夏云说："要把你的过去全部清理，就从扔掉这些衣物开始！"夏云说完就把那些自以为是广州买来的衣服塞进纸箱，叫柯剑下楼时扔进垃圾桶里。

柯剑哪肯，还是问夏云什么意思。

夏云振振有词地说："你穿了这些衣服，就会想到那个女人！所以必须要全部清理掉！"

"这不可能！这些衣服都是用钱买来的，也是晓茵对我的一份情意，可以算作过去的纪念，并不妨碍我们什么。"柯剑解释着回道。

"反正你回家了，以后就不要穿广州买来的衣服。这些衣服放家里肯定不行，你要么放杂物间，这总可以吧？"夏云似乎作了一点让步。

"我放书房并不妨碍你呀！你为什么对广州的衣服都这么

拒绝？"

"不想多说了，你要是不听，我等你上班了就叫收垃圾的收走，别怪我没说清！"

"你敢？竟然这样！"柯剑有点恼火。

"我又不是不重新为你买！何必还这样执着？"

"那我这个人呢？也曾与广州晓茵在一起过，你也把我扔进垃圾堆吧！"

"我不是看到你跟那贾梅打得火热，在一个小区丢人现眼，我才不会这么急着要你回家呢！反正你在那出租屋习惯了。"

"夏云，你为什么要把我拉回来，我们不是已经分了吗？"

"一是你身上还有二十多万元钱，我担心你一激动就给女人；二是给女儿一个完整的家，娇娇长期在我耳边吵着，要你回家，我耳朵都磨起了茧。"

"啊！你难道就是这两个理由，我身上那笔分房子的钱你都惦记着了？"

"你好歹还是个公务员，每年至少也有一笔存款，到时流失了，女儿就少了钱。"

"说到底，你的眼里就是钱了，我知道了。"

"我又不是没有钱，又不要你供养，我这样要你回来，也是为女儿着想。"

"你没有为自己着想？也不是因为爱，或者说，根本对我没兴趣？"

"那倒不是，毕竟夫妻一场，我的心里多少还有你。"

"谢谢你说了真心话。这样我知道该怎么做了。"柯剑说完搬起那个装了广州衣服的纸箱往楼下走。

夏云追到门口说："放杂物间吧！也许等我想通了，你再搬上来也行。"

柯剑把纸箱绑到摩托车后座，直奔严波家。严波听完柯剑的话，开始有点莫名其妙，后来分析夏云的心理洁癖很严重，劝柯剑忍忍就过去了。柯剑还把夏云要他回家的内心想法告诉了严波，严波笑着摇了摇头说："夏云倒是实话实说的人，有什么说什么，这样也好，你知道了她的意思，你一定认为，夏云不是因为还爱着你就要你回家，所以心里委屈。不过，这也扯平了。"严波说完不打算说下去。

"哥，怎么扯平了？"

"你虽然没跟晓茵打结婚证，但你们在一起了，等于结了一次婚，而夏云还是没找一个男人，也没结婚，你这样想，心里就会平衡一点。你说呢？"

柯剑挠了挠头，说："嗯，这样说，我还亏欠了夏云。"

"所以嘛！你对她好点，以后你们夫妻团圆补个结婚证，还不是好夫妻。"

接下来，柯剑的表现跟以前一样，很顺从着夏云，就是夏云偶尔吼他几句，也都忍耐着过去了。

柯剑在夏云脸色好时，笑嘻嘻地问："夏云你跟我分开的日子里，没碰过男人？"

"哪像你那样，见到女人就喜欢！虽然追我的男人一大把，可我看不上他们。我在出租屋不是没告诉过你。"

"追你的男人都是些什么人呀？"

"建筑老板、公司会计，还有公务员，我都怀疑他们冲着我身上的钱而来，我可不会上他们的当呢！"

"你怎么会有这个感觉？"

"有个搞建筑的男人戴粗项链、大金戒，一副大老板模样。有次请我吃饭，吃饭过程中，说他需要一笔钱周转，2分的息，我没答应。饭后我准备回家，他说开好了宾馆上去休息会，我扭头要走，他竟然强行拉我。我说，再这样就报警了，他才放过了我。设这个圈套，小孩都懂。"

"后来呢？"

"我一回家，就把他拉黑了！他还用别人的电话打过我电话，一听到是他，我就挂，就拉黑。呐！这么多黑名单。"夏云边说边打开手机，让柯剑看手机内的"黑名单"。

"也许他并不缺钱，故意借钱把你套牢呢？"

"屁！开口借钱可不是什么好事哟！他要是设圈套，会以借钱的方式吗？不可能吧？"夏云接着说："不过，我也吃过一次亏。"

"什么亏？赔了夫人又折兵？"

"只是丢了二十几万，我身子倒没被他沾到。"夏云笑了笑说。

"鬼知道哟！你钱都给人家了，说明对人家信任了，那身子还不是往床上仰一下的事。"

"你放屁！我是那样轻浮的人吗？你狗嘴吐不出象牙！"

"那你说说怎么丢了这么多钱？怎么不去报案？"

"这个人是我一个熟人的弟弟，我那个熟人是个很正派的生意人，他弟弟骗我说，合伙做沙石生意，我就投了二十万。开始几个月还有红分，后来手机都打不通了。"

"你为什么不报警？"

"他可能发现我要报警，就打我电话，请我延缓还款日期，还说了一大堆可怜的话，说他也是被别人骗了钱，我也就没报警。现在每月还我一点，我也算了，算是积点德，要是把他送进了监狱，我的钱打了水漂，他也倒霉进监狱，岂不是两败俱伤？"

"你这么同情一个骗子，是不是你脑子进水了？还是你被人征服了？"

"你再这样说话，我扇你的嘴！都把我当什么人了！要不是你出去了不回来，我哪想到跟人合伙做生意？我这样也不是为了多攒些钱，让柯娇日后有钱用。"

"可你也要考虑清楚呀！怎么没看到任何投资设备就轻易相信

人家？"

"你还这样说，都是怪你，如果有你在，我这二十几万也没丢！对了，你身上不是还有二十多万房子钱吗？赔偿我，否则我天天掐你……"

"赔偿？怎么怪我，是你自己没看清人，再者你又不报案。"

"你要是不拿钱来，我跟你没完！"

"这才是你要我回家的目的？"

"也可以说是！不过，还不是为了我们这个家，为了柯娇的将来有钱用！"

"我不同意，你别老盯着我这二十几万元钱，我要把二十几万做首付买套房，免得我又被人家撵我走！"

"那也行！抓紧买！"

柯剑很快在夏云的物色下，在泉旺市中心买好了三房二厅，身上的钱全部掏空了。夏云则先后掏出近四十万元将房子装修一新。

就在房子装修后，夏云的态度又回到了从前。她又跟从前一样骂柯剑："不要脸！"甚至拒绝与柯剑同房，反锁房门，并说柯剑身上还有很严重的广州女人的味道，已经脏极了。明明柯剑已经洗过澡，可夏云还是要柯剑重洗，还把热水的温度调高。在柯剑看来，要是用酒精擦洗全身，夏云可能才满意。

柯剑伤心极了，他完全预料不到夏云说变就变，就像一条变色龙，随时会变得让你不相信自己的眼睛。

他正苦恼时，贾梅的电话又打了过来。在这以前，贾梅也打过，柯剑全部按了拒接键，主要是怕夏云生疑。这一次，他在客厅大大方方地接了，有当面让夏云听到的报复味道：你夏云不理我，我柯剑自然有女人找我！出于这个想法，柯剑与贾梅在电话中有"打情骂俏"的味道。

夏云听到后，恼羞成怒一把夺过柯剑的手机，对着电话尖声吼叫："贾梅你这个不要脸的婊子！想勾引男人就到大路上躺着吧！"

柯剑把手机抢了过来，摁掉了电话。

夏云就像发了疯的狮子，猛挠柯剑的面部和手臂，柯剑感觉不对转身跑出了房子。柯剑一边下楼，一边摸着被挠破皮的脸庞和手臂，这时传来夏云的尖叫："我还稀罕你这条臭虫？滚得越远越好！"

肉体的折磨，还有"稀罕你这条臭虫"那句伤及自尊的话，让柯剑身心交瘁万念俱灰。他咬了咬嘴唇，下定决心离开那个受辱之地！

他算了一下回家的时间，还不到三个月。

回夏云的那幢房屋之前，柯剑并没有把出租屋退还房东。柯剑留了一手，当时也怕万一与夏云过不好，仍可以搬回来住。

他心酸地庆幸自己，还有出租屋藏身，否则短期到哪租房？

他走进出租屋时，那股霉变的气味扑鼻而来。他赶紧把卷帘门和玻璃门全部拉开，然后跑到门外。

柯剑这下明白了，身上的钱被掏空了，自己就变得一文不值了。他暗地想，虽然身无分文，但新买的房产证上有他的名字，还有他每月也能拿到薪资，生活下去完全没问题。

他站在门口发呆的时候，贾梅正好经过，看到柯剑打开了出租屋的两重门，就问柯剑："你不是跟妻子重归于好了吗？怎么又到这来了？"

"唉！别说了，一言难尽。"

"我也跟老公分手了，还是一个人自由、清静。"

柯剑也没搭理，回到出租屋搞卫生。柯娇已放了暑假，与同学玩耍后，回家经过出租屋，问柯剑还打扫什么？柯剑告诉柯娇："我被你妈耍了一回！"接着说："娇娇，你好好读书，我仍在这住，有什么事就来告诉我！"柯娇没弄明白意思就回家了。

柯剑趁傍晚夏云散步不在家时，把自己剩下的衣物捡回了出租屋。

临出门柯剑把房门钥匙交给柯娇，并嘱咐她交到妈妈手里。

柯娇扯着柯剑的手说："爸爸，你为什么又要走？"

柯剑鼻子一酸说："宝贝，不是我要走，是我不得不走！你好好读书啊！"

第四十六章

夜凉如水，心寒似冰。

柯剑一个人躺在出租屋的床上，心里泛滥成灾。

他起身出门，把玻璃门关好，径直往广场而去。他看见远处忽明忽暗的路灯，再瞧向灰白的天际，一股淡淡的忧伤袭来。广场边缘的黑暗迷醉了柯剑的双眼，他分不清梦境与现实。

是谁踢走了我的回忆？又是谁让我丢掉了自己？柯剑回想一路走来，怅然若失。他又想起了晓茵。

"你也在这啊？"

柯剑回头一望，贾梅就在身边。柯剑点了点头。

"是不是因为我，让你们夫妻吵架了？"

"没多大关系。"

"你们办复婚证了吗？"

"没有！还复婚证，被人踢出家门来不及逃呢！"

"我听小区的人说，你的妻子很强势，说话骂人从来不考虑别人的感受！"

"她有本领呦！她认为自己有钱，不需要男人养，腰杆子就硬呗！"

"做个母老虎，男人可不喜欢这种类型的女人。"贾梅接着说：

"我们到小区的外边走走不，那西边比较清静。"

"那别人看到，那不是认为我们谈恋爱？"

"怕什么？你是单身，我是单身。就是谈恋爱，别人也管不到！"贾梅快言快语地说。

柯剑仔细打量贾梅，觉得从她的长相还是身材，极像晓茵，特别是她说话的腔调，还是像晓茵。

贾梅见柯剑这样认真瞧自己，有点儿自豪，就故作矜持地说："你不是说我没你广州的女朋友好看吗？怎么这样死盯着我看？"柯剑肚里在笑，这贾梅还不是认为自己有几分姿色，故意这样显摆臭美。

柯剑想了想，一起散步，去散散心，我一个大男人，还怕你贾梅吃了我？于是走向贾梅。

两人沿着小区侧边的一条小溪，边走边聊。贾梅说："其实我们也是有缘分的，你看，你做好事帮我扛米上楼，那时我见到穿警服帅气的你，我就喜欢上了你，不过我不敢说出来，你有老婆嘛！"

"那时我可什么动机都没有，诚心是帮忙啊！"柯剑插上一句。

"这我知道，可那次鄱阳湖看花海，我陷进了泥泞，又是你把我拉上了岸。你说我们不是有缘吗？"贾梅接着说："不过，你两次帮我，我开始倒觉得你有不良动机呢！后来听你说，再看你的做法，又觉得你不是我所想象的那样。"

"缘分是有点。啊，贾梅呀！你为什么要离婚？"

"我老公对我不好。"

"怎么叫不好？"

"以前每月寄二千元过来，现在一分钱都不寄。我打电话给他，他还骂我，说我好吃懒做，喜穿爱打扮，你说哪一个女人不爱漂亮不爱打扮？"

"那倒是！那你少买点衣服哟，跟老公多说些好听的话。"

"我才不巴结他呢！他那个穷酸样，连老婆都舍不得给钱花，我对他能好得起来吗？"

"应该合理地给，不能一分都不给。"柯剑附和着说。

"我前夫他不是没钱，他是深圳一家外企业务主管，月收入高得很，以前我并不过问他的工资，只要他月月寄钱来就行，可后来我听别人说，他在外面有情妇，我才担心他一年到头的辛苦钱全给了情妇。我就跑深圳去了，两人大吵了一架。我发现我已经管不了他，就回来了。"

"那你怎么不在深圳跟着他？"

"那他就要发狂呢！我怕他揍人，不管死活地揍！"

"所以你前夫玩他的，你找你的男朋友，互不干涉？"

"你说得也差不多，不过我也没怎么玩，平时周一到周五我都在幼儿园上班，陪着小孩子疯疯癫癫的，到了周末才有空休闲一下。"

"对了，你上次借我手机打电话的那个男子就是你的玩伴吧？"

"你别说得那么难听好啵？那真是我的男朋友，他是我小时候隔壁村的发小，搞小建筑的小老板。"

"哈哈，区别不大。不过那样并不好，影响双方家庭。"

"影响是影响，但也没有办法呀！我总要一个精神寄托！"贾梅很坦率地说。

两人走到小溪的尽头，再往下走就是别人的村庄了。柯剑提议回头，贾梅说："好！今天很高兴与警察同志一起散步。既有安全感，又能谈谈心，一举两得！"

天长日久，贾梅每到傍晚就在柯剑的出租屋那后边的公路边转悠，似乎在等待着柯剑。柯剑不加夜班的时候，就与贾梅沿着小溪一起散步。小溪处于城郊边缘，碰到的熟人非常少，这正好迎合了柯剑怕遇见熟人的想法。

寂寞空虚时与贾梅这样聊，柯剑觉得很快乐，也多少填平了心中的怨恨和不满。渐渐地，柯剑觉得已离不开贾梅了，两人言语之间甚至变得暧昧起来。

二〇一六年三月，春节刚过，柯剑与贾梅冷冷热热的交往开始频繁了，那隐藏在柯剑心里的爱的欲火已慢慢开始点燃。一天傍晚散步归来，贾梅跟着柯剑进了出租屋，她坐在那里直愣神，并不打算跟之前那样快速离开。

柯剑说："你还不走，再晚你会怕的！"

"我有点累，你让我歇会，行吗？"

"那我洗澡，你如果要我送，等下我送你回去。"

"行！我等你。"

柯剑关上卫生间的门，反锁，拧开水龙头，哗哗的流水声响了起来。也不知是什么原因驱使着贾梅走向玻璃门。贾梅关上了玻璃门，接着又打开玻璃门，伸手把外边的卷帘门先关了，再关上玻璃门。室内顿时只听到悦耳的流水声。

贾梅往卫生间走去的时候，流水声戛然而止。柯剑拧开卫生间的门，探出头来，想看一下怎么有卷帘门关上的响声，却见贾梅一丝不挂地出现在他面前。

白炽灯下，贾梅丰满的身体和迷人的微笑，让柯剑潜意识里觉得这个人就是晓茵。对！这就是多日未见的晓茵呀！柯剑脑袋晕厥，热血翻涌。他猛地把贾梅抱住，贾梅一个趔趄稳住身体后，将柯剑粗犷结实的腰紧紧抱住。贾梅有意识地拖着柯剑往床边靠……出租屋内一片沉寂，接着哗哗的流水声再次有节奏地响起……

这一夜，贾梅没有回她的租住地。柯剑觉得太不可思议了！这贾梅几乎就是晓茵的翻版，姿势、动作，还有说话的语气，特别是那闻到的气息，都和晓茵如出一辙，难道这就是上天弥补自己的礼物？柯剑沉迷而陶醉。他翻了一个身，把已经进入浅睡眠状态的贾梅再次拥入怀中。

他们加好了微信，很少用电话沟通。柯剑在刑警大队忙活，贾梅有事没事都给他发个微信。柯剑也多次说过，没什么重大的事，就不要发微信，更不要打电话，完全可以等到回出租屋说。但贾梅依然我行我素，对柯剑的提醒置若罔闻。有时柯剑没空回信，贾梅就要求微信视频，或者直接打电话，有那刨根问底的意思。柯剑就采取拒接的办法，但贾梅哪容忍得了，有时在电话里发火不过瘾还会跑到柯剑的办公室来，一见柯剑就责怪他对自己不用心，弄得柯剑很没面子。

也有同事告诉柯剑，说贾梅在泉旺也算个"人物"，是"交际花"一样，不可全抛一片心，但柯剑通过观察，认为同事都是耳传过来的不能为实。其实，柯剑在日积月累的交往中，早把贾梅当成晓茵那样去宠爱了，他无法离开像贾梅这样风趣、简单、看起来无心无肺的女人。

柯剑越宠她，贾梅越翘尾巴。只要和柯剑在一起，她就会翻看柯剑的手机，看他与别人的聊天内容，特别是与异性的聊天，她要反复问清，怎么认识的，聊了什么内容。柯剑更换了手机屏幕锁定密码，贾梅当天不问出来决不罢休。

仗着柯剑对自己的好，贾梅更加有恃无恐。有一次从柯剑的来电中，发现一个号码很可疑，贾梅便偷偷记了下来，等到次日再用自己的手机拨过去。当听到对方是一个说普通话的女子时，她就直接问对方与柯剑什么关系，找柯剑有什么事。有一回，酒港市公安局有一位女领导跟柯剑通过电话，被贾梅翻手机检索到了，贾梅打她的电话质问她是谁。这位领导也是个"硬茬"，在电话里估摸着贾梅是柯剑的女人，就反问贾梅是什么人？这反把贾梅问到了。贾梅怔了一下，说自己是柯剑的女朋友。这位女领导就说："你连尊重一个人的素质都没有，你还配做柯剑的女朋友？"说完就把电话挂了。

贾梅碰了一鼻子灰，心里却在思考着，从这娘们的口气，估计也是个领导。但到了傍晚，她也不敢把"打电话给了女领导"这个事告诉柯剑。倒是柯剑问她："你又核实了我的电话联系人吧？"贾梅敷衍地说："我也是关心关心一下嘛！"柯剑严肃地说："你以后不要弄我的手机，我的手机有一些公安秘密，都是不能泄露的！还有，你这次打电话是打给了我的上级，刑侦支队的一个女处长，她都问过你是什么人了。以后你再不要给我添乱了！"贾梅口头答应得快，但暗地里等到柯剑洗澡或睡了，仍然在想方设法寻找着柯剑的"蛛丝马迹"。

第四十七章

　　夏云很快知道柯剑与贾梅在一起了，就跑到出租屋，吼叫着要对柯剑动手，柯剑"见势不妙"玻璃拉门都没来得及合上就逃离了出租屋。见柯剑回避，夏云就把床上的被子被单枕头全部扯下扔到地上，用脚踩了又踩，还觉得不解气，继而舀上一瓢水浇上，发泄一通后扬长而去。

　　夏云越想越恼火，向柯剑发去短信：要是晚上碰到贾梅还在出租屋，那只能用刀子迎接她！

　　柯剑感觉问题严重了，想一想自己所处的岗位，还有彭大"不要造成什么影响"的嘱咐，就打电话要求贾梅不要再来出租屋。可贾梅也是个"女汉纸"见过世面，就叫柯剑不要管，让她与夏云"会一会"。柯剑越发觉得这样闹下去会出大事，于是他请求贾梅不要乱来，随后等夏云一离开就把出租屋关了，往贾梅那边的出租房去了。

　　贾梅正在生气，看到柯剑带着大包小包来了，就舒畅了一点。柯剑劝了劝贾梅，就开始整理带来的衣物，并清洗被夏云浇水的被单、枕巾等。

　　贾梅见柯剑在水池洗被子，也不上前帮忙。她坐在沙发上一动不动，对柯剑纵容夏云很不满，认为柯剑还护着夏云，不重视自己，就说这样下去根本解决不了问题。她就催柯剑去打结婚证，并说，只要打了结婚证，夏云就干涉不了。柯剑对贾梅的要求，没拒绝也没赞成，犹犹豫豫。

夏云看到柯剑不在出租屋居住，估计又与贾梅混到一块了，更加生气，就打电话威胁柯剑："如果不趁早回到出租屋，过几天就到公安局告状！让你身败名裂！"

柯剑把这些情况告诉了严波，严波批评他处事不利索，"前怕狼后怕虎"才一而再、再而三受到夏云的干涉与纠缠。最后，严波说出了一套方案：跟贾梅把结婚证领了！这样对贾梅来说，有个交代；对夏云来说，再也管不了柯剑。柯剑说这样弄会影响他跟女儿的关系，而且女儿还有俩月就要高考了，会严重影响到女儿的情绪。严波瞪起了眼珠子，说柯剑长期把"女儿女儿"放到嘴边，从不考虑自己，才弄成了这样乱七八糟的局面，还说柯剑这样不果断行事，迟早要吃大亏！柯剑听到严波的训斥后，吞吞吐吐答应跟贾梅领结婚证。在一旁的贾梅听到严波的话后，也附和着说，我的想法没错吧？打了结婚证，管她怎么告，告到天上玉皇大帝也枉然。

领到结婚证的贾梅，抱起柯剑一边亲一边说："终于能和心爱的人在一起了！"可夏云再次威胁柯剑时，柯剑像做错了坏事一样轻声地说自己已与贾梅打了结婚证，那边的夏云听到后却意外失声了。

二〇一六年八月，柯娇收到了酒港学院的录取通知书。夏云打电话告诉了柯剑，并称要迁入新房，到时有些衣物请柯剑帮忙整理转到新房。夏云电话中的态度似乎来了一百八十度的大转变，不再是命令或者吼叫的语气。贾梅听后，开始不同意，说房子柯剑出了毛坯钱，如果夏云不拿钱出来，就不准夏云搬进去住。可柯剑认为，夏云毕竟是他女儿的娘，也出了近四十万装修款，房屋也有她一份，再说，自己与贾梅"突击"领结婚证，很不厚道，也正如夏云后来一次打电话说的那样："是暗里拿了一把刀子捅了我！"

柯剑自领了结婚证以后，又觉得对不起夏云，现在夏云有求于他，说明夏云还把自己看成"孩子她爸"，所以应该义不容辞去帮忙。

贾梅对柯剑的决定，反对也无济于事，毕竟是柯剑婚前财产，柯剑有绝对的权力去处置。而对贾梅来说，能找到像柯剑这样的男人，已经心满意足了。不仅为自己找到了依靠，她在人前人后也很有"面子"。贾梅与她的闺蜜在一起吃饭或微信群聊天时，总是"俺老公、俺老公"地叫，让她的闺蜜羡慕嫉妒恨呢！

由于夏云的衣物太多，柯剑只能用纸箱一次一次地装好，再开夏云的车子装到新房，把纸箱里的衣物拿出后放到橱柜内，再把空纸箱送到旧楼房里，让夏云装好衣服。如此循环往复跑了七趟，总算把夏云和柯娇的衣物搬进了新房。

柯剑把车钥匙还给夏云时，夏云递给柯剑一件山羊皮。

柯剑问夏云："这是啥意思？"

"你不是早就想要一件山羊皮吗？前几天我逛街正好帮你买了一件，作为你这次帮我搬衣物的辛苦补偿。"

"不要不要！"柯剑说完，并没有接住山羊皮。

接着，夏云还是以命令的口吻说："毕竟我们夫妻一场，这就算一个纪念，总可以吧！"夏云说完，竟抽抽嗒嗒哭了起来。

柯剑尴尬了好一会儿，说："都过去了，你也找个好人家嫁了吧？"

夏云喃喃地说："你说起来简单，我是那样容易爱上别人的人吗？"

"唉！我们在一起时总有那么多纠葛，不在一起你就管我交往别人，我真的不知道你到底是怎么想的！"

"还不是因为放不下你！唉！也怪我没有城府，说话太直爽，疑心也太多。"

"现在说这些已没意义了，你保重吧！"柯剑说完就下楼。柯娇从书房里跑到门边喊："爸爸，您在这吃中饭！"

"不了！我还有事。"柯剑望了一眼女儿，鼻子一酸快步下了楼。

贾梅上前挽住刚下楼的柯剑，柯剑轻轻甩开了贾梅的手。贾梅跨上摩托车后座，摩托车"突突突"像喝醉了酒似的，欹斜摇摆地缓行而去。

对夏云来说，或许是"祸不单行"，她又爱又恨的男人跟别的女人结了婚，已经对她的打击够大了，可现在她的哥哥夏东又到了肝癌晚期。她接到大嫂的电话时，正在公司上班，脑袋嗡嗡作响，随即瘫软地倒在沙发上，眼睛紧盯着桌上的兰花，泪水顿时涌了出来。她不顾身边的两个同事相劝，放声痛哭。

柯剑接到夏云的电话，表示会向局领导请假，去夏东所在的监狱申请办理保外就医监外执行手续。贾梅听说柯剑要同夏云外出，坚决不同意。贾梅嚷嚷着说："你去可以，但必须带上我！"柯剑说："本来是可以带你游玩一下，但有夏云在，何况这也不是去办什么好事。夏东是濒临死亡的人，何必惹得人家痛苦伤心？"柯剑在这个事上很坚决，还再三解释，并不仅仅与夏云，还有夏云的大嫂一同前往。贾梅见拦阻无效，干脆做了个"顺水人情"，叫柯剑路上注意安全，要时刻记得她，不要旧情复燃。

夏东被狱警搀扶着，他面容消瘦，深陷的眼眶里一双黯淡无光的眼珠子，呆滞地与来人对视。曾经意气风发、一呼百应的男人，如今变成这等颓势，令人意外。他耷拉着那过往高昂的头颅，与入狱前判若两人。

半世繁华似梦，梦醒落花凋零。

看到夏东这个样子，柯剑心里也很难受。

他下班后，尽量抽出时间看望夏东，陪他度过生命的最后时刻。夏云几乎天天必到。夏东从柯剑和夏云的言谈举止中，发觉两人不对头，以为夫妻关系不和，就劝夏云不要耍性子，为人要实在，不要争什么高低。为了让夏东不挂心，柯剑、夏云还有夏东的妻子都默契地隐瞒了两人已离婚的消息。柯剑每次坐上一个小时或半个小时，期间还能接到贾梅发来的短信。柯剑能及时回复倒好，否则贾梅就微信视频，柯剑只能以单位有事为由告辞。

贾梅每次必跟柯剑到夏东居住的楼下，是因为担心柯剑与夏云会偷偷干什么，跟随的次数多了，也就烦恼了，就跟柯剑闹。

"你为什么不讲道理，还跟一个快要死的人去争？"

"我不是跟要死的人争，我是跟夏云争！我怕她把你夺走！"贾梅冷笑着说。

"我们不是领过结婚证？"

"一张结婚证能顶个屁用？等你的心走了，有个证能牵住你？"

柯剑只有在与贾梅云雨之时，才能享受到贾梅那如晓茵味道般的温柔与多情。他内心也很愧疚，夏云毕竟是他的结发妻子，如今人也瘦了一圈，脸蛋儿也没原来鲜亮了。要是没有探望夏东这件事，他倒很少见到夏云。现在苍天愚弄人，让他左右为难。

柯剑在忐忑不安中度过一个月后，夏东走了。贾梅此时认为柯剑现在可以回归正常家庭生活，可是柯剑还要帮助夏东的妻子料理丧事，这让贾梅大为恼火。贾梅终于像火山一样爆发了。她骂柯剑"不要脸""吃着碗里的看着锅里的"，甚至警告柯剑，要再不回家，就到公安局告状，然后一刀两断！不管贾梅怎么威胁怎么闹，柯剑认定的事就得干。他认为，夏东是他女儿的舅舅，就凭这一点，不说夏东曾经对自己好，也要上前帮这个忙。

贾梅见柯剑已不再听他的话，就懒得搭理柯剑，对柯剑的态度一下冰冷到底。

第四十八章

夏东的后事一忙完，柯剑的假期也满了。他跟中队刑警正聊着近几个月治安状况还好，没发生什么大案要案时，话茬还没落脚，就接到110指令，西河边上出现了一具男尸。

十月的河水还有些冰凉，柯剑和中队民警把那男尸打捞上岸，在现场周围拉起了警戒线。法医当场尸检，死者肺部没有一滴水，喉咙无任何异物，而根据死者颈部的勒痕，分析认定男子系生前被人勒颈窒息死亡后抛尸河中。

这是一起典型的他杀案件，看热闹的群众来了一拨又一拨。网络上，微信里，许多群众发帖吐槽，人们都把眼睛盯着泉旺市公安局，而重案中队聚焦在众目睽睽之下。

柯剑指令张贴协查通报，以确定死者身份。一打扮入时的少妇来到刑警大队，称协查通报上的照片有点像她老公金富强，老公已经两天没回家了，要求见一见停放在医院太平间的死者。这少妇一见到尸体，先是一惊，继而抚尸号啕大哭。原来，死者就是这少妇的丈夫，一个房地产老板。

见少妇哭得差不多了，柯剑上前安慰了几句，随后请少妇到刑警大队提供情况。少妇一边哭，一边回答刑警的提问。她告诉刑警，金富强其实是一个很会待人处世的人，任何事都干得非常出色，在社会上从没得罪过人。既然在少妇的身上找不到线索，就从金富强认识的朋友或亲戚方面开始调查。柯剑嘱托大家要注意从细微处找切入点，绝不可走马观花式筛查每一条线索。

"你说这金老板呀！他可是一个成功男人，经营房地产开发多年，财运亨通，赚得盆满钵丰，身价已是千万。"

"金富强这个人嘛！是个大老板，但他行事低调，做人不错，可吃得亏。在我的印象里，他没得罪过人。"

"这人是不错，但在女色方面有些不太注意，偶尔也闹过一些花边新闻。"

……线索源源不断，重案中队夜以继日开展工作。

那金富强是这么好的人，又为什么被人干了呢？有人说同行必妒雇凶杀人，有人说勒索钱财不成杀人，沸沸扬扬的传言铺天盖地。柯剑觉得还是从钱财方面入手，查一查金富强生前是否转过账或者被盗抢了什么东西。

兵分二路。一路柯剑带人赶到金富强家，询问金富强的妻子，在财物上看看有什么损失；二路到银行部门查一查金富强的账户流水情况。金富强的妻子被刑警一提示，还真记起来了一些事。她说金富强平时戴一块价值五万多元的劳力士手表，还有一部苹果手机，这两样东西都没有了。还特别奇怪的是，家中凉台本来有两盆娇艳欲滴的月季花，一星期之前发现只剩下一盆。

柯剑要求金富强的妻子把劳力士手表和苹果手机的发票或外包装盒找来，然后把手表和手机的图片及款式一一列入协查通报的内容，并发布有偿举报。

通报贴了几天，重案中队并没有收到任何有价值的线索，柯剑如坐针毡。他日日夜夜投入到破案中，吃的是盒饭，睡的是严波给的折叠行军床。

贾梅几乎每一天都有几个电话打给柯剑，询问的都是案子破了吗？有线索吗？这让柯剑有点烦，电话中他叫贾梅不要管那么多事，这案子肯定是要破的，只隔早迟。

　　柯剑这晚在斗门街走访，刚刚结束出门，他发现了一个黑影如闪电般消失了，柯剑觉得不寻常，就拔腿去追。仅一分钟的时间，柯剑就扭住了这黑影。两人对视，柯剑笑了，这不是小黑吗？

　　柯剑问小黑："看到我就跑，什么意思？是不是我对你不够好？"说着轻轻地拍了拍小黑的肩膀。

　　小黑有点不好意思地说："叔叔，谁说你对我不好？我都一直记得你放过我两回呢！"

　　"你现在总没干那偷鸡摸狗的事吧？以前你在公交车上偷人家东西，我是看到你年龄小，以教育为主，现在长大了虽然还不是成年人，但可要走正道啊！"

　　"叔叔，那肯定的！肯定的！"小黑边说边想离开。

　　柯剑却说："正好我们吃夜宵，你也跟着吃一份。"

　　小黑心里在犯嘀咕：柯大还总把我当人看，从没嫌弃过我，这样好的人，如果我再欺骗他，就太不像话了，自己都会看不起自己。于是，小黑一把拉过柯剑，悄悄地说："叔叔，我有重要情况报告，不过你不能处理我，行吗？"

　　柯剑以为小黑想拿"举报小偷小摸"换一份夜宵，就笑着说："叔叔哪次对你过分过？你信我就说，别骗我哟！"

　　"叔叔，实话说给你听，我还是没管住自己的手，前不久我偷了一块手表很像你那协查通报上的手表，但我对天发誓，我没杀人！"

　　"真的？我先相信你，你不会杀人的。那你说说怎么偷到的。"

　　"昨天上午我看到了通报，反复看了几遍，觉得我偷的手表模样特别像通报上的手表，但我又不敢报，怕警察误会是我杀了人，今天我遇到了叔叔你，我觉得叔叔对我这么好，我要再不说出来，哪对得起您哟！"

　　"好！那你先说手表咋弄来的？现在在哪里？"

"叔叔，那块手表我藏在西边山上的一棵树洞里，等我说完了就带你去取。"

"好！我先帮你弄碗牛肉面，你吃着有力气说。"柯剑朝面店老板喊道："老板！来碗牛肉面，再多加一份牛肉，外加两只煎鸡蛋！"

柯剑把小黑带到包厢里，把门关好。小黑这才开始说话。

"前十来天一个漆黑的深夜，我在西河新区瞎逛，见到一个单元的三楼亮着粉红的灯，我估计那是套新房，凉台上的防盗网有个口子，估计是扇小门没有关，我就捉摸着房子里有没有东西弄。我就顺着下水管爬到了那家厨房。我猫着腰到了客厅一瞧，那房间床上有一男一女，叫叫嚷嚷的，估计他们正玩得欢，根本注意不到我，我就用凉台上的衣钩把椅子上的衣物勾了出来，逐个摸了口袋，弄到了一万多元现金，还有一块手表。我说的就这些情况，叔叔。"

"还有一部手机呢？"柯剑问。

"我没看到手机，真的！我不会撒谎。"

"好，你先把这碗面吃了，再同我们去取手表，然后指一下你弄东西所在的房子在哪幢哪楼。"

等小黑吃完，柯剑他们就去西边山上，很快拿到了手表。接着，小黑又在西河新区一楼下指认了那个偷手表等物的房子。

柯剑趁热打铁，带着手表连夜赶到了金富强的家。金富强的妻子一见手表，惊讶地说："这，这就是我老公的手表！"

紧接着，柯剑带着刑警赶到小黑指认的西河新区那幢被盗手表的房子楼下，发现三楼那房子黑灯瞎火，而且从外边看来，门窗、防盗网都关得严严的。柯剑觉得打铁要趁热，哪怕来个通宵都值得。于是一边安排警力把守楼道，一边直奔三楼敲门。可敲了很久却没人开门。

柯剑只好请示江副局长，随后消防人员赶到，强行破锁进入室内，发现里面并未装修，空无一人。柯剑最先发现餐桌上那盆月季花，再发现房间内有一张铺了被子的席梦思大床。

这套房屋的主人到底是谁，今夜一定要查个水落石出。柯剑有那"宜将剩勇追穷寇"的信心和力量。他敲开物业管理人员的门，说明了来意也深表了歉意。物业管理人员一张一张地翻查，一单元三楼302住户，赫然显示房产证登记名字为：贾梅！

柯剑不敢相信自己的眼睛，再看身份证号码，就是贾梅！就是自己的妻子贾梅！柯剑瞬间愣住了，口里说不出一句话。接着，他转身跑向门外，拿出手机拨了一个电话，平静地说："江局长，我请求回避，我的妻子贾梅与此案有关！"

凌晨三时许，柯剑带领刑警赶到了贾梅住的那套出租屋，自己开了门。贾梅睡眼惺忪，揉了揉眼睛，却发现房内多了这么多穿警服的人。贾梅一点也不感到意外，她对柯剑说："剑，你要相信我，我没有杀人，但我能估计到是谁干的？"

"你不要对我讲，就跟他们走吧？你告诉他们才是对的！"柯剑面无表情地说。

"贾梅，柯大已跟你说清楚了，走吧！配合我们的调查！"

"剑，你一定要相信我，我所做的也是为了我们有个好未来，却没想到事情会闹成这个地步！"贾梅深情地望着柯剑说。

"我说了，你不要对我说！跟他们说！"柯剑几乎咆哮着，脸上冷峻而无奈。

第四十九章

披头散发的贾梅被刑警带到办案中心，她喝了一口水，垂头丧气地说："张勇这小子，真的忒毒了，竟然这么狠心把金老板弄死了！"

"张勇是什么人？"彭大威严的表情，加之夜深人静，使办案中心的场面更加肃穆。

"他是我小时候的同学，隔壁村庄的，在一个建筑工地做小老板。"

"你说是他干的，什么根据？"

"我请求这个事要保密，特别不能告诉俺老公，行吗？"

"当然！"

"你们知道，我和柯剑结婚也没多久，俺老公呢，也是个善良人，他花钱买的房子被他前妻装修入住了，我也没经济实力买房子。前段时间，俺老公一心忙他前妻大哥的事，我就和他闹了意见，两人很少说话。我就到麻将馆打发消磨时光，没想到那个金老板到那麻将馆找人，一见到我，就喜欢上了我，他就坐在我旁边看我打麻将，一直到结束要了我手机号，当晚还加了我微信聊了天。没料到次日晚上聊天时，他转给我一笔8888元的见面礼，我就觉得金老板不仅言谈风趣，为人还大方，于是我们很快成了无话不说的好朋友。"贾梅说到这里，停顿了一下。

"后来呢？"

"后来他就邀我吃饭、洗脚按摩，还上音乐会所。没过几天，他就带我开了房。此后，我们又来往了几次，我看得出来，他对我很痴迷。我就想，他是房地产大老板，不如把自己没房子的苦恼说出来，看他能帮点什么。哪知他二话没说，叫我次日去选房。这样我就选了西河新区的那套房，房子没装修，金老板就帮我买了那张大床……"

"那张勇为什么要对金老板下手？"

"这都怪我头脑不清，我前夫跟我离婚，也是因为张勇的插足才跟我离的。这个张勇一直缠着我，可在我困难时从不帮助我，口口声声说爱我，完全是假的，纯粹是为了玩弄我。我为了摆脱他，就想着要找一棵大树，就对柯剑留了心，事实上柯剑也是我理想中的男人。张勇发现我与柯剑结了婚，才没敢强行拉我吃饭或者开房什么的。可这次也是凑巧，我跟金老板在家具城看装修材料时，就意外碰到了张勇。金老板年纪比较大，张勇知道金老板并不是柯剑，而是我的新相好，当晚张勇就打电话找我，我只好如实相告。张勇当晚还要我跟他开房，我不肯，他就以"告诉柯剑"相威胁，我只好跟他去了。可张勇得知金老板跟我的约定后，气得从床上跳了起来，气急败坏地说：'总有一天把金富强弄死！'我听了一哆嗦，对他说：'你要是真把金老板弄死了，你也脱不了干系！'可张勇毫不在乎地说：'我怕个鸟！只要你不说出去，鬼都不知道。'我所知道的就是这些情况。"

"你跟金老板有什么约定？"彭大盯着贾梅追问。

"这个……这个就不必说了吧？"

"一定要说，必须说！"

"那我还是说了吧！金老板送那套房子给我，还说帮我简单装修，但要我答应他一个条件，那就是陪他三五年。除非他主动退出。"

"你说的'陪'，是做情妇？"彭大问。

"嗯呢！"贾梅说完羞愧地低下了头。

"你真的太糊涂呀！你对得起柯剑吗？你……"彭大听完，气得狠狠地捶了捶桌面。

"我是错了，当时也是抱侥幸心理，认为也只是三五年时间，就可得到一套房，我也想过，等三五年之后，再好好爱柯剑，没想到竟出了这样的事。"

"你自作聪明呐！世上哪有不透风的墙？你完全是自欺欺人！"彭大眼珠子都快瞪出来了，对面前这个女人，恨不得要帮柯剑扇她几个耳光。

柯剑一夜未眠，根本合不上眼，他想来想去，贾梅怎么会跟金富强扯在一起？唯一的解释就是男女关系或者情人关系。

听到彭大告诉他有关贾梅的陈述，他二话没说发疯似的往出租屋赶去。他把有关贾梅的衣物全都抛到门外，回到屋内，他捶胸顿足，怨恨自己为什么如此痴恋贾梅，她的身体明明只能给他带来梦幻般的虚无，明明知道贾梅就是贾梅，与晓茵没有半点关系，可又为什么还要在心里把贾梅当成晓茵去爱呢？

他低下头号啕大哭，喊道："老天爷您为什么这样作弄人？"

严波赶到了，看到柯剑如此伤心，拍了拍柯剑的背。

柯剑扭头发现严波，忧郁地问："哥，你怎么来啦？"

"彭大打了电话。"

"哥，我从没料到，贾梅是这样的人！"

"剑弟哟，这不怪你，也许这就是命运吧！有句话是这样说的，成长最痛的一课，就是那个你从未设防的人，朝你开了最猛烈的一枪！"

"哥，你说得对，可我想不明白我怎么总是遇见这样那样的女人呢？我追求幸福有错吗？我是人渣吗？我……"

"剑弟，在你哥眼里，你就是一块玉！一块冰清玉洁的玉！"严波眼眶灌满了泪水，一字一顿地说。

"哥，谢谢你，你就是最懂我的那个人。"柯剑泪流满面。

"剑弟，你不能这样沉沦！人生除了爱情，还有事业，你挚爱的事业！所以你要用绝对的理智，绝对的清醒，去压制你心头的爱和难过！治愈你的并不是时间，而是你能明白！贾梅就是贾梅，并不是晓茵，你心中的晓茵早已离开了人世！"

严波近乎吼叫着对柯剑大声说。

"哥哥，我懂啦！我真的……懂了！"柯剑抹了抹眼睛，眨了几眨，接着说："哥哥，我今天想到你家吃饭！"

"走！"严波拉了一下柯剑的手，就像当年柯剑初来乍到时严波带他下乡办案的情景。

严波跨上那辆发出"嗡嗡嗡"响声已苍老得发出抗议的摩托车，柯剑骑上自己那辆"突突突"响着的摩托车，一前一后地走，就像一个老兵带着一个新兵，驰骋奔腾在路上。

路上柯剑一直在想，却有点想不明白。波哥这样省吃俭用，摩托车骑了二十多年，身上还是老警服，生活也是尽量简单，这样辛苦地活着，还这么的热爱这个世界，他有企图吗？他到底图了什么？

张勇归案后，贾梅回家了。贾梅到了柯剑的出租屋，见到门口堆了自己的衣物，马上明白柯剑的意思。她打电话给柯剑，柯剑不接，她又继续打，一直打到快中午吃饭，也没个音讯。

她想跑到柯剑的单位，但自己的丑闻刚刚被暴露，担心柯剑那些同事笑话，就打消了这个念头。她就学着夏云的办法，威胁到柯剑的单位去闹，可柯剑似乎不为所动。

已经到了下午三点了，又饿又气又累的贾梅，精神已变得崩溃了。她咬咬牙，狠下一条心，发了一个短信给柯剑："你就到泉旺大酒店收我的尸吧！"

柯剑心里一直处于胶着状态，看到贾梅来电，就暗地骂道："真的有点厚颜无耻！"但当看到贾梅要轻生的短信时，还是有点紧张。不过，他仔细分析了一下，贾梅既然告诉自己在那里自杀，无非也是威胁一下，真正要自杀的人，也不会先告诉别人，于是柯剑在惶恐不安中想着心事。

正当柯剑焦虑不安时，彭大打了电话过来，电话中语速很快："柯剑，贾梅已在泉旺大酒店的顶层，欲跳楼自杀，你马上赶来！"

贾梅倚靠在泉旺大酒店顶层一个边缘，只要一抬腿，整个人就会坠落地面。她背对着慢慢下落的夕阳，面无表情地看着前来救援的警察，口里喃喃自语地重复着一句话："我要见柯剑！我要见柯剑！"

多警种聚集在泉旺大酒店的楼下，气垫也已铺好。时间一久，爱看热闹的市民越来越多，绕酒店边上的一条道路也堵塞了。

民警试图慢慢靠近贾梅展开营救，但贾梅看到了警察的意图，便绝望地喊叫："不要过来！不要过来！再过来我就往下跳！我要见柯剑！我要见柯剑！"

"我来了！贾梅。"柯剑拨开警察上前喊了一声。

贾梅这时怔了一下，接着问："我打了你那么多电话，怎么不接一个？"说完竟呜呜地哭起来。

"你打电话还有什么事吗？"

"我是想告诉你，我出来了，我没事！"

"呵呵，你是没事。可你跑这里来干啥？"

"你不理我，我怕你不要我了，就想着一了百了。"

"不管出了什么事，也不要拿生命开玩笑！"

"我要你答应我，不管出了什么事，都不要离开我，好吗？"

"你为什么要强人所难？"

"那你真的要离开我？我猜得果然没错！你知道我什么吗？"

"你已经够丢人现眼了，还要在这让泉旺的所有市民都看到，你不害羞吗？"

"剑，你骂得好，我不要脸，可我也是为了我们能有套房子！"

"闭嘴！可你的算盘打错了，你用肉体换利益，这对得起我吗？"

"对不起！真的对不起！剑，我可是真的爱你！我跟金老板纯粹是逢场作戏，是为了他给我的房子，还有金钱。可我错了，确实是我错了……"

"你知道错了，可已经迟了。"柯剑面如死灰。

"剑，你已经不爱我了？可我仍然深深爱着你，你不信，我现在就跳下去，证明我的真心！"贾梅边说边跨出一条大腿。

"别跳！别跳！贾梅，我信！"柯剑大声喊道，眼泪夺眶而出。

贾梅重新把大腿收回。柯剑接着说："贾梅你听我说，我们回家，好好谈谈行吗？"

"但你必须答应我，不能离开我！"贾梅几乎哀求着说。

彭大给柯剑使了个眼色，意思是先答应贾梅，把人救下，其他事情后说。

柯剑朝贾梅点了点头，慢慢上前伸出手，拉住了贾梅的手，随后牵着贾梅的手下了楼。

第五十章

柯剑把贾梅送到出租屋，已是华灯初上。贾梅紧紧地拥抱着柯剑，轻声地说："剑，对不起！"说完，把头深深地埋在柯剑宽阔的肩膀上。

柯剑一动不动，脸庞冷若冰霜。

贾梅接着说："你难道不原谅我吗？"

"你说一句'对不起'就可以应付我吗？"

"那你要我怎么样？只要我能办到，我都会去做。"

"我们都互相考虑一下吧！你想想，现在泉旺市的人都知道了，我一个大男人脸子往哪放？你也要考虑我的感受，我根本无法想象你竟然是这样一个人。"柯剑接着说，"人的生命是宝贵的，再也不要想不开。生命丢了，什么都结束了，人来到世上都是不易的，贾梅，我希望你要想清楚。"

"剑，今天，我还要谢谢你救了我，是我对不起你，可我还要给你添乱。以后我会听你的话，再也不做这样的蠢事了。"

"这就对了。你这么漂亮，还这么聪明，就是不跟我在一起，你也会找到爱你的人！"柯剑帮贾梅擦了擦眼角的泪水。

"那你还是打算不跟我在一起了？剑，记住，我对你是真心的！"贾梅嗔怪地问。

"不是已说过了，我们都要考虑吗？"柯剑边说边走出门。

贾梅紧跟其后问："你今晚在这住一晚都不行吗？"

柯剑回转身说："今晚我还要加班。你保重！"

柯剑仍然回到阳光小区出租屋，生活似乎回到了从前，一如从夏云那里搬来时的状态。

"你这一生梅开三度，真算得上一个过得好日子的人！"面对旁人"风流""花心""梅开三度"的玩笑，还有那些随意的歪曲甚至哈哈大笑时，柯剑明白每个能戳到他痛处的玩笑，其实都不是玩笑。即便如此，他也只能傻傻地笑着，他还害怕别人会说他开不起玩笑，所以只好陪着一起笑。他想，除了彭大、师傅严波还有一些了解他的亲戚，谁会懂他的内心？这虽是一种悲哀，但也是一种幸福。他在一种悲哀里成长，犹如尘埃里的一朵花，而成长又是快乐的、幸福的。

他闭上眼，想起度过的前半生。感叹尘世往事，最痛苦的事情，莫过于爱而不得，忘而不舍。人生的遇见，其实也不容易：初恋的丽丽是用来欣赏的；情深意重的晓茵是用来怀念的；带刺的玫瑰——夏云是用来成长的；风姿绰约的贾梅是用来遗忘的。

夏云偶尔开车到自己曾经居住的小区，还会跑到柯剑的出租屋，只是不再像之前那样骂骂咧咧，而是温柔如水，关心柯剑的生活与住处的不清洁。

柯剑就问："你跑这里来干嘛？你就不怕认识你的人笑话你吗？"

"我来小区是找原来的姊妹聊聊天，顺便到孩子她爸这里看一下，不行吗？再者，你以前不是跟贾梅恩恩爱爱呀？又听说你跟贾梅分居了，这是为什么呀？"

"这是我的事，你别管！你现在讥讽我，你身上多长一点肉吧？"

"我倒不是讥讽你，我早就跟你说过，贾梅不是个好东西，可你还把她当个宝，我的话你一点都不听！"夏云历数罪状似的说。

"你不要这样说！她又没得罪过你！"

"还没得罪？我服了你。她可是抢了我老公的仇人！我跟她势不两立！"

"哎呀！别说了，别说了。现在说这些有什么用？"

"我就是要说！你至今还把她当成一个宝，真的太可笑了！她这次跟金老板的事，都满城风雨了，还跳楼，就是演戏给你这个傻瓜看，让你怜悯她，继续接受她，你还蒙在鼓里，真是可悲呀！这是个灾星，金老板碰到她都倒霉，你还指望着跟她有好日子过，你做梦吧！"夏云喋喋不休似乎早就准备了台词一般。

"夏云同志，求求你，不要再说了！求求你，好吗？"柯剑吼叫着。

"我不说了，好，我不说了，你多动动脑子吧！"夏云说完，拂袖而去。

贾梅偶尔会打电话问候柯剑的生活及工作情况，尽管没办理离婚手续，但她仍然对柯剑抱有幻想。

她每周六日都要到柯剑的出租屋，柯剑赶她都赶不走。

她偶尔还在出租屋过夜，像从前那样万般妖媚撩拨柯剑的神经末梢，尽管她还有从前的花容月貌，却总撩不起柯剑从前那样的激情。他心里清楚极了，贾梅不是晓茵，就连她现在的话语和动作也与晓茵的言行大相径庭。

贾梅常常喟然长叹，再也享受不到柯剑那怜香惜玉、体贴入微的抚摸，再也得不到柯剑的关怀与宠溺，心中油然泛起酸溜溜的滋味。

二〇一七年二月，元宵刚过。贾梅风风火火来到柯剑的出租屋，表示要与柯剑好好谈一谈，再也不能这样混下去了。

"平时你总没主动叫过我吃一次饭，去年阳历年，今年春节、元宵节，你都没有叫我过过节，我知道你变心了，我也不怪你，我觉得这样下去也没意思，我再这样死皮赖脸缠着你，更没意思。剑，你知道我平时是怎么熬过来的吗？特别是节日里，别人高高兴兴过节，我却度日如年，只有泪水陪伴啊！"贾梅一边说一边擦眼泪。

"贾梅，请原谅，我心里这道坎过不去啊！"

"我知道，我理解，但我们还是要面对呀！这样下去我快要疯了！这样吧！剑，我们还是把离婚证领了吧！我再怎么喜欢你、爱你，又有什么用？孤掌难鸣啊！"

"嗯，那好吧，只能这样了。"

"剑，那我明天上午九点在民政局门口等你。"贾梅还是以前一样深情的目光。"好吧。"柯剑没有丝毫拒绝，冷冷地低声回道。

贾梅多么希望柯剑能够改变刚刚的决定，可是柯剑的再一次肯定的语气让她最后一丝美好的奢望瞬间崩塌，她的心儿好像被什么东西掏空了。

次日上午，离婚手续办完，柯剑和贾梅一前一后神情忧郁地走出了民政局大门。

到了门外空旷处，贾梅仍然深情地望着柯剑，似乎还想说几句话。

柯剑愣怔了一下，问贾梅："你会恨我吗？"

"我会恨你！"贾梅鼻子一酸，失声痛哭，接着说："剑，你是我今生最爱的人，只不过有缘无分，我不会怪你，但我还是恨你，因为你还是离开了我！"

"梅，忘了我吧！祝你幸福……"柯剑这时也控制不住自己，泪水在眼眶里打转。柯剑转身跨上摩托车，"突突突"的响声把悲痛中哭成泪人儿的贾梅惊醒。贾梅边追赶边喊道："剑，可别删了我的微信！"

夏云不知从哪里得到"柯剑与贾梅办了离婚"的消息，就打电话问柯剑有这回事吗？柯剑没肯定也没否定，夏云见问不到答案，就开车赶到了柯剑的出租屋。

"你也不要不承认办了离婚手续，要是办了，这就对了！"

"与你无关！"

"怎么与我无关？毕竟你是孩子她爸，我担心她害了你。"

"你别说得那么难听，其实她也是一个善良的人。"

"你反正身边所有的人都是好人，我不跟你说了。这是你买房子的二十六万元首付款，密码是你的生日号，你拿着。另外月供由我算给你，你拿着这些钱爱干嘛就干嘛！"夏云边说边把一张银行卡塞到柯剑手里。

夏云接着说："我还是女儿的娘，我一直也没找人，就是为了等你，以前的事我也想通了，大多是我不好，你的许多事，波哥都跟我讲了一火车呢！"

"你别这样，别！别！"柯剑把银行卡退回夏云，接着说："我们已经不可能了。"

"你以为你还是处男一样的惹人爱？你在外头明显都有两个女人，我都不嫌弃你，你还这样耍牌子？"

"不是我耍牌子，我们根本不合！"

"你还真把自己当回事，你有什么了不起，不过是一个小刑警！"夏云凶巴巴地吼着说。

"我是小刑警，不错，但我要活出自己的尊严！"柯剑回怼夏云。

"你还尊严？闹了这么多笑话。"夏云冷笑了几声。

"有什么笑话？值得你去说，我活我自己的善良，活自己的忠诚！"

"还要我直接帮你点出来？"夏云"嘿嘿"地干笑了几声，悻悻地走了。

二〇一八年三月，主管刑侦的江副局长退居二线了，彭大接替了副局长的位置。泉旺市公安局党委在讨论刑警大队长的人选时，彭副局长力推柯剑，却遭到个别领导的反对，认为柯剑在工作表现上倒是可以，但个人生活不检点，严重影响警察形象。这时，彭副局长危襟正坐，目光如炬。他庄重地说："我讲个小故事，到时大家就明白了。"

一艘游轮遭遇海难，船上有对夫妻，好不容易来到救生艇前，艇上只剩一个位子，这时，男人把女人推向身后，自己跳上了救生艇。女人站在渐沉的大船上，向男人喊出了一句话……讲到这里，老师问学生："你们猜，女人会喊出什么话？"学生们群情激愤，都说："我恨你！我瞎了眼！"这时老师注意到有个学生一直没发言，就向他提问，这个学生说："老师，我觉得女人会喊——照顾好我们的孩子！"老师一惊，问："你听过这个故事？"学生摇头："没有，但我母亲生病去世前，就是对我父亲这样说的！"老师感慨道："回答正确。"

轮船沉没了，男人回到家乡，独自带大女儿。多年后，男人病故，女儿整理遗物时，发现了父亲的日记。原来，父亲和母亲乘坐游轮时，母亲已患了绝症，关键时刻，父亲冲向了那唯一的生机。他在日记中写道："我多想和你一起沉入海底，可是我不能。为了女儿，我只能让你一个人长眠在深深的海底。"故事讲完，教室里沉默了，老师知道，学生们已经听懂了这个故事：世间的善与恶，有时错综复杂，难以分辨，所以凡事不要只看表面，不可轻易论断他人！

彭副局长话音刚落，会议室里的掌声如潮水般久久没有停歇。接着彭副局长把柯剑成长路上遇到的挫折和生活轨迹进行了客观的分析和归纳，让大家明白，通过不断历练的柯剑是怎样的一个侠骨柔情真男儿，又是怎样的一个好警察。

　　柯剑并不专注职位提升，也不等于他不思上进。他感谢彭副局长的信任，但也忧虑带不好刑警大队。他找到局长，请求组织不要考虑自己。

　　局长"嘿嘿"地笑了，没想到柯剑是这样实诚的人，就说："柯剑同志，这是组织考虑的问题，你个人别想得太多太细！你继续努力！"

　　柯剑立正，敬了一个礼，庄重地说："一定努力！谢谢局长！"

第五十一章

　　三月的新芽转瞬便迎来了四月的嫩绿。三月的清香，也换来了四月的浓郁。那东湖、西湖边上，风吹起，柳絮飞扬，如曼妙飞舞的梦蝶，在点点金色的光晕里打着旋，飘落于眉间，飘落于掌心，这是一个柳絮飘飞的季节。

　　柯剑大清早就到了菜市场，买了鱼肉和板鸭，就连素菜都买了好几个品种，统统放到摩托车后座的纸箱里。纸箱是周五柯剑在超市找人要的，他当时要给那个超市老板5元钱，却被善意的老板拒绝了。严波见到搬着纸箱的柯剑，笑着问他："是不是又搬家了？"柯剑笑哈哈地说："又想让我到这陪你说话吧？想得倒美！"

　　柯剑打开纸箱，把鱼肉蔬菜悉数放到厨房里，小刚很懂事地丢下手中的作业也来帮忙。柯剑从纸箱里拿出一袋苹果，交到小刚手上，嘱咐小刚取出几个洗洗分发到屋内所有人。小刚见有吃的，更加听话，脸蛋儿洋溢着欢笑。

　　"我还认为你没空来了，就没给你打电话。"严波瞧着忙碌的柯剑说。

　　"哥哥你是批评我吧？不过你批评也是对的。前段时间我确实抽不出身，等我把大队的事都捋顺了，我就想到了，该到你这儿报到。"柯剑边解释边笑着回道。

"对了，刚刚彭副局长也来过，我留他吃饭，他说今天还有一个重要会议要开。我笑着说他当了副局长后，比当刑警大队长还要忙，连周末都没空闲，可彭副局长听到后，只是笑了笑就匆匆地走了。"

"领导忙是肯定的，彭副局长现在比以前还要忙，以前是管一个刑警大队的事，现在可是管全局刑侦破案的事。"

"宣布你为刑警大队长的那天中午，彭副局长专门打了电话给我，说给我道喜，我问何喜之有？他说'你的徒弟又升职了'，他知道你是我最上心的人。"严波脸上露出了满意的笑容，接着说："剑弟哟！现在你更要努力啦！自己固然要带好头，还要团结其他副职，言行不要急躁，做事要周全……才能慢慢坐稳你的大队长位置。"

"哥哥，我会记得你的话。我这一路走来，还不是你经常提醒我，教导我，把我当亲弟弟一样。"

正说话间，小刚从房内拿出一个鼓鼓囊囊的信封交到严波手里，严波打开一看，全是百元钞票，就问小刚是哪里来的？小刚说："刚刚那个伯伯到房间，把这个塞到被子底下，临走时叫我告诉您。"严波一想起就知道是彭副局长，就把电话拨了过去。彭副局长在电话里说了一大堆理由，严波才没再多说什么。严波收好电话，对柯剑微笑着说："彭副局长说是给小孩买衣服或学习用品，实际上也是扶助我，只不过是说出一个冠冕堂皇的理由罢了。"

小刚把削好的苹果递给严波，严波说不要。小刚可不高兴了，接着他对柯剑说："叔叔，前几天，爷爷还晕倒在厕所里呢！还是我拿了药丸喝了水之后才好过来的。"

"哥哥，那你一定要注意哟！高血压可不是小事儿，要按时吃药，还要注意休息，不能太操劳了。"

"嗯，剑哟，你说得很对，那次确实是我忘了吃药所致。不过，阎王爷暂时是不会收我的，毕竟也要讲点道理吧？我要是走了，谁来管这一帮可怜的小孩儿?"严波说完,哈哈大笑起来,似乎之前什么也没有发生。

"嗯嗯,哥哥说得对,但你每天要按时吃药,这高血压可不是一般的小毛病,不得不防!"柯剑说完,起身撸起袖子,跑到厨房干活去了。严波看到柯剑麻利地洗鱼切肉,干得有条不紊,就半赞美半调侃地对柯剑说:"这都是夏云的功劳呀!否则你哪有这么好的厨房经验。"严波说完,准备上前帮忙,柯剑一下拦住了,并吹牛放言:"哥哥,你就好好呆在那儿,等会尝尝我烧的菜味,绝对不比你烧的差!"严波回道:"不要吹牛逼,等下我尝到了才知道。"说完嘻嘻笑了起来。

刘兰比之前活泼了些,柯剑吩咐她拣菜,教她把芹菜中的硬茎切掉,把叶子剔除,刘兰都能够很好地完成任务。虽然做完了这事,她还不知道接着做另外的事,但柯剑还是很耐心地引导她。看得出刘兰也很高兴做这样的家务活。严波在一旁看到后,醒悟似的说:"下次也要让刘兰动动脑,干点家务活,不能老呆在那看电视。"

柯剑把所有的鱼肉蔬菜洗过切好后,空闲下来突然变得落寞起来。严波知道柯剑仍在想着晓茵,是为到广州给晓茵送清明花而发愁。于是就对柯剑说:"弟哟!你如果想去了愿,下周就抽个时间去吧!不要太伤心了,人已走了,你的心也要放下!"柯剑忧郁地说:"哥哥,虽然说是这样说,但我一看到她给我买的衣服、手表,还有这个,我心里还是如刀割般难受。"柯剑边说边把裤腰上的一串钥匙取下,从中挑出那个大钥匙,在严波面前晃了晃,接着又说:"哥哥,这是晓茵给我的广州房子的钥匙,她已把我当成她的老公了。哥你说说,这样真情待我的女人,怎不叫我难过?"柯剑低沉沉的声音刚结束,眼睛里明显有泪水在打转。严波心痛地拍了拍柯剑的肩膀,转身往房间去了……

每周一上午，是召开刑警工作会议的例会时间，柯剑把周日拟好的提纲一一摆到了桌面上，让大家逐个展开讨论，然后统一集中意见。刑警们对柯剑的领导水平表示由衷的认可，纷纷赞成他的决议。柯剑心里清楚，这都是严波把平时的工作经验传授了他，这才让他能够如鱼得水。回到办公室，他正思忖着严波往日对自己的教诲，电话铃声响了，是严俊打过来的。柯剑感觉很不对头，严俊可是很少很少打电话给他。柯剑赶紧接了电话。严俊的声音很急促，大致的意思是，严波昏迷了！已被120接到了医院！

柯剑急匆匆下楼，急匆匆跨上摩托车，全速前进，如一个赛车手穿梭在街道人来车往中。他冲进了医院，奔跑着上楼，在医院长廊里见到了脸庞阴沉的严俊。严俊告诉柯剑，他是接到了父亲的电话但没声音，就赶到了家中，才发现父亲已经昏迷。

隔着厚厚的玻璃门，看着忙忙碌碌的医生进进出出，不祥的预感充斥着柯剑的头脑。柯剑心里默默祈祷：哥哥，你一定要挺住！挺住！

等待，等待，门终于开了，医生无奈地摇了摇头……接着担架车载着严波出来了。柯剑大声哭喊："哥哥，哥哥，……说好的你不走！你怎么这样丢下我们！哥哥……"严俊也放声大哭："爹爹！好爹爹！你不能走啊！"整个医院走廊弥漫着悲怆的气氛。`

追悼会上，有几个陌生又熟悉的面孔出现了。一脸的悲伤，婉香哭着走过来了，满眼的泪花；夏云走过来了，深深地鞠着躬。还有刘兰，她哭得很伤心，旁人劝也劝不住，她哭严波爷爷对她的好，根本看不出她有半点精神疾病。王小刚和那两个被收养的小女孩也是泣不成声，抽抽搭搭，低着头只顾自个儿哭。

柯剑几度哽咽："哥哥，我们还有好多话没说，还有好多酒没喝啊！哥哥，我的好哥哥，你就是我的亲哥哥啊！"柯剑的声音沙哑了，再也哭不出声来，他就低下头喘着粗气。他已经失去了晓茵那么爱他的女人，现在又失去了这么好的哥哥，这多令人伤心欲绝啊！简直如万箭穿心！彭副局长满含热泪地对柯剑说："柯剑！严波是一位好同志，对党对人民一生赤胆忠心，可谓一条侠骨柔情的大汉子！但是，人去不能复生，你也要坚强！一定要坚强啊！"

柯剑化悲痛为力量，义无反顾地接过了严波的担子，供养三个小孩还有照顾刘兰的重任。

夏云得知后，也以"丰硕服装有限公司献爱心"的名义，动员公司职工结对帮扶，并发放巨额资金支持爱心行动。

柯剑更忙了。他既要带领刑警大队"忠职守，严律己，捍正义，保平安"，又要腾出更多的空余时间照料三个小孩和刘兰，实现严波生前的愿望。

不过，在柯剑这一生中，有个坚如磐石的约定，每年的清明时节都要与晓茵见面，墓前一束鲜花，一杯可乐……

柯剑在即将燃为灰烬的冥币上写道：

是你虔诚的呼唤／温暖我无助的时光／如今你弃我去天堂／再也不见你的模样／我的脚，走不出这漫漫荒原／我的喉咙，再也唱不出挽歌／失去了雄鹰，谁来指引这空荡荡的苍天／谁叫我肝肠寸断／我像一个无助的孩子，泪流满面／我是找不到家园的羔羊／醉倒在你天堂般的梦境／梦见大地，重现葱茏／梦见百鸟，飞翔歌唱。

爱过是一道最美的风景（后记）

——长篇小说《爱过》创作谈

一

2020年11月我从鲁迅文学院结业后，就萌生了创作一部长篇小说的念头。我身为警察，小说的主人公应该是警察，我这样想。

写什么呢？僵硬的手法去写警察的侦查破案，非我所愿，那就掺杂警察的个人情感，有血有肉的生活不是很好吗？警察也是凡人，也有风花雪月，也有花前月下的浪漫，只不过警察没有固定的作息时间，说不定饭碗刚刚端在手就要奔赴案件现场，刚刚躺上床就接到出警的命令，刚刚与情侣牵手走在林荫小道就被队长喊去加班……

警察是平凡的人，但他们又是不平凡的。只要有案子，有任务，警察什么都顾不上，譬如家庭、孩子，包括自己的身体，而那些"儿女情长"也顾不了。有一句话概括得很好，哪有什么岁月静好，不过是有人在替你负重前行。警察就是其中负重前行的人，任务一来，警察本能的反应就是往前冲。因为警察的职责与使命决定了必须这样做。所以，警察比较难写，不是警察的作家可能写不出现代警察的味道，而我是所谓的"警察作家"，有几个头衔，沾上了作家的名。于此，我自信可以写好。作家是要拿出成果的，需要用作品说话，于是我借着自信的东风，经过一两个月的思考，小说的框架结构形成了，就等着添砖加瓦"装修"了。

后来因疫情原因，2021年我写了一万多字就搁浅了。

一晃到了2022年6月，几个文友聚会，亦师亦友的兄长咸济，席间问我，长篇小说写得怎么样了？我一时语塞，不敢告诉他真实现状。见他犀利的目光紧盯着我，我心里咯噔一下，心想不回话恐怕过不了关。我便说，正在写，正在写。咸济可是厉害的主哟！在他面前说话，你不要撒谎，更不要跟他耍心眼，因为他的眼睛随时可以揭穿你，洞察人的内心是他的"拿手好戏"。我一说完，回望他的双眼，心顿时慌了。见我回避他的目光，咸济似乎明白了什么，随后语重心长地对我说，你已经有了框架，生活也给了你很多苦难与经历，这是你的宝贵财富，你一身的才华还没有完全展现，一个作家要活自己的才华，实现自己的人生价值，才对得起自己，对得起热爱的文学。等到以后年龄大了，你再想写长篇，精力就有限，恐怕就难了。一席话，让我重新燃起了创作欲望。詹双喜大哥也表扬我对文学有一颗虔诚的心，何况还有那么多藏在心里的话，以及生活积累的故事，就应该继续努力坚持下去，把长篇小说写出来。之后周六周日，还有工作日寂寞的晚上，我坚持写了下来，不知疲惫地头戴星光脚踏实地，心无旁骛地坐到电脑桌前，敲打着一串串文字。历经四个月终于完成了初稿，修改了一个月，之后便找出版社投稿。没料到，小说被中国言实出版社认可了，我竟然高兴得像个小孩，连续狂跳了几下，自己给自己鼓掌助兴。

我把小说的主人公起名柯剑，给读者感觉是英勇善战的人民警察，但在小说中，柯剑的"剑"仅仅是刺向犯罪分子的那把剑，在生活中柯剑从没有出手过那把伤人的剑。真的，警察侠骨也柔情。

小说侧重于柯剑的成长经历和情感变化，没有以往警察高大上那种歌功颂德的创作模式，而是紧贴警察的生活，与其工作成绩，铺设主人公的成长艰辛之路，打开人性的皱褶。

二

在我的潜意识里，爱一个人其实是痛苦的，幸福与快乐只是看似表面的现象。特别是当你爱而不得的时候。无论男女，在爱的长河里全身心投入自己，爱的程度越深，越会限制对方，或者干扰对方，总是无原则地要求对方符合自己的框框条条，这就会产生爱的冲突与怨忧，甚至滋生仇视心理。

每一个人的性情、认知、爱好等多方面都不尽相同，而要和爱的人保持高度契合，这就要很高的情商和智商。此时，包容、和解，是一种态度，也是一种境界。

做一个什么样的人，人生观形成的时候，人的品格基本就成立了。现实中，你如果不留心，不思辨，那些会骗人、会哄人、会演戏、会玩套路的人，你都会归纳为好人、聪明人之类；而那些老实巴交、见到任何人都表里如一的人，并不怎么受人待见，会被归纳为木讷、智商低的范畴内。这两类人相处同一个对象，会产生不同的结果。

爱可以永恒，也可以瞬间改变。改变的前提，是看清了所爱的人的阴暗或重大缺陷。因而，爱往往需要事先擦亮眼睛，不要被眼前的美感所迷惑，否则到后来，自己会变得遍体鳞伤。

倘若爱与恨交织，就会走不出命运的桎梏。席慕容的诗里写道："其实我盼望的／也不过就只是那一瞬／我从没要求过你给我／你的一生／如果能在开满了栀子花的山坡上／与你相遇／如果能深深地爱过一次再别离／那么／再长久的一生／不也就只是／就只是／回首时／那短短的一瞬！"是呀！老天爷不一定能让有情人在一起，只有曾经爱过才是人生路上最美的风景！

三

人遇到挫折的时候，往往选择隐忍或者逃避，前途的渺茫，身心的疲惫，加之心智的不成熟，就会沉沦、消极。

我曾在城郊的一个小区居住。一天大清早，下楼后发现长在房屋后旮旯里的一棵小樟树被人折断了，只剩下半米左右的枝干。这棵很不起眼的小樟树，可谓出身卑微，生长在围墙脚下，在一辆报废的面包车和被扔掉的一块硕大的广告牌之夹缝中生存。小樟树像一位被侵害过的伤残人士孤零零地呆在那里。我有些感伤，一个幼小的生命本来活着就很艰难，却还遭此劫难，心想必死无疑。慢慢的，我也就忘记了。

等到冬去春来时，我猛然发现被折断的小樟树残枝载着几朵叶子像一个活泼可爱的小孩，愣头愣脑地从夹缝中伸了出来。我心里一阵激动，它细弱娇小，仍然顽强地活了下来。这真是奇迹啊！

每一个人活着其实都不易，但生命的力量是无限的！植物如此，那么人呢？

有了这个想法，我就想借小说的平台，聊一聊一个内心强大的人是如何面对挫折，和那百折不挠的生存勇气。

四

我在生活中发现，性格比较外向、城府不深、平时说话大大咧咧的人，往往被所谓的精明人一眼看穿，极容易被当成茶余饭后的"笑柄"或话题。言语之间，看上去是"褒"，实际上是贬。这没关系，人家的嘴巴长在他身上，你根本没能力管控，那就一笑而过吧！人性就是这样，你过得好，会招来嫉妒，招来恶毒的闲话；你若过得不好，过得落魄，也会招来别人的冷眼，与讥讽。所以保持做好自己，才是硬道理。走自己的路，让别人去说吧！

　　人们往往只从表面上找别人的问题，至于他真正经历了什么，根本不知道。一个人过得好与不好，只有自己知道。别人怎么议论，是他们的事，谁人背后无人说？我希望我的爱情是幸福的，可以相濡以沫，可以举案齐眉，一起看花开花落，一起看云卷云舒，在岁月的深处，互相依偎，一起在时光里慢慢变老。我也总渴望人生路上那不期而遇的温暖，和生生不息的希望，相信只要心还透明，定能折射希望。确实，在我前半生，我经历过很多挫折和失败，也曾悲观过，也曾消极过，好在我有抗争的勇气，和抗压的能力，意志不消沉，思想不迷茫，而是越活越明白，越过越坦荡。

　　警察事业是崇高的职业，我爱这个岗位，是因为我的初心。我还有着对文学的执念，常怀着一颗感恩的心，去看待身边的人和事，用敏锐的眼睛和足够的善意去看待生活中的每一次不经意的赋予。

　　是的，老天为你关闭了一扇门，必然会为你开启一扇窗。我感谢经历，感谢坎坷，也感谢苍天给我的寂寞，让我有充足的空间、时间去创作。寂寞的夜晚、热闹的节假日，我不敢荒废时间，坚持坚持再坚持，投身到创作之中。那些熟悉的人和事，经过我戏剧性的加工、糅合，才有了这篇集工作、生活于一体有点人间烟火味和心灵温度的长篇小说。

　　"爱过"不仅有爱过的人，还有爱过的事业。这两朵盛开的"花"交相辉映，构建小说创作的意义。不瞒你说，我创作这部小说有三大风向标：诚恳的态度、饱满的情感，以及正确的人生观。

　　你若喜欢，便是晴天。

黄华清

二〇二三年一月二十九日